KB050757

6

초판 1쇄 인쇄일 2016년 11월 24일 **| 초판 1쇄 발행일** 2016년 11월 25일

지은이 돼만보 **| 펴낸이** 곽동현 **| 담당편집 팀장** 이범수
편집부 신연제 이윤아 홍현주 김유진 임지혜

펴낸곳 (주)조은세상 **|** 출판등록 제 2002-23호
주소 경기도 연천군 미산면 청정로 1355
TEL 편집부 02)587-2966 **|** FAX 02)587-2922
e-mail bukdu@comics21c.co.kr

돼만보 ⓒ 2016
ISBN 979-11-5832-704-0 **|** ISBN 979-11-5832-621-0(set) **|** 값 8,000원

※잘못 만들어진 책은 바꿔 드립니다.
※저자와의 협의에 의해 인지는 생략합니다.

돼만보 현대 판타지 장편소설
NEO MODERN FANTASY STORY & ADVENTURE

·雜種能力者

⑥

북두
(주)좋은세상

CONTENTS

1장. 이규혁

"왜 그래요?"

최수민은 미동도 하지 않고 서있는 레나에게 달려가던 싸이클롭스의 다리를 베어내며 레나의 얼굴을 쳐다보았다. 싸이 클롭스의 다리에서 피가 뿜어져나오며 레나의 얼굴을 적셨지만 레나는 눈 하나 깜빡하지 않고 시선을 유지하고 있었다.

'대체 뭐가 있길래?'

최수민은 레나의 시선을 따라가다 어느 백발 노인이 싸우고 있는 모습에 시선을 고정시켰다.

거대한 몬스터들 사이에서 마치 혼자만 존재하고 있다는 듯이 몬스터들을 썰어나가고 있는 백발 노인의 모습은 예술의 경지였다.

거대한 몽둥이를 휘두르는 싸이클롭스를 몽둥이와 함께
양단하고, 가까이 달라붙는 거대한 개미들은 주먹으로 쳐
낸다. 주먹으로 맞은 개미들은 큰 타격을 입진 않았지만 이
어지는 검에 깔끔하게 잘려나갔다.

'대단하다. 어떻게 마나도 실려있지 않은 검으로 저렇게
깔끔하게 베어내는거지?'

백발 노인의 검에는 마나가 하나도 실려있지 않았지만
그의 검은 몬스터들을 마치 공기를 가르는 것처럼 거침없
이 베어나갔다.

퍼억!

백발노인에게 완전히 시선을 뺏겨있던 최수민의 등을 싸
이클롭스의 몽둥이가 내려치고 나서야 백발 노인에게서 시
선을 뗄 수 있었다.

자신의 몽둥이에 맞고도 아무렇지 않은듯한 최수민을 바
라보는 싸이클롭스의 복부에 검을 박아넣은 후 그대로 가
로로 길게 베어냈다.

"정신차려요!"

그러자 레나는 백발 노인을 홀린듯이 바라보더니 백발
노인을 향해 걸어가기 시작했다. 레나에게 달려오던 바실
리스크는 레나의 마법에 그 자리에서 잘익은 도마뱀 구이
가 되었다.

'누구지?'

최수민도 신비한 백발 노인을 향해 달려갈 수 밖에 없었다. 레나가 없었어도 아마 결과는 같았을 것이다. 무엇보다 백발 노인이 사용하고 있는 검술이 너무나도 신기했다.

'검술은 나랑 비슷한데… 분명 이순신 장군님은 400년 간 늙지도 않았다고 했잖아?'

레나가 정신을 못차릴정도로 바라본 것을 보면 이순신 장군인것 같기도 하고, 그냥 검술만 똑같은 이순신 장군의 후계자가 아닐까하는 생각이 들기도 했다.

"여해!"

그러나 레나가 백발 노인을 향해 다가가 검을 휘두르고 있는 백발 노인을 와락 안으며 외치는 소리를 듣자 최수민의 의문은 금방 해결되었다.

"레나?"

백발노인, 이순신도 자신을 와락끌어안은 레나를 한 눈에 알아보았다. 그러나 그것도 잠시 바로 옆에 있는 몬스터들을 베어내기 시작했다.

"궁금한게 많을 거라는 건 알지만 일단 해야할 일부터 마저 끝내도록 하지."

레나도 이순신의 말을 잘 이해한다는 듯이 이순신의 몸에서 떨어져나와 다가오는 몬스터들을 공격하기 시작했다.

두 사람은 이것이 처음이 아니라는 것을 보여주듯 다가오는 몬스터들을 대화도 나누지 않고 각자 상대했다. 대화 따윈 필요없었다. 이미 많은 전투를 통해 두 사람은 서로의 싸움방식이 어떤지 잘 알고 있었기에 각자의 동선을 방해하지 않고 몬스터들을 하나씩 처리해갔다.

푸욱!

최수민도 두 사람의 곁에서 몬스터들을 하나씩 처리해나갔다.

'왜 이렇게 호흡이 잘 맞지?'

처음 보는 이순신이었지만 같이 싸우는데 있어 아무런 불편함이 느껴지지 않았다. 오히려 레나와 이순신의 호흡보다 최수민과 이순신의 호흡이 더 잘맞았다.

"자네 어디서 배운 검술인가? 멋진 검술이군."

이순신도 그것을 느꼈다. 처음보는 청년인데 너무나도 호흡이 잘 맞는다. 자신의 생각을 읽기라도 한 듯 자신이 공격하려고 하는 몬스터는 두고 다른 몬스터를 공격했다. 게다가 자신의 검술과 너무나도 닮은 검술을 쓰고 있었다.

최수민은 이순신을 향해 잠시 웃어주고는 다시 몬스터를 향해 검을 휘두르기 시작했다.

"운이 좋았습니다."

이순신의 말은 자신의 검술이 멋진 검술이라고 칭찬하는 것이었으니 최수민은 대답을 은근슬쩍 회피했다. 어차피 때가 되면 알게 되겠지만 지금은 잡담할 때가 아니었다.

세 사람은 순식간에 몬스터 군단을 밀어붙였다. 가끔씩 나오는 최하급 마족이 마법을 쓰기도 했지만 레나의 디스

펠에 의해 마법이 취소되어 큰 피해를 입지 않았다.

"저기서 몬스터들이 나오는 것 같아요."

세 사람이 몬스터들의 흔적을 따라걷던 중 능력자 협회 건물 앞에 도착하였다. 몬스터들은 능력자 협회에서 튀어나와 사방으로 퍼져나가고 있었다.

대형몬스터들에 의해 능력자 협회 건물은 이미 거의 폐허가 된 상태였고 그 안에서 빛이 흘러나오고 있었다.

"저 빛을 보니까 마계와의 균열이 생긴 것 같네."

"마계와의 균열이요?"

"그래. 그 때 봤잖아? 그렇지 않고서야 이렇게 많은 몬스터들이 쏟아져 나올 리가 없지. 왜 여기에 균열이 생겼는지는 알 수 없지만."

레나는 바로 마법을 사용해서 균열을 박살낼 준비를 하고 있었다.

"잠시만요."

"왜?"

최수민은 트라구지에서 균열을 박살을 내면 어떻게 되는지 두 눈으로 잘 보았다. 균열을 박살을 내게되면 엄청난 폭발이 일어나며 주변이 초토화된다.

"마법말고 다른 방법으로 저 균열을 박살낼 수 있는 방법은 없나요?"

"있어. 마나를 잔뜩 실어넣은 검으로 저 균열을 박살낼 수 있지."

13

"그럼 제가 부술게요. 검으로 부수면 폭발이 일어나진 않겠죠?"

"응."

현대 도시의 중요한 것들은 모두 지하에 설치되어있다. 가스라던지, 물이라던지. 마법으로 균열을 박살내며 지하에 있는 주요 배관들을 건드리게 되면 오히려 거기서 더 큰 피해가 발생할 수도 있다는 생각에 최수민이 검에 마나를 주입하기 시작했다.

크아아악!

최수민은 자신을 향해 달려오는 거대한 뱀의 모습을 하고 있는 몬스터를 베어내면서 빛이 새어나오는 곳을 향해 달려갔다.

'엄청나게 쏟아져 나오네.'

레나가 마법으로 균열을 박살냈었던 이유는 하나. 이규혁이 쏟아져 나오는 몬스터들을 처리하지 못했기 때문에 쏟아져 나오는 몬스터들과 함께 균열을 박살내기 위해서 강력한 마법을 사용했던 것이다.

최수민은 엄청난 속도로 몬스터들을 썰어나가며 균열을 향해 한발자국씩 나아가고 있었지만 몬스터들이 쏟아져 나오는 속도는 상상을 초월했다. 마계에서는 균열이 열리기만을 기다려온 것 같았다.

"내가 처리할 테니 자네는 저 빛을 없애고 오게."

주위로 흘러나가는 몬스터들과 싸우고 있던 이순신이

최수민이 갈 길을 막고있던 몬스터들을 처리하기 시작했다.

"네. 감사합니다."

균열을 지키는 엄청나게 강력한 몬스터가 없었기에 이순신이 길을 막던 몬스터들을 정리하자 최수민은 금방 균열 앞에 도착할 수 있었다.

'후. 여길 베어내면 된단말이지?'

말이 좋아 균열이지 지금 최수민의 눈앞에 보이는 것은 그냥 공간이었다. 단지 지금 서있는 곳이 현대 세계라면 눈앞에 보이는 곳은 어둡고 으스스한 기운이 흘러나오는 공간. 그 공간을 비집고 몬스터들이 새어나오고 있었다.

"뭐해? 못하겠으면 내가 할게."

과연 이 공간이라는 것을 베는 것이 가능할까? 하는 생각에 잠겨있는 최수민을 향해 레나가 소리쳤다.

"아니에요. 제가 할게요."

서걱!

마나를 잔뜩 실은 검을 가로로 길게 베어내자 균열이 일그러지기 시작하더니 조금씩 좁아지기 시작했다.

콰앙!

"뭐에요? 아까 분명히 폭발하지 않는다고 했잖아요!"

귓가를 울리는 커다란 소리에 최수민이 레나를 보며 소리쳤다. 그러나 그것도 잠시 최수민은 그 폭발음이 자신의 바로 앞에서 나지 않았다는 것을 깨달았다.

"저기서 무슨 일이 일어나고있는 것 같은데?"

레나와 이순신, 그리고 최수민은 엄청난 소리가 난 곳을 향해 시선을 옮겼다. 그 곳에서는 어마어마한 크기의 검은 마나가, 커다란 기둥처럼 솟아오르고 있었다.

◇

박재현과의 싸움을 끝낸 이규혁은 한승진이 머물고 있는 곳을 향해 빠르게 달려가고 있었다.

'몬스터들이 여길 어떻게?'

지구에 처음으로 몬스터가 생겼을 때, 그 당시에 몬스터를 잡기 위해 딱 한번 투입되었던 적이 있었다. 물론 결과는 참패.

그리고 이규혁은 감옥에 갇혀서 허송세월을 보내고 있었는데 지금 지구에 다시 몬스터들이 돌아다니고 있는 모습이 보였다.

"살려주세요!"

"으악! 괴물이다!"

달려가고 있는 이규혁의 눈앞은 아수라장이었다. 몬스터들은 사람들을 죽이기 위해 달려가고 있었고, 건물들은 파도 앞에 모래성처럼 허무하게 무너지고 있었다.

"살려주세요!"

달려가는 이규혁에게 검이 한 자루 있는 것을 본 한 여자가 이규혁을 보고 소리쳤다. 이규혁이 여자를 바라보자 갑자기 여자는 안심하기보다는 경악하며 뒤로 한 걸음씩 물러났다.

"혁… 이규혁…."

여자의 마음은 마치 달려가고 있는 맹수를 불러 세운 심정이었다. 연쇄살인마, 그리고 그의 손엔 검이 들려져있다. 뒤에선 몬스터가 따라오고 있어서 자신을 죽여도 아무렇지도 않은 상황. 게다가 이규혁의 눈마저 빨간 상태였다.

저벅저벅!

그런 여자를 향해 이규혁이 걸어가자 여자는 질겁하며 걸음을 계속 뒤로 옮겼다. 그러자 툭, 하는 소리와 함께 여자의 몸이 뒤에서 따라오고 있던 거대한 리자드 맨의 다리에 닿았다.

"꺄아아악!"

사색이 되어가는 여자의 얼굴과는 다르게 등 뒤에 있는 리자드 맨은 여자에게 아무런 해를 끼치지 않았다. 대신 이규혁과 눈을 마주치고 있었다.

"사… 살려주세요."

아무리 그래도 몬스터보다는 인간이 말이 통할 것이라는 생각으로 여자는 이규혁에게 도움을 요청했다.

크르륵!

그러자 리자드 맨이 갑자기 등을 돌려 방향을 틀어 다른 방향으로 걸어가기 시작했다. 여자는 리자드 맨이 다른 방향으로 가는 것을 확인하자마자 이규혁을 지나쳐서 빠르게 도망가기 시작했다.

'어떻게 저 놈이 내 말을 듣는 거지?'

단지 눈을 마주 쳤을 뿐이다. 그러자 리자드 맨을 조종할 수 있겠다는 생각이 들자 바로 리자드 맨에게 물러서라는 명령을 했다.

'희한한 일이군.'

몬스터들을 향해 더 실험을 해보고 싶었지만 한승진에게 갈 길이 먼 이규혁은 한승진이 있는 곳을 향해 빠르게 걸음을 옮겼다.

이규혁은 걸어가며 몇 번 몬스터들을 더 만나서 자신의 능력을 확인해보았다. 확실히 몬스터들이 자신의 명령을 따르는 것을 확인한 이규혁은 몬스터들을 이끌고 한승진이 있는 곳으로 걸어갔다.

◇

한승진이 있는 서초의 한 빌딩. 강남과 가까운 이곳에도 몬스터들이 들이닥치고 있었지만 중요한 사람들이 많았기 때문에 레벨이 높은 능력자들이 건물을 지키고 있었다.

"평범한 몬스터들이 아닌데? 왜 이런 놈들이 지구에 온 거야?"

370레벨의 최성태는 자신의 파티원들과 함께 한승진이

있는 건물을 지키고 있었다.

푸욱!

달려오고 있는 리자드 맨 마법사의 머리를 꿰뚫은 최성태의 눈앞에는 가지각색의 몬스터들이 보였다.

'리자드 맨은 글라디아에서 나오던 놈들인데… 이거 규칙성 같은 건 없는 건가?'

리자드 맨, 오우거, 싸이클롭스 등 론디움에 나오는 몬스터들이 구분없이 몰려들고 있었다. 리자드 맨이나 오우거 같은 몬스터는 쉽게 잡을 수 있었지만 골렘이나 하피들은 쉬운 상대가 아니었다.

"하피들부터 잡아!"

론디움에서도 바위를 던지는 녀석들이다. 서울에는 바위보다 더 던질 수 있는 물건들이 많았다. 어떤 녀석은 간판을 뜯어 와서 던지기도 했고, 어떤 녀석들은 그나마 가벼운 경차를 들어서 던지는 녀석들도 있었다.

"파이어 볼!"

"아이스 애로우!"

여러 가지 마법들이 하늘을 수놓는 동안 최성태는 다가오고 있는 몬스터들을 하나씩 베어나가고 있었다.

"후. 이제 끝인가?"

쉬지 않고 몬스터들을 베어온 최성태는 숨을 몰아쉬며 주변을 돌아보았다. 불나방처럼 모여들던 몬스터들이 보이지 않기 시작했고 하피들도 마법에 관통당해 버티지 못하고 땅에 떨어져있었다.

"저건 또 뭐야?"

파티원의 말에 최성태가 바라본 곳에는 개미떼처럼 엄청나게 많은 것들이 몰려오고 있었다. 그 놈들은 자신이 있는 건물을 향해 점점 다가오고 있었고, 코카트리스, 바실리스크, 리자드 맨등 종류가 다양했다.

그리고 몬스터들의 가장 앞에 이규혁이 서있었다.

번쩍!

이규혁의 빨간 눈이 빛나는 순간 몬스터들이 한 번에 쇄도하기 시작했다.

◇

지옥.

이규혁이 끌고온 몬스터들과 싸우는 사람들의 눈앞에 펼쳐진 광경은 이 곳이 지옥이다라는 말이 나오기 충분한 광경이었다.

끊임없이 몰려드는 몬스터들. 그 몬스터들이 고블린이나 오크처럼 약한 몬스터였으면 좋았겠지만 그런 약한 몬스터들은 이미 대형몬스터에게 치여서 죽었을 것이다.

"이건 뭐 시선을 끌고 자시고 할 것도 없잖아."

근접 딜러가 시선을 끌며 싸우는 싸움은 몬스터가 소수일 때의 이야기. 지금은 몬스터가 아니라 능력자들이 소수인 상황이라 시선을 끌면 오히려 근접딜러들이 죽어나갈 상황이었다.

"후… 이거 도망가도 소용없겠지?"

하늘에는 하피들이 날아다니고 있고 땅에는 거대 몬스터들이 몰려온다. 그 몬스터들은 지능이 있는 것처럼 일직선으로 몰려오지 않고 건물을 둘러싸고 공격을 해왔다.

완벽한 포위망. 누군가가 몬스터를 지휘하고 있지 않았다면 있을 수가 없는 일이었다.

"젠장. 몬스터를 움직일 수 있는 능력자도 있었던가."

최성태는 이때까지 많은 능력자들을 보았지만 몬스터들을 끌고 다니는 능력자는 한 번도 듣지도 보지도 못했었다. 움직이는 몬스터들도 겨우 초보존에서 볼 수 있는 몬스터가 아니다.

'지옥은 죽어서 가는 곳인줄 알았더니 여기가 바로 지옥이구나.'

몬스터들과 싸우느라 이규혁이 건물 안으로 들어가는 것을 알고 있으면서도 바라만 볼 수밖에 없었다.

"우리도 그냥 건물 안으로 들어갈까?"

난폭한 몬스터들 답지 않게 이규혁이 건물 안에 들어간 이후로 몬스터들은 건물을 공격하지 않게 애쓰고 있었다. 건물 안에 마치 아기가 차에 타고 있어요. 라는 문구를 붙여놓은 초보운전딱지를 붙여놓은 것 같았다.

"그나마 우리가 밖에서 지키고 있어서 몬스터들이 공격

을 하지 않는 건지도 몰라. 우리는 여기서 버틴다."

건물 안에 들어가면 몬스터들이 공격하지 않을지도 몰랐지만 그건 가정일 뿐이다. 만약에 건물 안으로 들어갔는데 몬스터들이 건물을 공격한다면 제 손으로 무덤을 파는 행위나 마찬가지다.

최성태를 비롯한 능력자들은 건물 밖에서 쇄도해오는 능력자들을 막기 위해 고군분투해야했다.

◇

'이런 상황이라도 한승진은 그래도 20층에 있겠지?'

너무나도 익숙한 건물. 사무직 직원들은 이러지도 못하고 저러지도 못한 채 이규혁을 쳐다보고 있었다. 이규혁을 본 사람들의 얼굴에는 두려움이 가득했지만 몬스터들이 바글바글거리고 있는 바깥보다 건물 안이 안전하다는 것을 알고 있기에 자리를 지키고 있을 수밖에 없었다.

"여기가 어딘 줄 알고 그 더러운 발을 들여놓는 거냐?"

두려움에 떨고 있는 직원들 사이로 곰같은 인상의 사내가 나타나서 말을 꺼내었다. 사내의 이름은 신민철. 430레벨의 그는 서울에 몬스터들이 나타났다는 말에 론디움에서 방금 돌아온 상태였다.

손에는 길다란 창을 든 신민철은 이규혁을 당장이라도 찌를 기세로 서있었다.

이규혁은 신민철의 말을 깔끔하게 무시한 채 엘리베이터를 향해 걸어가고 있었다.

"내 말을 무시하는 거냐!?"

신민철은 이규혁에 대한 이야기는 지겹도록 들어왔다. 그래서인지 신민철은 이규혁에 대한 호승지심이 있었는데 이규혁이 자신의 말을 무시하자 이성의 끈을 놓은 채 창을 들고 이규혁을 향해 달려갔다.

번쩍!

신민철의 창이 이규혁에게 닿았다고 생각하는 순간 빛한줄기가 신민철의 눈앞을 스쳐지나갔다.

'어라?'

이규혁의 검은 여전히 검집 안에 들어가 있었다. 신민철의 시선이 이규혁의 검집에 머무르는 동안 시야가 갈라지기 시작했다. 이규혁의 오른쪽 몸이 점점 올라가고 왼쪽 몸은 땅으로 떨어진다. 그리고 붉은 피가 자신의 시야를 가리기 시작했다.

푸하학!

신민철의 몸이 세로로 갈라지며 피를 뿜어내자 여기저기서 사람들의 비명소리가 들려왔다.

여러 가지 비명소리가 건물 안을 울렸지만 아무도 몬스터들이 둘러싸고 있는 건물 밖으로 달려나갈 생각은 하지 못했다.

"한승진에게 전해. 이규혁이 왔다고."

이규혁은 벌벌 떨고 있는 직원들에게 말을 전한 후에 20층을 향한 엘리베이터를 탔다.

'이 순간이 찾아올 줄이야.'

지난 몇 년간 꿈에도 그리던 순간이었다. 한 땐 포기하기도 했지만 누군가가 이규혁을 도와주는 것 같았다. 능력자가 된 것부터 최수민이 목숨을 구해준 것. 그리고 마족에게서 어마어마한 힘을 받은 것까지.

'대가가 무엇이든 한승진의 목만 취할 수 있다면 더 이상 바랄게 없다.'

때앵.

엘리베이터의 도착 소리가 한승진에 향한 복수심을 다시 한번 불태우며 지나온 일들을 생각하던 이규혁의 의식을 깨웠다.

"왔나?"

문이 열리자마자 한승진의 얼굴이 보였다. 꿈에도 그려왔던 얼굴. 한승진의 얼굴을 보는 순간 검을 들고 있던 손이 움찔 했지만 오랜 시간 기다려왔던 복수를 순식간에 마무리할 생각은 없었다.

"얼굴에 기름이 흐르는 걸 보니 아주 잘 지냈나본데. 밑에서 개처럼 일하던 사람은 지옥에 보내놓고 말이야."

"그러게 말이다. 이렇게 빠른 속도로 클 줄 알았다면 언젠가 능력자가 될 때까지 애지중지하면서 키웠을 텐데. 내 판단이 틀렸군."

한승진은 이규혁의 성장속도에 진심으로 감탄하면서 말했다. 분명 이규혁은 암살자로서 엄청난 성장을 해왔고 최고의 자리에 올랐었다.

'분명 박재현만 해도 능력자가 된지 2년이 지났는데. 그녀석을 상처하나 없이 제압하고 오다니.'

한승진은 최수민같은 능력자들을 만들기 위해 약을 실험하기도 했었다. 뛰어난 능력자들을 얻기 위해 능력자들을 선발하여 키우기도 했지만 이규혁처럼 엄청난 성장을 보여준 사람은 한 명도 없었다.

"왜 날 그렇게까지 나락으로 떨어뜨려야했지? 아니 우리 팀 모두를 말이야."

"그거야 당연한 거 아닌가? 능력자가 아닌 사람은 능력자를 이길 수 없다. 너희 팀을 능력자로 교체한 것일 뿐."

"꼭 그렇게 다 죽여야만 했냐?"

"너희가 알고 있는 정보가 한두 가지가 아닌데 살려둘 순 없지. 현장에서 일하던 녀석들이 평범한 일을 할 수 있는 것도 아니고."

"정말 별 것도 아닌 이유였군."

"소모품을 바꾼 것뿐이다."

이규혁은 한승진의 말이 끝나자마자 한승진을 향해 검을 뽑아서 달려갔다.

채앵!

이규혁의 검이 한승진의 목에 닿기 전에 한승진 옆에 서 있던 원영주가 검을 뽑아 들어 이규혁의 검을 막았다.

"왜 도망가지 않고 있었나 했더니 믿음직한 개 한 마리가 지키고 있었군."

겨우 검을 한 번 부딪혔을 뿐인데 원영주와 이규혁은 서로의 실력을 알아보았다.

'박재현 녀석과는 전혀 비교도 안 되게 강하다. 하지만.'

까앙!

이규혁의 검과 원영주의 검이 다시 한번 마주쳤다. 쇳덩어리가 부딪히는 소리는 한승진이 있는 방을 크게 울렸고 그 충격의 여파로 한승진 책상에 있던 물건들이 쏟아졌다.

'한승진을 지키고 있는 놈이 거슬린다.'

이규혁의 눈에 들어온 원영주의 검술은 별거 아니었다. 단지 스텟이 높아서 이규혁의 검을 막아내고 있을 뿐. 이규혁은 한승진 옆에 서있는 김영환을 의식하며 일부러 조금씩 밀리는 척을 하기 시작했다.

검에 서려있는 마나들이 부딪히며 한승진의 사무실에 작고 큰 상처를 내는 동안 김영환은 한승진에게 날아오는 마나 덩어리를 막아내기만 할뿐 한승진 옆에 계속 서있었다.

"안 도와줘도 되겠어?"

아직까지 이규혁을 끝내지 못하고 있는 원영주를 불안하게 바라보며 한승진이 김영환을 슬쩍 바라보았다.

"괜찮습니다. 지금 이규혁이 조금씩 밀리기 시작하고 있습니다."

김영환의 말대로 이규혁은 원영주의 공격을 허용하진 않았지만 공격다운 공격을 하지 못한 채 검을 막아내는데 급급해보였다.

'충분히 방심했군.'

휘이익!

공격 한번 하지 못하고 있는 이규혁이 별거 아니라는 생각을 한 원영주가 검을 크게 한번 휘두르자 이규혁은 허리를 틀며 원영주의 검을 피했고.

퍼억!

검을 크게 휘두르느라 완전히 열려있던 가슴을 향해 바로 주먹을 내질러 원영주의 명치를 강타했다.

'한 놈 끝났고.'

이규혁이 검을 들어 비틀거리고 있는 원영주의 목을 내리치려는 순간 들려오는 소리에 검을 멈췄다.

"오빠!"

너무나도 그리웠던 목소리. 듣고 싶지만 차마 들을 수 없었던 목소리가 이규혁의 머릿속에 울려퍼지기 시작했다. 그리고 그 목소리가 들려온 곳을 향해 시선을 돌리는 순간 원영주의 검이 이규혁의 가슴팍을 향해 날아왔다.

푸욱!

"꺄아악! 안 돼!"

이규혁이 검에 찔리며 돌아본 곳에는 이규혁이 사랑했던, 그리고 항상 보고 싶었던 아내 지우와 딸 다혜가 보였다.

"건방진 놈! 기르던 개가 어디서 주인을 향해 검을 들이대는 것이냐!"

이규혁의 딸과 아내를 데리고 온 이후 한껏 득의양양한 한승진의 목소리가 커졌다. 원영주와 김영환이 자신있다고 말했지만 한승진은 절대 남을 과신하는 사람이 아니었다.

"이 개자식!"

"그 검에서 손을 놓지 않으면 니 딸과 아내를 죽여버리겠다."

한승진이 들고있는 단도가 지우의 목에 살짝 닿자 주르륵하며 하얀 목에 빨간 피가 몇 방울 떨어졌다.

"이 더러운 자식이!"

"이거 왜 이러시나? 호랑이를 잡으려면 호랑이굴에 들어갈게 아니라 호랑이의 새끼를 잡아 약점으로 활용해야 된다고 내가 누누이 말했을 텐데?"

한승진은 이제 이겼다는 듯 비릿한 미소를 짓고 있었다. 지우의 목에 칼이 닿아 피가 흐르자 다혜는 아무 말도 하지 못하고 그저 눈물만 펑펑 쏟고 있었다.

"뭐해? 저 놈 죽여버려!"

한승진이 소리치자 원영주와 김영환이 동시에 이규혁을 공격하기 시작했다. 쇠붙이들이 부딪히는 소리가 한승진의 집무실을 울리자 다시 한번 한승진이 소리쳤다.

"이봐 이규혁이. 그런 식으로 나오면 재미없어."

그러고는 이번엔 다혜의 목에 칼을 가까이 가져다 대었다. 그러나 다혜는 자신의 목에서 차가운 칼날이 느껴지자 두려움에 떨며 지우를 쳐다보려다 칼날에 목을 길게 베이고 말았다.

"다혜야!"

다혜의 목에서 피가 분수처럼 쏟아져나오기 시작했고 지우는 어쩔 줄 몰라 하며 자신의 윗옷을 찢어 다혜의 목을 감쌌다. 그러나 길게 베어버린 다혜의 목에서 흘러나오는 피는 멈출 줄을 몰랐다.

"이거 어쩌나. 지금이라도 그 검을 놓는다면 니 딸은 살릴 수 있게 해주마."

"이 개자식이…."

"그런 소리를 할 때가 아닐 텐데? 이 정도 상처라면 아직까진 치료 가능한 수준이라고."

한승진의 단도가 이번엔 지우의 목을 향했다.

"더럽고 치사하다고 생각해도 어쩔 수 없지. 토끼를 사냥할 때도 최선을 다해야 하는데 내 눈앞에 호랑이가 기어들어왔으니 어떻게 이런 방법을 쓰지 않을 수 있겠어?"

목에서 흘러내리는 피가 다혜의 옷을 적셨고 지우의 목에 칼이 닿아있는 모습을 보자 이규혁은 더 이상의 반항을 하지 못했다.

서걱!

휘이익!

가만히 서 있는 이규혁의 몸에 상처가 하나 둘씩 생기기 시작했다. 암흑 마나가 이규혁의 몸을 감싸고 있었지만 원영주와 김영환의 검은 암흑 마나를 뚫어낼 만큼 매서웠다.

"크윽."

짧은 신음소리를 내고 있는 이규혁의 시선은 다혜와 지우를 향하고 있었다.

"오빠!"

바로 옆에선 딸의 목에서 피가 멈추지 않고 있었고 눈앞에선 남편이 두 명의 남자에게 칼로 난자당하는 모습을 보고 있는 지우가 제정신일 리가 없었다.

'어차피 이렇게 해서 우리가 살아남아도 사는 게 아니다.'

이규혁의 목숨을 담보로 해서 살아남아서 무엇을 한단 말인가? 차라리 깔끔하게 죽는 게 낫다.

그 생각까지 마친 지우는 한승진이 들고 있던 검에 몸을 던졌다.

푸욱!

날카로운 칼이 살을 관통하는 소리와 함께 지우의 목에서 피가 뿜어져 나오기 시작했다.

"이 년이!"

그러자 인질로 쓸 사람이 사라졌다는 생각에 한승진이 당황하기 시작했다. 다혜와 다르게 본인의 의지로 검에

잡종늑대 6

뛰어든 지우의 목은 이미 몸에서 떨어져나갈 듯 위태위태한 상태였다.

그 모습을 바라만 보고 있던 이규혁의 눈에 초점이 사라지기 시작했다. 빨간 눈동자가 이규혁의 흰자를 다 집어삼킬 듯이 커지기 시작했고 몸은 검은색 마나로 둘러싸이기 시작했다.

까앙!

이규혁의 몸의 변화가 심상치않은 것을 본 원영주가 검을 강하게 휘둘러보았지만 이규혁의 몸을 감싸고 있는 암흑 마나를 뚫어내지 못했다.

"뭐해? 빨리 죽여!"

한승진의 외침에 원영주와 김영환이 동시에 이규혁의 몸을 공격했지만 암흑마나에 막혀서 아무런 타격을 주지 못했다. 오히려 이규혁의 몸을 감싸고 있는 암흑마나가 점점 커지기만 했다.

"도망가셔야 할 것 같습니다."

원영환은 빠르게 판단을 내렸다. 지금 자신의 수준으로 아예 타격을 주지 못하는 암흑마나를 소유하고 있는 이규혁이 움직이게 된다면 자신은 상대가 될 수 없다.

"어딜 도망가? 지금 건물 밖은 몬스터들로 바글바글한데."

역정을 내는 한승진이었지만 본인도 지금 이규혁의 상태가 심상치 않다는 것을 알고 있었다.

"몬스터들이 문제가 아닙니다. 지금 이규혁이 더 위험합니다."

"지금 도망가셔야 합니다."

다행히 이규혁은 암흑 마나에 둘러싸인 채 아무런 행동을 취하지 못하고 있었다. 모르긴 몰라도 지금 이규혁이 움직이게 되면 여기 있는 세 사람은 죽은 목숨이라는 것을 잘 알 수 있었다.

"젠장! 눈앞까지 온 녀석을 못 잡다니. 앞장서라!"

"네. 따라오시죠."

콰앙!

원영주가 앞장서서 계단으로 향하는 문을 열고 한승진이 내려간 후 김영환이 문을 닫으며 내려가려는 순간 이규혁에게 모여 있던 암흑마나가 폭발했다.

거대한 소리와 함께 김영환과 이규혁이 서있던 20층은 아예 흔적도 없이 사라져버렸다. 그리고 하늘을 날고 있던 하피들도 그 폭발에 휩쓸려 흔적을 남기지도 못한 채 사라졌다.

"으아악!"

김영환은 엄습하는 고통에 자신의 오른쪽 팔을 바라보았다. 그러나 원래 있어야 할 것들이 없었다. 오른손에 쥐고 있었던 검, 그리고 손, 팔뚝, 어깨에 연결되어 있어야 할 모든 것이 사라져있었다.

푸욱!

김영환이 이규혁을 향해 시선을 옮기려고 하는 순간 이미 이규혁의 검이 자신의 심장에 박혀있었다.

　이규혁은 김영환의 심장에 박아넣었던 검을 뽑아들고 계단을 타고 한승진을 쫓아가기 시작했다.

◇

　"여기가 무슨 몬스터 소굴인가? 던전도 아닌데."

　최수민과 일행들은 균열을 깨부순 후에 검은색 기둥이 높이 솟아오른 곳으로 빠르게 달려왔다.

　건물 바로 앞에 도착할 때까지만 해도 몬스터들을 발견할 수 없었지만 건물이 있는 곳에 도착하자 이때까지 서울에서 볼 수 있었던 모든 종류의 몬스터가 집합해있었다.

　"일단 이 놈들한테 신경 쓸 필요 없어. 그 때처럼 이 균열을 만든 놈부터 잡는 게 중요해."

　레나는 폭발이 일어나지 않는 라이트닝이나 얼음 계열 마법들만 사용하며 길을 만들고 있었다. 장기인 화염 계열 마법을 사용하지 못했기 때문에 한 방에 몬스터들이 죽지 않았다. 그런 몬스터들은 최수민과 이순신이 나서서 목숨을 끊어놓았다.

　"아까보다 몬스터들이 더 강해진 것 같은데요?"

　"그러게. 저기서 솟아오른 암흑 마나 때문인가?"

처음 균열을 박살내러 갈 때보다 몬스터들이 상당히 강해져있었다. 바실리스크는 트라구지에서 보았었던 강화된 바실리스크처럼 행동을 했고 거대 개미들과 리자드 맨들은 더욱 속도가 빨라졌으며 싸이클롭스나 골렘들은 더 힘이 강해진 상태였다.

서걱!

하지만 이순신은 강해진 몬스터도 아무것도 아니라는 듯이 다가오는 녀석들을 가볍게 베어내었다.

"분명 이런 일이 없게 하려고 멜로스와 함께 고생을 했는데 어떻게 이 녀석들이 여기에 나타나는 거지?"

"뭐라구?"

이순신의 혼잣말을 들은 레나가 물어보았지만 이순신은 바로 대답을 해주지 않았다.

"나중에 설명해줄게. 지금은 이 녀석들이 급하니까."

밀려드는 몬스터들을 하나 둘씩 해치우면서 길을 열어나가자 최수민 일행은 금방 건물 앞에 도착할 수 있었다. 건물 앞에는 최성태를 비롯한 여러 명의 시체들이 뒹굴고 있었다. 대부분의 시체는 처참하게 박살이 나있어서 사람의 시체라는 것을 알아보기조차 힘들었다.

"처참하군."

시체들의 상태만 봐도 여기 있는 사람들이 싸움이 아니라 일방적인 몬스터들의 공격의 희생양이 되었다는 것을 알 수 있었다.

"내가 여기서 이놈들의 발을 묶고 있을 테니 두 사람이 안에 들어가서 해결하고 와."

지나오면서 본 건물들은 모두 몬스터들의 희생양이 되었지만 지금 눈앞에 있는 건물에는 아무런 상처가 없었다. 몬스터들이 건물 안에 있는 누군가를 위해 공격을 하지 않고 있다는 사실을 알 수 있었지만 그래도 혹시나 모를 공격에 대비해서 이순신이 밖에 남아서 몬스터들을 혼자 상대하기로 했다.

"혼자서 가능하겠어?"

레나가 걱정스러운 눈으로 이순신을 바라보면서 말했다. 지금 이순신의 상태는 레나가 알고 있던 예전의 이순신과 전혀 다른 모습이었다. 주체하지 못할 정도로 넘쳐흐르던 마나는 한 줄기도 찾아볼 수가 없었고 단지 몸뚱어리 하나만 가지고 있는 평범한 사람 같았다.

"이런 조무래기들한테 상대로 내가 당할 것 같아?"

"그건 아니지만…."

마왕과 싸워서 이겼던 이순신이다. 그것을 잘 알고 있지만 지금 이순신의 그 당시와 전혀 다른 모습이었다. 하얗게 새어버린 머리카락, 자글자글한 주름들. 그나마 믿을만한 것은 아직까지 탄탄하게 유지되고 있는 몸밖에 없었다.

"이봐. 젊은이. 늙은이 오래 기다리게 하지 말고 얼른 안에서 해결하고 와."

이순신은 그 한 마디를 남긴 채 자신에게 달려오고 있는 코카트리스를 향해 달려갔다. 그리고 여전히 힘이 넘친다는 듯이 코카트리스를 한 번의 공격으로 쓰러뜨렸다.

"어서 들어가죠."

최수민이 말을 꺼냈지만 레나는 이순신의 뒷모습에서 전혀 눈을 떼지 못했다.

"장군님이 걱정되시면 여기 있으세요. 저 혼자 다녀올게요."

"그래? 그럴래?"

"네. 뭐 정 안되겠으면 여기로 나오면 되죠."

마음을 놓았다는 듯이 환하게 미소를 짓는 레나를 두고 최수민은 혼자 문을 열고 건물 안으로 들어갔다. 건물 안 상황은 그야말로 혼비백산.

사람들은 끊임없이 비명소리를 지르고 있었다. 개중에는 이미 목이 쉬어버려 소리조차 내지 못하는 사람도 있었다. 그들의 시선이 향하는 곳에서 암흑 마나를 엄청나게 뿜어내고 있는 한 사람이 중년의 사람을 무자비하게 칼로 난도질을 하는 모습이 보였다.

"으아악!"

중년 남성의 비명소리가 건물 안을 울리자 다른 모든 사람들도 그 남성의 고통을 공감하며 소리를 질렀다. 다음번은 자신의 차례라고 생각하는 듯이 소리를 지르고 있었지만 아무도 밖으로 도망치지 못했다. 밖에는 암흑 마나를 흘리고 있는 사람보다 훨씬 무섭고 무자비한 몬스터들이 자리를 잡고 있기 때문이다.

'이규혁? 이규혁이 어떻게 암흑 마나를 사용하고 있는 거지?'

서벨리 빙하에서 사라졌던 이규혁이 지구에 와있었다. 그것도 눈이 아주 새빨개진 상태로. 이규혁의 검은 눈앞에 있는 중년인의 피로 뒤덮혀 있었다. 축 늘어진 모습의 중년인은 더 이상 이 세상 사람이 아닌 것 같았다.

"헉! 구세주다!"

비명을 지르느라 바빴던 사무직 직원들이 최수민을 보고 이제 살았다는 듯이 안도의 한숨을 내뱉었다. 직원들의 눈에 몬스터들의 포위를 뚫고 들어온 최수민의 모습은 마치 하늘에서 보내준 천사 같았다.

"살려주세요!"

"제발 살려주세요. 흑흑."

살려달라고 애원하는 사람들 사이에는 몸이 반으로 갈라져있는 시체가 하나 있었다. 시체는 깔끔하게 양단되어 있어 당장이라도 붙여놓으면 숨을 쉴 것 같았다.

"최수민?"

사람들이 최수민을 보고 살려달라고 소리치자 이규혁도 최수민을 쳐다보았다.

"이규혁 지금 무슨 짓을 하고 있는 거야? 서벨리 빙하에서 사라져서 걱정을 했더니 이런 곳까지 와서 사람을 죽이고 있었어?"

이규혁의 기억을 보았었기 때문에 이규혁이 연쇄살인마라는 누명을 썼다는 것을 누구보다 잘 알고 있었다. 하지만 지금 눈앞에서 벌어지고 있는 이규혁의 행동은 누가 봐도 연쇄 살인마가 할 법한 짓이었다.

게다가 지금 이규혁이 하고 있는 행동은 평범한 행동이 아니었다. 중년의 남자가 편하게 죽지 못하도록 정성을 다해 난도질을 해서 죽였다.

"사람?"

이규혁이 중년 남자의 몸에 박아넣었던 검을 뽑아내며 최수민을 쳐다보았다. 흰자가 아예 사라지고 눈이 모두 빨간색으로 변해버린 상황.

'좋지 않은 상황인데. 벌써 돌이킬 수 없는 길을 건넜군.'

마족들이 죽기 전에 하곤 하던 눈의 변화를 이규혁의 눈에서 볼 수 있었다. 최수민의 경험이 맞다면 아마 이규혁은 조만간 죽을 것이다.

"사람의 탈을 쓰고 있다고 해서 모두가 같은 사람이라고 생각하나? 이건 쓰레기다."

이규혁은 온 몸이 피로 칠해 진 채로 죽어버린 중년 남자의 몸을 돌려 최수민에게 보여주었다. 중년 남자는 직접 본 적은 없지만 이규혁의 기억에서 본 적이 있는 남자였다.

'한승진이군.'

이규혁의 삶의 이유였던 한 남자가 이규혁의 손에 붙잡

혀있었다. 이제 이규혁이 손에서 한승진을 놓는 순간 이규혁은 삶의 의미를 잃는 것이다.

"그렇군."

최수민은 이규혁을 향한 어떤 비난도 하지 못했다. 과연 최수민 자신은 김진수를 앞에 두고 저렇게 하지 않는다고 말할 수 있을까? 아마 그건 아닐 것이다.

"그럼 이제 어떻게 할 거지? 복수하겠다던 한승진은 죽었고."

[어떻게 하긴. 복수를 할 수 있게 도와줬으니 이제 날 도와줄 차례다. 일단 여기로 돌아와라.]

고민하고 있던 이규혁의 머리속에 아블의 목소리가 울려 퍼졌다. 이전과 다르게 머릿속에서 울리는 아블의 목소리에 저항할 수가 없었다.

"큭. 제기랄. 다음에 보자."

이규혁은 그 한 마디를 남긴 채 암흑 마나와 함께 사라져 버렸다.

"뭐야 대체?"

서벨리 빙하에서 사라졌던 이규혁은 이번에도 최수민의 눈앞에서 사라져버렸다.

쾅!

"꺄악!"

이규혁이 사라지자마자 건물이 울리는 소리가 드려왔다.

쾅!

다시 한번 큰 울림과 함께 바실리스크의 꼬리가 건물 벽을 부쉈다.

'일단 저 놈들부터 처리해야겠군.'

◇

이규혁이 사라지자 건물을 공격하지 않고 있던 몬스터들이 총 공격을 시작했다. 다행스럽게도 이순신, 레나가 몬스터들을 거의 정리한 상태였고 그 곳에 최수민까지 합류하자 금방 몬스터들을 소탕할 수 있었다.

"후. 균열도 박살내고 왔으니 몬스터가 더 이상 밀려들진 않겠죠?"

"그렇겠지."

땀 한방울 흘리고 있지 않은 레나와 달리 이순신의 몸은 땀으로 범벅이 된 상태였다.

'하긴 저 몸으로 몬스터를 잡는다는 것 자체부터가 신기하지.'

이순신의 겉모습은 지하철이나 버스에서 노약자석을 당장이라도 양보해주어야 할 것 같은 외모였다.

"그럼 이제 이야기를 한 번 들어볼까? 급한 불도 다 껐으니."

처음 레나를 만난 론디움에서부터 여해 여해하며 노래를 불러왔던 레나는 몬스터들을 다 잡자마자 이순신의 이야기를 듣고 싶어 했다.

"여기서 이야기하기는 조금 그렇지 않아요? 자리를 옮기
죠."

몬스터들의 시체가 산을 이루고 있는 곳. 감동적일지도
모르는 두 사람의 이야기를 듣기 좋은 장소는 아니었다.

"어디로?"

"어디 앉아서 이야기 할 수 있는 곳으로 옮기죠."

◇

텅 빈 거리. 텅 빈 가게들.

아주 멀쩡한 지역이었지만 몬스터들이 나타났다는 소식
이 있는데도 가게를 지키고 있을만한 배짱을 가진 사람은
없었다.

"그냥 저기 들어가자."

레나는 건물 밖에 의자가 잔뜩 나열되어 있는 한 카페를
가리켰다. 물론 그 카페에도 아무도 없었다.

세 사람은 아무도 지키고 있지 않은 건물에 들어가지 않
고 그냥 의자만 가볍게 빼서 자리에 앉았다.

"어디서부터 이야기를 해야 할지 모르겠군."

이순신은 자신의 눈을 뚫어져라 쳐다보고 있는 레나의
눈을 쳐다보더니 최수민에게 시선을 옮겼다.

"그러고보니 젊은이에게서 멜로스의 느낌이 나는데…

혹시 드래곤?"

"뭐… 드래곤이긴 합니다."

아마 이순신이 알고 있는 드래곤과는 다른 종류의 드래곤이긴 하지만.

"티어린에서 왔나?"

"아닙니다. 저는 여기 지구 출신이에요."

"이곳에도 드래곤이 있었나? 오래 살고 볼 일이군."

유일하게 세 명중 진짜 사람인 이순신은 너털웃음을 지었다. 검을 휘두를 땐 검의 신이라는 게 이런 모습이구나. 하는 생각이 들었지만 지금 웃는 모습을 보니 동네 산책을 나온 할아버지같았다.

"그런데 여해 왜 마나가 전혀 느껴지지 않는거야?"

티어린에 있을 때만해도 넘치는 마나를 주체하지 못하던 이순신이었다. 하지만 지금 눈앞에 있는 이순신에게서는 마나가 거의 느껴지지 않았다. 정말 집중하면 몸 속에 돌아다니고 있는 콩알만한 마나가 느껴질 뿐이다.

"그래. 거기서부터 이야기를 하면 되겠군."

"저는 어떻게 티어린에 가게 되었는지부터 좀 듣고 싶은데요?"

"그래? 나에 대해서 잘 알고 있는것 같구만. 내가 티어린에 다녀 온 것도 알고있고."

"네. 레나님에게 들었습니다."

"하하. 그래? 레나가 생각보다 입이 가벼운걸? 그런 이야기를 아무에게나 하고 다닐 줄은 몰랐어."

레나의 두 뺨이 부끄럽다는 듯이 빨갛게 달아오르더니 최수민의 등짝을 한 대 친다.

"얘가 어떤앤지 몰라서 그러는거야. 이 녀석의 몸 속에 네 몸에 흐르던 마나가 흐르고 있다니까."

"그래? 어떻게 그럴 수가 있는거지?"

이순신은 처음으로 놀라는 표정을 보여주었다. 그리고는 손을 뻗어 최수민의 몸 여기저기를 만져보았다.

"확실히 몸 속에 멜로스의 기운과 내 기운이 같이 돌아다니고 있긴 하군."

그러더니 이순신은 본격적으로 이야기를 시작했다.

"아 먼저 내 소개를 하지. 난 여해, 이순신이라고도 불렸지. 조선 사람이고."

"네. 그것도 레나님에게 들었습니다."

"허. 그래? 그럼 어디서부터 시작해야할지 감이 안오는데?"

"왜군과 전쟁중에 어떻게 티어린에 가게 되었는지부터 해주시면 돼요."

"그래?"

이순신은 과거를 회상하기 시작했다. 400년도 더 된 오래전 과거지만 그 일은 어제처럼 생생했다.

"그 날은 왜군과의 마지막 전투가 있던 날이었지. 왜군과 오랜 전쟁이 끝나는 날. 나는 배 위에 있었고."

꿀꺽. 침을 한 방울 넘긴 이순신이 말을 이었다.

"그 날 나는 죽기로 마음을 먹었었지."

2장. 여해

2장. 여해

"네? 죽으려고 했었다구요?"

역사적으로 알려진 사실대로라면 이순신 장군은 노량해전에서 죽었다. 그것도 총알에 가슴을 관통당하고 내 죽음을 적에게 알리지 말라 라는 말을 남기고서 말이다.

"그래. 당시 나는 실질적으로 임금보다 더 한 인기를 누리고 있었고 전쟁이 끝나면 임금을 바꿔야 한다는 말이 많았었지."

최수민은 당시 임금이었던 선조에 대해서 떠올렸다. 지금도 인터넷 상에서는 가장 무능한 임금 중 하나로 꼽히는 사람이 바로 선조였다.

'당시에도 선조는 별로 평가가 좋지 않았구나.'

"그런데 왜 죽으시려고 한거에요? 차라리 전쟁에서 이긴 후에 정말 임금이 되었었다면…."

정말 그랬다면 역사가 엄청나게 바뀌지 않았을까?

"그 소문이 내 귀에 들릴정도였는데 임금의 귀에는 들어가지 않았겠나? 임금은 남아있는 내 가족을 볼모로 잡고 있었지. 전쟁이 끝난 이후에 내가 다른 생각을 하지 못하도록 말이야."

"아…."

"내 가족을 살릴 수 있는 방법이 무엇이 있을까 생각하니 하나의 방법밖에 없더군."

이순신은 그 날의 다짐이 생각이 났다는 듯이 아주 결연한 표정을 지었다. 400년이 지난 지금도 그 때의 마음가짐을 전혀 잊지 않았다.

"그게 죽는 것이었나요?"

"그렇지. 마침 전쟁도 막바지였고 내가 없어도 조선이 이기는 것은 당연한 일이었으니까. 게다가 내가 죽게 되면 좋아할 사람도 많았을 테고. 내 가족은 영웅의 가족으로 추대받아서 편하게 살 수 있었을 테지."

"그래도…."

최수민은 이해할 수 없었지만 말을 이어가지 못했다. 몸 속에 돌아다니고 있는 이순신의 기운이 이순신의 말에 묘하게 공감하게 만들었다.

"하나만 기억해두게. 사람은 죽어서나 진정한 영웅이

될 수 있는 거야. 살아있으면 누군가의 적, 누군가의 견제를 받는 한 명의 사람일 뿐이지. 항상 그 압박속에서 살아가야 하고."

"그럼 영웅이 되기 위해서 죽기로 결정하셨던 거에요?"

"물론 그건 아니지. 내가 할 수 있는 방법 중 가장 좋은 방법이 그것이었을 뿐이야."

"그러면 죽었다가 다시 살아난 건가요?"

최수민에게는 죽었다가 살아나는 것이 신기한 일은 아니다. 다른 사람도 아니고 바로 자신이 경험한 일이니까. 물론 그렇다고 해서 400년이나 살아있다는 것은 이해할 수 있는 일이 아니었다.

"아니. 죽으려고 하는 순간 갑자기 벼락이 내리치더니 내 몸이 어디론가 이동되더군. 물론 그 당시에는 죽은 걸로만 생각했지만."

"그렇다면 그 이동되었다는 곳이?"

"맞아. 바로 그 곳이 티어린이지."

레나도 이렇게까지 자세한 이야기는 처음 듣는다는 듯이 눈을 초롱초롱하게 뜨고 이야기를 듣고있었다. 나라를 구해주었는데 죽으려고 결심했었다는 이야기를 들을 때는 엄청나게 분노하기도 했었다.

"티어린은 마나가 넘치는 곳이었어. 내가 조선에 있을 때와는 다르게 숨만 쉬어도, 검을 휘둘러도 마나가 차오르더군. 어디서도 경험해보지 못한 신기한 경험이었다네."

이순신의 이야기는 계속 이어졌다. 티어린에 도착하자 몸에는 마나가 넘치기 시작했고 자신을 위협하는 몬스터들을 하나 둘씩 잡아나갔다고 한다.

모든 것이 처음보는 것 투성이. 오크, 고블린, 오우거, 트롤 등 크기와 강함을 가리지 않고 공격해오는 몬스터들을 베어나갔다.

"그렇게 티어린에서 몬스터들을 베어나가며 하루하루 살아가던 중 마왕이 나타났다는 소식을 들었었지."

레나와 멜로스도 그때 알게되었다고 한다. 마왕을 물리치는 길은 험난했다. 일반적인 몬스터들과는 비교도 안되는 마족들을 하나 둘씩 베어나가며 어느샌가 마왕과 싸우는 날이 다가왔다.

마왕과의 싸움은 엄청난 싸움이었지만 그것을 이야기하는 이순신은 담담했다.

최수민은 마치 옛날 할머니, 할아버지의 옛날 이야기를 듣는 아이처럼 재미있게 이순신의 이야기를 들었고 레나는 그 당시의 추억에 빠져있는 것 같았다.

"그래서 그렇게 마왕을 잡고… 끝인가요?"

한편의 잘 만들어진 영화를 본 기분. 그 여운을 떨칠 수 없었던 최수민은 마치 다음 편을 기대하는 한명의 팬처럼 계속 이어질 이야기를 요구했다.

"물론 아니지. 그것도 벌써 몇 백년이 된 이야기거든."

이순신을 대신해 추억속에 빠져있던 레나가 대답을 해주

었다. 자신이 알지 못했던 여해의 추억들을 들은 레나도 최수민과 비슷한 기분을 느끼고 있었다.

"맞아. 그게 끝은 아니지. 거기서 끝났다면 내가 지금 여기 있을 이유가 없으니까."

"그럼… 또 다른 일이 있었나요?"

"마왕과의 싸움이 끝난 이후 나는 하나의 나라를 만들었다네. 이름은 티어린. 티어린 대륙을 통일한 거대한 나라였으니 티어린 제국이라고 부르는게 맞겠군."

'그래서 이순신 장군의 마나가 티어린 제국 초대 황제의 기운이라는 이름으로 나에게 흘러들어왔었구나!'

티어린 제국 초대 황제의 기운이 이순신 장군의 것이라는 것은 알고 있었지만 직접 당사자에게 확인을 받으니 기분이 또 달랐다. 게다가 임금이 될 수 없다는 생각으로 죽음까지 생각했던 사람이 황제가 되다니 그것 또한 흥미로웠다.

"그럼 그 세계에서는 아주 황제답게 호화롭게 사셨겠네요."

"아니. 그 생활도 오래가지 못했어. 문제가 하나 있었거든."

어떤 제국이든 영원한 것은 없다지만 만들자마자 문제가 생겼다고 하니 최수민은 또 다시 궁금해졌다.

"무슨 문제요?"

"아무리 오랜 세월이 흘러도 내가 나이를 전혀 먹지 않는다는 것이었지. 아니 전혀 늙지 않았다고 하는게 옳겠군. 나이는 항상 먹어왔으니까. 몸에는 항상 마나가 넘쳐났고 내 모습은 언제나 처음 티어린에 도착한 모습 그대로였으니까."

본인에게는 좋은 것 같지만 제국에 있어서는 좋지 않은 상황이었다. 선황제가 자리에서 물러나고 다음 황제로 이어져야 하는데 이순신은 전혀 늙지를 않는 것이다.

10년이 지나도, 20년이 지나도, 그리고 50년이 지나는 동안 이순신은 항상 그 모습을 유지했다고 한다.

"소드 마스터나 마법사들은 몸에 어마어마한 마나를 가지고 있어서 늙지않는다는 것은 잘 알고 있는 사실이잖아? 다들 놀라지 않았을 텐데?"

레나가 이순신의 이야기를 듣다가 의아해하며 이순신에게 물어보았다. 티어린에서는 넘쳐나는 마나 때문에 소드 마스터나 마법사들은 거의 200살이 넘게 살 수 있었다. 마나가 몸의 노화를 느리게 만들뿐만 아니라 건강한 몸 상태를 유지하게 해주는 것이다.

"그건 그렇긴 하지. 하지만 황제라는 자리는 그렇다고해서 계속 유지할 자리가 아니야."

결국 이순신은 황제 자리를 내려놓고 아무도 모르는 곳으로 떠나갔다. 그 이후로도 이순신은 전혀 늙지 않았다. 무려 300년이 넘는 시간동안.

몸은 늙지 않았지만 그렇다고 해서 정신까지 늙지 않는

것은 아니었다. 인간의 몸으로 너무나도 오랜 세월을 살아온 이순신의 정신이 피폐해지기 시작했고.

"그래서 나는 멜로스를 찾아가게 되었지. 모든 것을 해결하기 위해서."

"모든 것을 해결하다뇨?"

"난 인간치고 너무 오래 살았어. 인간의 몸으로 400년을 넘게 살다니."

이순신이 하고자 하는 말은 분명했다. 너무 오래 살았으니 이제는 다른 사람들처럼 죽고자 했던 것이다.

"그런데 왜 멜로스를 찾아 간거야? 날 찾아오지 않고?"

가장 중요한 순간 선택한 사람이 멜로스라는 사실은 레나에게 배신감을 주기에 충분했다. 자신은 여기까지 여해를 찾기 위해 왔지만 여해는 중요한 순간에 멜로스를 선택한 것이다.

"레나 너에게 말했다면 아마 내 마지막 소원을 들어주지 않았겠지. 언젠가 내 수명이 다하는 그 날까지 같이 있어주겠다고 하면서 말이야."

이순신의 대답에 레나는 아무런 말도 하지 못했다. 단지 고개를 떨구었을 뿐이다.

"그럼 넌 여기에 죽으러 왔다는 소리네?"

"그래. 그리고 그건 생각대로 잘 되어가고 있지."

하얗게 새어버린 머리카락이, 주름진 얼굴이 증명해주고 있었다. 아직까진 검을 휘두르고 있지만 곧 검을 손에 쥐지도 못할 것이다.

"그럼 마나가 없어지게 된 건 무슨 일 때문이에요? 여기 오면서 모든 마나를 잃어버린 거에요?"

최수민에게는 아직까지 히든 튜토리얼 지역에서 받은채 완료하지 못한 퀘스트가 남아있었다. 히든 SS급 난이도의 퀘스트.

[티어린 초대 황제의 흔적을 찾아라.]

눈앞에 티어린 초대 황제가 있었지만 퀘스트가 완료되지 않았다. 아마 여기가 론디움이 아니라 지구이기 때문이리라.

'보자. 보상이 티어린 황제의 기운, 경험치, 티어린 황제의 검이었던가.'

보상을 떠올리자 이순신이 들고 있던 검이 갑자기 최수민 자신의 검인 것처럼 느껴졌다. 아직까지는 보상으로 받질 못했지만 언젠간 자신의 것이 될 것이다.

"아차, 그 이야기를 깜빡할뻔 했군. 미안하네. 나이가 나인지라."

이순신은 머리를 긁적이더니 하던 이야기를 계속 이어나갔다.

"멜로스를 찾아가서 이제 조선으로 돌아가고 싶다고 말하자 멜로스는 방법을 찾아보겠다고 수십년간 마법을 연구하기 시작했지."

"방법을 찾아서 수십년을 연구했다구요? 그럼 레나님도?"

레나를 쳐다보자 레나는 고개를 저었다. 론디움에서는 마법사 직업만 가지고 있으면 마법을 쉽게 배울 수 있었는데 수십년간 마법을 연구했다고 하자 최수민은 놀라움을 금치 못했다.

"아니, 난 멜로스가 남겨놓은 자료를 보고 마법의 흔적을 찾아와서 쉽게 찾아올 수 있었어."

"난 마법에 대해서 잘 모르기 때문에 멜로스의 말을 빌리자면 차원 이동을 하기 위해서는 차원의 균열을 아무렇지도 않게 여는 마족이나 다른 차원을 다니는 정령을 따라 할 수 밖에 없다고 했지."

"그럴 듯 하네. 아예 새로운 마법을 만드는 것보다 차원을 이동 할 수 있는 녀석들을 보고 따라 하는 게 가장 좋은 방법이니까."

지금 과학 기술도 살아있는 생명체를 모방하려고 하는 것처럼 멜로스도 마족이나 정령을 모방하려고 했던 것이다.

"결론적으론 마족의 방법을 모방하기로 했었지. 하지만 거기엔 큰 문제점이 있었어."

이순신은 집중하고 있는 두 사람을 쳐다보고는 말을 이어갔다.

"마족의 방법을 모방하기 위해서는 마계를 이용해야 했는데 거기서 생긴 문제였지. 마계를 향한 문을 열고 거기에 마나를 주입하게 되면 무슨 일이 생길까?"

"마나를 투입한 양에 맞는 마족이 튀어나오게 되잖아. 흑마법사들이 사용하는 방법."

티어린의 흑마법사들은 제물들의 마나를 마계로 불어넣어 티어린으로 마족을 소환했다. 제물들의 마나를 사용해 봤자 겨우 소환되는 것은 최하급 마족, 엄청나게 많은 제물을 사용해야 하급 마족 정도를 소환할 수 있었다.

"당시 내 몸에 흐르는 마나는 거의 끝이 보이지 않았으니 그 상태로 내 몸을 통과시켰다면 아마 우리가 물리쳤던 마왕이 티어린에 다시 소환되었을지도 몰라."

"그래서 어떻게 했는데?"

"간단하지 내 몸에 있는 마나를 없애기 위해서 마나를 조금씩 조금씩 흘러 보낸거야. 그리고 그 마나에 맞춰서 나오는 마족들은 하나씩 봉인해버렸고."

이순신의 말을 듣는 순간 최수민의 모든 고민이 해결되는 듯 했다. 마족들이 봉인된 곳 마다 왜 서로 다른 티어린 제국 초대 황제의 기운이 있었고, 그 마력의 양에 비례한 마족들이 봉인되어 있었던 것이다.

"그럼 처음에는 미약한 기운부터 시작했겠네요?"

"그렇지. 잘 아는군. 나도 내 마나의 끝을 알 수 없었으니까. 미약한 기운부터 시작해서 남은 기운이 다 사라질때까지 말이야. 그리고 그 봉인된 녀석들은 어딘지는 알 수 없지만 아무도 살지 않는 곳에다가 봉인을 한다고 했었지."

그리고 그 봉인된 곳이 론디움이겠지. 원래는 아무도 살지 않았던 곳. NPC들은 죽은 능력자들이고. 몬스터들은 아마 추측컨대 마계와의 균열에서 생긴 녀석들.

"그렇게 내 마나를 모두 다 쓰고 아주 최소한의 마나만 남긴 채로 여기로 온거야. 멜로스가 날 도와줬고."

"그럼 멜로스는 어떻게 해서 여기로 오게 된거야?"

레나의 물음에 이순신은 전혀 몰랐다는 듯이 오히려 레나에게 되물어왔다.

"멜로스가? 멜로스가 왜 여길 왔어?"

◇

멜로스가 여기 왔다는 것은 이순신도 전혀 몰랐던 사실이었다. 아예 멜로스가 여기 올 것이라고는 생각도 안하고 있었던 모양.

"여긴 아니고… 론디움이라는 곳에 있는데 빙하속에 갇힌 상태였어. 그리고 그 앞엔 엄청난 상급 마족이 같이 갇혀 있었지."

"그래? 난 전혀 몰랐던 일인데. 대체 내가 여기로 온 이후에 멜로스한테 무슨 일이 있었던 거지?"

"그래요? 멜로스가 론디움이라는 곳에 마족들이 오게 된 이유는 자기때문이라고 그랬었는데 그것에 대해서 아는 것도 없으세요?"

이순신의 이야기대로라면 이순신은 마나를 조금씩 불어넣어서 등장하는 마족들을 하나씩 상대했고, 그 결과로 마족들이 론디움에 봉인된 상태로 머물게 된 것이다.

몸에 거의 마나가 남지 않을 때까지 그것을 반복했고 마지막으로 이순신이 차원이동을 위해 몸을 던졌고 이순신은 지구에 오게 되었다.

"전혀 아는 게 없는데. 내 기억속에 있는 멜로스는 나를 배웅해주는 모습이었거든. 여기 올 이유가 없었을 텐데?"

멜로스가 어떻게 오게 되었는지에 대해 전혀 모르는 이순신과 계속 이야기하는 것은 결국 쳇바퀴돌아가는 일과 같다는 생각한 최수민은 아예 화제를 바꾸었다.

"그럼 저희와 같이 론디움으로 가는 건 어때요?"

마나가 없어졌다고 해도, 다 늙어서 백발 노인이라고 해도 이순신이 보여주었던 실력은 무시할수 없었다. 아니 최수민 자신보다 훨씬 강한 것 같았다.

그런 이순신이 함께 한다는 것은 최고의 동료를 얻은 것이나 마찬가지. 게다가 론디움의 최종 보스라고 했던 놈은 상급 마족. 마왕을 물리친 이순신에게 상급 마족정도면 한주먹거리도 되지 않을 거라는 생각도 들었다.

최수민의 말에 더 좋아하는 것은 레나였다. 이순신과 함께 할 수 있다는 생각에 말은 하지 않았지만 레나의 표정이 조금 더 밝아졌다.

"아니. 난 이제 모든 걸 내려놓고 죽을 날만 기다리고 있는 늙은이일 뿐이야. 단지 죽기전까지 조선이었던 이 곳에 나타나는 다른 몬스터들을 죽이는 걸로 족하지."

"그래도 멜로스가…"

"레나. 티어린에서 나는 이미 죽은 것이나 마찬가지야. 겨우 힘들게 모든 것을 정리하고 티어린에서 여기로 왔는데 다시 미련을 가지고 싶지 않아."

티어린에서 지구로 온지 벌써 몇 년이 지나가고 있었다. 지구에서 살았던 삶보다 티어린에서 살았던 시간이 더 길기 때문에 지구인이 아니라 티어린 사람이라고 해도 무방했다. 하지만 긴 세월 티어린에서 살았지만 결국 자신이 죽어야 할 곳은 조선이라고 생각하고 돌아온 것이다.

수십, 아니 백년이 넘는 시간동안 고민을 했고 또 다시 거의 백년 가까운 시간동안 조선에 돌아오기 위해 애썼다. 멜로스에게 무슨 일이 생겼는지 궁금하긴 했지만 다시 멜로스를 보는 순간 이 때까지 티어린을 잊기 위해 애썼던 시간이 무의미 해질 것 같았다.

"대신 나와 똑같은 검술을 쓰는 젊은이가 있잖아. 아까 직접 실력을 확인하기도 했고."

"그렇지만…"

"조금 더 다듬으면 좋아질 것 같은데… 나한테 조금 더 배워보지 않겠나?"

느닷없이 이어지는 이순신의 말. 그러자 레나가 더 좋아하는 표정을 지었다. 검술을 배우는 동안 어떻게든 이순신과 더 붙어 있을 수 있다는 생각에 레나가 최수민을 더 다그쳤다.

"배워! 배워야지! 아직까지 상급 마족을 상대하려면 멀었어!"

"물론 저도 배우고 싶죠. 그런데…."

"그런데 뭐? 이 기회를 날리겠다고?"

"아뇨. 얼마 뒤에 퀘스트 결과를 확인하러 가야해서요."

이제 토벌 퀘스트의 결과 발표가 얼마 남지 않은 상황. 보상이 알려지지 않았었기 때문에 최수민도 보상이 궁금하던 참이었다.

'이런 퀘스트는 처음이었다고 하니 보상도 꽤 괜찮겠지?'

비록 이규혁이 사라져서 잡았던 몬스터의 숫자가 줄어들지도 모르지만 이규혁은 몬스터 몰이만 했을 뿐 많이 잡지 않았기 때문에 큰 변동은 없을 것이다.

"레나님은 여기 같이 있으세요. 전 론디움에 다녀와야할 것 같아요."

"그래? 그래도 되겠어?"

"물론이죠."

레나가 론디움까지 온 목적이 바로 이순신을 찾기 위한 것. 레나는 이순신을 찾기 위해 왔고 이순신을 찾았으니 더 이상 최수민을 따라다닐 이유가 없다.

"그럼 난 여해와 같이 있을게. 잘 다녀와."

레나도 할 일이 있었다. 바로 마왕이 나타난 티어린을 구하기 위해 여해를 데리고 가는 일. 하지만 지금 여해의 모습은 티어린이 어떻게 되든 상관이 없다는 듯 했다.

"네. 그럼 다녀오겠습니다."

최수민은 두 사람에게 인사를 하고 론디움으로 떠나갔다.

◇

거대한 도끼를 양 손에 들고 있는 몬스터는 초원을 무섭게 휘저으며 달리고 있었다. 일반적인 몬스터와는 다르게 거대한 도끼를 들고 있는 상체를 네 개의 다리로 지탱하고 있었다.

몬스터의 정체는 켄타로우스. 빠른 기동력을 바탕으로 능력자들의 뒤를 공격하며 거대한 상체에서 나오는 공격력은 능력자들의 방어를 무시하곤 했다.

그러나 지금 켄타로우스의 몸은 평범한 녀석들과 달랐다. 당장이라도 쓰러지는게 이상하지 않을 정도로 많은 상처가 녀석의 상체에 새겨져 있었다.

후웅후웅하는 소리와 함께 거세게 도끼를 휘두르며 눈앞에 있는 사람의 목을 한번에 따기위한 기세로 달려가던 켄타로우스는 도끼를 휘두르는 순간 눈앞에 있던 사람이 사라졌다는 걸 깨달았다.

켄타로우스가 두리번 거리며 눈앞에 있던 사람의 행방을 찾는 동안 그 남자는 켄타로우스의 등에 슬쩍 올라탔고.

서걱!

켄타로우스의 상체와 다리가 분리되는 것은 한 순간이었다.

[레벨이 올랐습니다.]

그 순간 파란 머리의 남자의 눈앞에 오랜만에 보는 메시지창이 떠올랐다.

'오랜만에 혼자 하는 사냥이라 감회가 새롭네.'

이규혁은 사라졌고 레나는 이순신과 함께 있다고 하며 최수민을 홀로 보내버렸다.

'지금 레벨이 422. 아직까지 갈 길이 멀군.'

최수민이 지구에서 돌아오자 지구에서 잡았던 몬스터도 레벨에 반영이 되어서 순식간에 레벨이 몇 개가 올랐다. 그 덕분에 지금 레벨이 422가되었다. 최수민은 레벨이 422가 되었지만 아직까지 만족할 수가 없었다. 임동호와 일행들의 레벨은 이미 700을 넘은지가 오래였고, 김진수도 최소한 그 정도 레벨은 된다는 생각을 하니 쉬는 시간이 아까워졌다.

'한국에 간 김에 조금 쉬다오려고했더니. 토벌 퀘스트 보상이 어마어마한게 아닌이상 그렇게 쉴 수도 없잖아.'

[론디움 토벌 퀘스트]

현재 1위 : XXX,XXX,XXX,XXX (10,221마리), 2위 :

최수민 (7,211마리), 3위 : XXX, XXX, XXX (6,309마리)

남은 시간 : 11분

'이규혁은 역시 목록에서 사라져버렸고. 다행히 아직까지 3등과 격차가 있네. 10분만에 천마리를 잡을리도 없고.'

이때까지의 추세를 생각하면 사냥을 하지 않아도 3위에게 따라잡힐 일은 없었지만 어차피 넬의 의지의 효과를 받기 위해서는 레벨업이 필수.

최수민은 론디움에 넘어온 이후 8시간째 쉬지 않고 사냥을 하고 있었다. 물론 최수민이 사냥을 시작하자 몬스터들이 남아나지 않았고, 지금 켄타로우스를 잡고 있는 곳은 벌써 3번째 사냥터였다.

"저 사람 뭐야?"

"혹시 색볼펜 트리오 중 한사람인가?"

"색볼펜 트리오는 원래 3명이서 같이 다니는 거 아니었어? 3명이라서 강한줄 알았는데 혼자서도 엄청 강하네."

켄타로우스를 잡고 있던 능력자들은 최수민 혼자서 켄타로우스를 가지고 노는 모습을 보자 절로 감탄할 수 밖에 없었다.

켄타로우스는 기동력, 공격력 어느하나 빠지는게 없어서 마법사들이나 궁수들에게는 하피보다 더 버거운 몬스터였다. 그렇다고 근접 딜러들의 데미지로 죽이기에는 켄타로우스의 몸은 엄청나게 단단한 가죽으로 이루어져있었다.

그런 켄타로우스의 가죽을 난도질 해버리고 마지막에는 몸통을 반으로 갈라놓았으니 사람들의 입에서 감탄이 나오는 건 당연한 일일지도 모른다.

감탄하는 이들이 있으면 불만을 터트리는 이도 있다는 것은 불변의 진리.

"저 자식 때문에 잡을 몬스터가 없잖아."

"켄타로우스 한 마리 잡는데 우리가 내는 금액이 얼만데….."

"테일 길드에 돈은 내고 잡고 있는 거겠지?"

"한 마리에 2골든데… 저렇게 잡아댈정도면 잡아도 이득이긴 하겠다."

최수민을 바라보는 여러 가지 시선을 뒤로한채 최수민은 다시 한번 다가오는 켄타로우스를 향해 도약했다.

켄타로우스의 다리 중 하나가 몸과 분리되자 켄타로우스는 무게중심을 잃고 땅에 쳐박혔다. 콰앙하는 소리와 함께 땅에 박혀버린 켄타로우스는 양 손에 있는 도끼를 놓쳤고.

푸욱!

그 사이를 틈탄 검이 켄타로우스의 가슴에 박혔다. 검을 뽑아든 최수민의 얼굴엔 여러마리의 켄타로우스들이 흘린 피가 묻어있었다.

'여기도 이제 끝인가?'

최수민이 자리를 잡고 2시간정도 켄타로우스를 사냥한 결과 다른 사람들이 사냥할 켄타로우스들이 거의 다 사라져버렸다.

아직 토벌 퀘스트의 결과를 알 수 있을때까지 남은 시간은 5시간 가량. 사냥터를 옮기려고 하던 최수민의 뒤에서 누군가가 최수민을 부르는 소리가 들려왔다.

"저기요."

들려오는 소리에 뒤를 돌아보자 날카로운 검을 양손에 쥐고 있는 남자 한 명과 길다란 창을 손에 쥐고 있는 여자 한 명이 최수민을 쳐다보고 있었다.

"네?"

두 사람이 풍기고 있는 분위기는 좋지 않았다. 마치 내 텃밭에서 뭘하고 있는 건가? 하는 듯한 분위기. 언젠가 텍사스에서는 남의 집 마당에만 들어가도 총으로 쏴죽여도 정당방위라는 말을 들었을 때 느꼈던 기분이 느껴졌다.

"저는 테일 길드의 길드장 드라라고 합니다. 혹시 돈을 지불하시고 켄타로우스들을 잡으신 건가요?"

"돈이요? 몬스터를 잡는데 무슨 돈을 내야하는 건데요?"

"그러니까…."

가볍고 튼튼한 켄타로우스의 가죽은 갑옷, 방패를 가리지 않고 방어구를 만들 수 있는 훌륭한 재료이기 때문에 돈이 된다. 그 때문에 켄타로우스를 사냥하는 사람들 중에는 돈을 벌기 위한 생계형 능력자들이 많았다.

그 과정에서 켄타로우스를 한 마리라도 더 잡기위한 생계형 능력자들끼리의 싸움이 비일비재했고 그러다 보니 생계형 능력자들끼리 하나의 합의를 하게되었다.

켄타로우스 한 마리당 2골드.

2골드의 금액을 내야 켄타로우스 한 마리를 잡을 수 있는 것이다. 생계형 능력자들은 서로 2골드씩 내고 켄타로우스들을 잡았다. 켄타로우스 한 마리 시체에서 나오는 돈이면 2골드를 내고도 충분히 이득을 얻을 수 있었다.

2골드씩 모은 돈은 켄타로우스가 나오는 사냥터에 불청객이 왔을 때 대형길드에 처리를 의뢰하기 위한 돈으로 사용했다.

"그러니까 한 마디로 하자면 제가 불청객이니 저를 쫓아내기 위해 왔다 이거죠?"

좋게 포장하면 오자마자 뒤를 노려 공격하지는 않았으니 부드러운 권유를 하러 온 것이지만 결과적으로는 쫓아내기 위해 온것이기에 반박하지는 못했다.

"죄송합니다. 이게 저희가 돈을 받고 하는 일인지라."

드라는 대형길드인 테일 길드 소속임에도 불구하고 최수민에게 저자세로 나갔다. 드라가 최수민을 만나러 오기전 길드장으로부터 색볼펜 트리오와의 트러블을 피하라는 말을 들었기 때문이다.

[총군 연합과 싸우는 걸로도 머리가 아픈데 색볼펜 트리오랑 트러블 만들지 말고 적당히 달래서 다른 곳으로 보내. 필요하다면 해결이 안되고 있는 퀘스트 하나 쥐어주고.]

'이걸 어떻게 한담?'

드라의 말을 들은 최수민은 고민을 하기 시작했다. 어차피 마침 자리를 옮기려고 했지만 자발적으로 자리를 옮기는 것과 이런 소리를 듣고 자리를 옮기는 것은 완전히 다른 일.

최수민이 고민하고 있는 모습을 보이자 드라는 일단 다른 질문을 꺼내었다.

"혹시… 여기서 사냥하고 계시는 이유가 퀘스트 때문이세요?"

론디움에서 모두가 같은 퀘스트를 받는게 아니기 때문에 혹시나 퀘스트 때문에 사냥을 하고 있을 가능성도 배제할 수 없었다. 물론 퀘스트라고해도 예외는 없었지만 상대는 색볼펜 트리오. 최대한 예의를 갖추어야했다.

"아뇨. 그건 아닌데…."

"그러시다면 저희가 퀘스트를 하나 양도해드릴테니 그곳으로 가주실 수 있으신가요?"

켄타로우스 초원은 테일 길드에 중요한 수입원 중 하나. 해결하지 못했던 퀘스트를 하나 양도하고 최수민을 여기서 다른 곳으로 보내어 길드의 역할을 다 한다면 그걸로 만족할 수 있었다.

"그래요? 퀘스트가 뭔지 보고 결정하죠."

뜻 밖의 제안에 최수민의 얼굴에 미소가 번져가고 있었지만 드라는 퀘스트 목록에서 퀘스트를 고르느라 최수민의 표정을 보지 못했다.

3장. 토벌 퀘스트 결과

3장. 토벌 퀘스트 결과

인생은 B와 D 사이의 C이다. 라는 말이 있는 것 처럼 선택의 순간은 항상 어렵다.

지금 최수민이 처해있는 순간이 그랬다. 처음엔 몇 개의 퀘스트 목록중에 고를 수 있다는 생각에 제일 마음에 드는 걸 고르면 되겠다는 생각이 들었지만 아무런 정보도 없이 선택을 하는 것은 쉽지않았다.

드라가 양도할 수 있는 퀘스트라고 보여준 것은 총 4개.

"지금 이게 저희가 양도해드릴 수 있는 목록들입니다. 하나만 선택해주세요."

퀘스트를 양도해준다는 것은 둘 중 하나였다. 하나는 도저히 퀘스트를 완료할 수 없기 때문에 양도하는 것. 나머지

하나는 별 가치가 없는 퀘스트이기 때문에 양도하는 것.

[쿤의 기사도]

[로테의 고대 마법]

[잃어버린 고대 제국]

[살아있는 숲 그리허]

최수민은 다시 한 번 드라가 양도해줄 수 있다는 퀘스트들의 이름을 살펴보았다.

'쿤의 기사도는 아마 검술관련. 이건 티어린 제국 초대 황제의 검술 스킬이 있으니 탈락. 레나에게 마법을 배우고 있었으니 고대 마법도 탈락.'

직관적으로 알 수 있는 퀘스트 명칭을 보고 두 가지를 탈락시키더라도 두 개의 퀘스트는 우열을 가리기 힘들었다. 고대 제국같은 퀘스트는 딱 봐도 엄청난 스케일이 보여서 쉽게 결과를 낼 수 없을 것 같은 퀘스트.

살아있는 숲 그리허같은 경우 어떤 보상이나 내용일지 전혀 추측조차 할 수 없었지만 잃어버린 고대 제국보다는 빨리 깰 수 있을 것 같았다.

'그러니까 단기적인 이득이냐, 장기적인 관점에서 이득을 얻느냐는데.'

고민은 오래가지 않았다. 어차피 공짜로 얻는 퀘스트라고 생각하니 선택은 쉬웠다.

"잃어버린 고대 제국으로 할게요."

"네. 그럼 지금 바로 양도해드리도록 할게요."

[드라에게서 '잃어버린 고대 제국' 퀘스트를 양도받았습니다.]

최수민은 드라에게서 퀘스트를 양도받자마자 퀘스트의 내용을 확인해보았다.

[잃어버린 고대 제국 : 옛날 론디움에는 거대한 제국이 존재하고 있었다. 어떻게 멸망했는지, 제국은 어디로 갔는지 알 수 없지만 론디움에 존재하던 제국은 현재 존재하지 않는다. 론디움에 존재했던 고대 제국의 흔적을 찾아라. 난이도 : A, 보상 : 경험치, 고대 제국의 힘, 이 퀘스트는 연계 퀘스트입니다.]

'무슨 이런 밑도 끝도 없는 퀘스트가 다 있지?'

최수민은 왜 이렇게 보상이 좋은 퀘스트를 자신에게 양도해주었는지 어렴풋이 알 것 같았다. 아무런 단서도 없었다. 게다가 그 흔적을 찾는 것이 단지 시작일 뿐. 흔적만 찾는 것으로 난이도가 S라는 것은 흔적을 찾는 것조차 쉽지 않다는 뜻.

"그런데 이런 퀘스트를 양도해주셔도 괜찮으신 거에요?"

최수민은 드라를 떠볼 목적으로 드라에게 한 번 물어보았다. 아마 무언가 더 정보가 있을 것이라는 생각으로 물어보았지만

"네. 저희 길드에서는 포기한 퀘스트입니다. 3년 전에 받은 퀘스트였는데 흔적조차 찾지 못한 퀘스트라서요."

'젠장!'

최수민의 입에서 큰 한숨이 흘러나왔다. 장기적인 퀘스트가 될 것이라고는 생각했지만 3년동안 흔적조차 찾지 못한 퀘스트라니!

"퀘스트는 드렸으니 아까 말한것처럼 다른 곳으로 옮겨주시길 바랄게요."

최수민도 약속을 했기 때문에 별 말없이 마을로 돌아갔다. 어차피 퀘스트의 정보를 얻기 위해 NPC들과 대화를 나누어야 했다.

◇

"고대 제국이요? 론디움에 그런 곳이 있었던가?"

"고대 제국 같은 건 전혀 듣도 보도 못했네요. 그러지 말고 여기서 물약이라도 하나 사가시는 게 어때요?"

"글쎄요. 처음 듣는데요?"

최수민은 마을에 오자마자 여러 NPC들과 대화를 나누어 보았지만 아무런 정보도 얻을 수 없었다. 마족들을 잡으며 엄청나게 명성을 높였지만 NPC들이 정보를 주지 않는다는 말은 여기 NPC들은 전혀 모른다는 말.

'하긴 이렇게 쉽게 알 수 있는거라면 3년동안 흔적조차 못찾았을 리가 없지.'

토벌 퀘스트 결과 발표가 얼마남지 않았기 때문에 최수민은 현실로 가서 고대 제국에 대해 찾아보지 않고 론디움

74 6

에서 몇 개의 마을을 다니며 NPC들에게 정보를 물어보았다.

"몰라요~"

"그런 곳이 있었단 말인가? 그럼 내가 당장 가서 보고싶구만. 보물이 잔뜩 묻혀있을 것 같은데?"

몇 개의 마을을 돌아보아도 결과는 마찬가지. 고대 제국이라는 곳에 대한 정보는 전혀 알 수 없었다.

'후. 나중에 임동호를 만나면 한 번 물어볼까?'

최수민이 알고 있는 사람중 임동호만큼 론디움에 대해 잘 알고 있는 사람이 없었다. 어쩌면 현실에 가서 인터넷에 찾아보는 것보다 임동호에게 물어보는 것이 가장 확실할 것이다.

토벌 퀘스트 결과만 확인하고 임동호를 찾아가야 겠다고 생각하며 여관에 들어가서 간단하게 음식을 먹고 있는 최수민의 눈앞에 메시지창이 나타났다.

[론디움 토벌 퀘스트가 완료되었습니다.]

[론디움 토벌 퀘스트에서 2위를 차지하였습니다. 론디움 토벌 퀘스트 1위, 2위, 3위를 차지한 파티는 보상을 위해 테네에 있는 신전으로 와주시기 바랍니다.]

'1등을 못한 건 아쉽지만.'

결국 혼자서 2등을 한 것이나 마찬가지. 최수민은 결과에 만족하며 테네에 가기 위해 공간이동사를 찾아갔다.

테네에 도착한 최수민은 주위에 있는 건물들에 시선을 빼앗긴채 몇 분간 움직일수가 없었다. 론디움에 와서 중세 유럽풍 건물들은 많이 봤지만 테네는 다른 도시들과 달랐다.

고대 로마나 고대 그리스가 이런 도시였을까?

테네를 본 첫 소감이 그랬다. 새하얀 대리석으로 만들어진 건물들. 하얀 대리석들은 먼지나 세월의 풍파를 거절하는듯 순백색 빛깔을 잃지 않고 있었다. 거대한 대리석 기둥으로 이루어진 신전의 지붕은 삼각형으로 만들어 진 곳도 있었고 로마의 판테온이 생각나는 건물처럼 돔으로 이루어진 건물들도 있었다.

마음까지 정화되는 듯한 깨끗한 건물들 그 사이를 최수민이 걷고 있었다.

'테네가 이런 도시였구나. 주변에 사냥터는 없는 것 같던데. 그래서 사람들이 없는 건가?'

깨끗한 건물들이 줄서있는 테네에는 거리마저 한산했다. 그나마 보이는 사람들은 NPC들이 전부였다.

높은 언덕위에 있는 테네의 신전을 향해 걷고 있던 최수민의 옆에서 낯익은 목소리가 들려왔다.

"어이 최수민!"

뒤를 돌아보자 넉넉한 인심의 덩치큰 남자 임동호가

보였다. 임동호뿐만 아니라 서벨리 빙하에서 보았던 파티원들이 임동호와 함께 걸어오고 있었다.

'서벨리 빙하에 그렇게 몬스터가 많더니 역시 임동호 일행이 토벌 퀘스트 1등을 한 건가?'

아무런 의미없이 테네를 찾아오진 않았을테고 1등 파티가 임동호의 파티라는 것은 전혀 이상한 일이 아니었다. 동시에 3등을 한 파티는 어떤 파티일까 하는 궁금증도 들었다.

"그 때 봤던 레드 드래곤은 어디가고 혼자 다니는 거야? 혹시 너도 토벌 퀘스트 때문에 여기 온 거냐?"

"그렇죠. 그 일이 아니었다면 여기 올 일이 없었을 걸요? 주변에 사냥할 곳도 없던데요?"

"하하. 역시 색볼펜 트리오라고 이름이 알려져있어서 적어도 3등안에 들거라고 생각은 했어."

호탕하게 웃는 임동호는 파티원들과 함께 최수민의 옆으로 다가왔다. 처음 테네에 도착해서 두리번거리던 최수민과는 다르게 임동호는 테네 초행길이 아닌 듯 했다.

"뭐 길드장님 파티도 서벨리 빙하에서 사냥하는걸 보니 최소한 3등안에 들거라고는 생각했어요. 아마 1등이겠죠?"

"그래. 맞아. 아마 토벌 퀘스트 2위에 한명만 있는 걸 보니 2등은 너인것 같고. 3등이 누굴지는 신전에 가봐야 알 수 있겠는걸."

최수민과 임동호는 신전을 가는 동안 이런저런 이야기를 나누었다. 임동호는 최수민과 레나가 한국으로 돌아간 이후에도 서벨리 빙하에서만 사냥을 하고 있었다고 한다.

"아. 그리고 서울에 큰 난리가 났었다면서? 인터넷에 색볼펜 트리오로 도배가 됐던데? 그런데 한 사람은 검은색머리가 아니라 완전 백발이던걸? 너무 스트레스를 받아서 머리가 흰색으로 바뀌어버렸나?"

"아. 그건 다른 사람이에요."

임동호는 자세한 이야기는 물어보지 않았다. 최수민도 그에 대한 이야기를 해주진 않았고. 아마 400년전 사람, 그것도 이순신 장군이 살아계신다고 말하면 이야기가 길어질 것이다. 아마 아주 큰 파장이 일어나겠지.

임동호도 서울에 몬스터들이 나타났을 때 서울에 뒤늦게 가긴했었다고 한다. 서벨리 빙하에서 사냥을 하고 있었기 때문에 서울에 도착이 늦어서 임동호가 한 것이라곤 얼마 남지 않은 잔챙이 몬스터들을 잡은 것이 다였다.

"혹시 신이 있다는 걸 믿나?"

언덕을 거의 다 올라와서 신전 앞에 도착할때쯤 임동호가 최수민에게 물어왔다. 호탕하게 웃던 모습과 다르게 사뭇 진지해진 모습.

"아뇨. 안 믿어요."

"그래? 나도 그랬었지. 예전에 이 신전에 들어가보기 전까지는 말이야."

들어가면 알 수 있을 것이라는듯 임동호는 더 이상 말을 하지 않았다. 최수민은 임동호를 따라 신전안으로 걸어들어 갔다.

"어서오십시오. 안쪽으로 들어가시면 됩니다."

신전안으로 들어가자 여자 신관 한 명이 임동호 일행과 최수민을 맞이하였다. 그리고 조각상들이 잔뜩 전시되어있는 긴복도를 따라 거대한 돔이 있는 곳으로 안내해주었다.

"먼저 온 손님들이 있었군."

신전안으로 들어가자 세 사람이 이미 벌써 자리를 잡고 앉아있었고 그 앞엔 신비한 분위기를 풍기고 있는 노인 하나가 앉아있었다.

그 신관을 보니 트리어에서 보았던 신관은 단순한 NPC에 불과했다면 지금 눈앞에 있는 신관이야말로 정말 신실한 신앙을 가지고 있는 신관같았다.

나이에 걸맞지 않게 눈에서는 힘이 느껴졌고 등 뒤에서는 후광이 비치는 것 같은 신관. 그가 임동호 일행과 최수민의 일행을 향해 악수를 청해왔다.

"반갑습니다. 저는 테네 신전을 지키고 있는 신관 제임스라고 합니다."

고귀한 기품이 넘쳐흐르는 그가 손을 내밀자 임동호는 공손하게 그의 손을 잡았고, 임동호의 파티원들도 마찬가지였다. 신분이 다른 아니, 신분이 아니라 존재자체가 다른 존재라도 마주한다는 듯한 그들의 모습에 의문을 떨칠 수 없던 최수민도 마침내 그 신관의 손을 잡았다.

"반갑습⋯⋯."

최수민은 말을 잇지 못했다. 말이 끝까지 이어지지 않았다. 입이 사라진 것이 아니라 몸 전체가 사라진 것 같았다. 평범한 NPC들의 기억이 아니라 엄청난 존재의 기억이 밀려오는 듯하였으나.

"허허. 거기까지 하시죠. 제 손으로 영웅이 될지도 모르는 사람을 폐인으로 만들고 싶지 않습니다."

신관의 한 마디에 정신이 돌아오더니 그제서야 온 몸에 흘러내린 땀방울로 목욕을 했다는 사실을 깨달았다. 최수민은 밀려들어왔던 기억을 떠올려보려고 했으나 이상하게 아무것도 기억이 나지 않았다.

"떠올리려고 하지 마시길. 인간이 감당할 수 있는 것이 아닙니다."

신관이 하는 말에 나머지 사람들이 모두 최수민을 쳐다보았지만 모든 사람들은 곧 이어지는 신관의 말에 집중했다.

"우선 여러분들에게 감사드립니다. 론디움을 위기에서 구해주셨습니다. 아마 몬스터들이 조금만 더 많았다면 몬스터들이 론디움을 벗어나 지구로 향했을 겁니다."

이어지는 신관의 말에 임동호 일행을 제외한 사람들은 놀랄 수 밖에 없었다. 그도 그럴것이 신관이 지구라는 정확한 지명을 언급한 것이다.

대부분의 NPC들은 론디움밖에 몰랐다. 론디움의 구성원인것 처럼 론디움에서 살아갔고 론디움이 전부라는 생각하고 있었다. 그러나 지금 눈앞의 신관은 달랐다.

'이게 바로 신이라는 존재를 믿냐고 물어본 의미였던 것인가?'

임동호가 신전에 들어오기전에 했던 말이 어렴풋이 이해가 될 것 같다는 생각을 할 때 다시 신관의 말이 시작되었다.

"제가 해드릴 수 있는 보상이 만족스러울지 모르겠으나 일단 준비를 해보았습니다."

신관의 말은 사람들의 눈앞에 메시지창이 되어서 나타났다.

◇

토벌 퀘스트.

아무에게도 정확한 보상이 알려지지 않았기 때문에 호사가들사이에게 가장 화젯거리가 되었던 퀘스트였다. 사람들은 저마다 퀘스트의 보상을 추측하기 시작했다.

"아마 보상으로 어마어마한 돈을 줄 것이다."

돈을 가장 최고의 가치로 생각하는 사람들은 돈을 보상으로 받을 것이라는 추측을 하였고

"엄청난 경험치로 보상을 해줄 것이다."

레벨업에 굶주린 사람들은 경험치로 보상을 받을 것이라고 하였다.

"누구도 상상하지 못할 아이템을 줄 것이다."

물론 그 중 가장 많은 의견은 좋은 아이템을 받을 것이라는 것이었다. 돈으로 살 수 없는 어마어마한 아이템. 게다가 아이템은 정확한 수치로 이루어져있었기 때문에 어느 정도의 성능인지 알아보기도 쉬웠다.

무엇보다 그 보상을 받는 사람들은 가장 많은 몬스터를 잡은 3개의 파티라는 점이 사람들의 궁금증을 배가시켰다.

그리고 지금 신관 앞에 있는 3개의 파티원들은 모든 사람의 궁금증을 풀어줄 수 있었다.

[토벌 퀘스트 보상 : 모든 능력치 10% 상승, 마족을 상대할 때 공격력, 방어력, 마법방어력 50% 상승]

모든 능력치가 10% 상승하며 마족을 상대할 때 공격력, 방어력, 마법 방어력이 올라간다. 상당히 좋은 옵션이었지만 기대했던 사람들을 충족시키기에는 부족했다.

그러나 다시 한 번 메시지창이 생겼다.

[토벌자의 목걸이를 얻었습니다.]

그러자 사람들의 손에 목걸이가 하나씩 생겨났다. 그리고 그 옵션을 확인한 사람들의 얼굴에 알수 없는 표정이 번져갔다.

[토벌자의 목걸이]

등급 : S

재질 : 알수없음

능력 : 몬스터를 잡을 때마다 모든 능력치가 0.1씩 올라갑니다. 최대 300까지 상승.

몬스터를 잡을시 추가 경험치 + 20%

모든 능력치 + 200

마족을 상대할 시 모든 능력치 10% 상승

설명 : 몬스터 토벌에 앞장선 사람들에게 주어지는 목걸이. 몬스터들이 가지고 있는 힘을 일부 흡수하여 모든 능력치가 올라가게 된다. 추가 경험치 옵션은 자신과 비슷한 레벨의 몬스터를 잡을 때 적용됩니다. [레벨 차이가 30이하인 몬스터를 잡을 때 적용]

'이거 토벌 퀘스트를 완료했어도 쉬지않고 몬스터들을 계속 때려잡으라는 거잖아!'

경험치 20%상승은 엄청난 옵션이었다. 처음 발견한 던전에서 얻을 수 있는 이득이 경험치 30%상승이라는 것을 생각하면 거의 사기급 아이템.

단지 제약이 있다면 비슷한 레벨의 몬스터를 잡아야 한다는 것. 한 마디로 쉽게 잡을 수 없는 몬스터들을 잡으라는 뜻이었다.

토벌 퀘스트는 끝이 났지만 계속 몬스터들을 잡는다면 충분한 보상은 해준다는 뜻.

'나한텐 괜찮은 옵션이긴하지만… 임동호 파티원들은 레벨이 잘 오르지 않아서 만족스럽지 않은 옵션일 텐데.'

그러나 최수민의 생각과 다르게 임동호 파티원들은 꽤 밝은 표정을 하고 있었다. 임동호는 밝게 한 번 웃더니 신관에게 질문을 했다.

"옵션을 보아하니 저희의 역할이 따로 더 있는 것 같군요."

"맞습니다. 토벌 퀘스트는 단지 시작일 뿐이죠."

"능력치 상승에도 그렇고, 목걸이에도 그렇고. 마족을 상대할 때 능력치 상승이 있는걸 봐서 다음 목표는 마족이 겠군요."

두가지 모두 공통된 옵션이 있다면 마족을 상대할 때 늘어나는 옵션들. 그 옵션들을 바탕으로 추측하자면 마족을 상대해야 할 일이 있을 것이라는 것을 알 수 있었다.

신관은 고개를 한 번 끄덕이더니 말을 시작했다.

"요즘 들려오는 말중에 거대한 마력이 있는 지역이라는 말을 많이들 들어보셨을 겁니다. 그리고 그 거대한 마력이 있는 곳이 3개가 남았고, 그것들이 모두 깨지면 론디움 운명의 날이 시작될 것이라는 것도 들으셨을 거구요."

"그게 토벌 퀘스트랑 관련이 있었던 건가요?"

아무 연관도 없는데 토벌 퀘스트 보상에 관한 이야기를 하다가 거대한 마력이 있는 지역을 꺼낼 리가 없었다. 임동호는 의문이 들자마자 바로 신관에게 물어보았다.

원래 NPC들은 기본적인 정보밖에 전해주지 않는다.

명성이 올라가면 추가적인 정보를 말해주기도 하지만 기본적으로 정보를 얻기 위해선 NPC들에게 질문을 하여 이야기를 길게 끌고 가야했다.

"역시 1등을 기록한 파티원은 다르긴 다르군요. 맞습니다. 토벌 퀘스트와 거대한 마력이 있는 지역과는 관련이 있는 퀘스트입니다."

론디움 운명의 날과 관련이 있는 이야기가 나오자 사람들의 눈빛이 매섭게 바뀌었다. 론디움내에 자유 길드, 총군연합, 색볼펜 트리오가 유명하다고 하지만 론디움 운명의 날처럼 엄청난 관심을 받지는 못했다.

그만큼 사람들은 론디움 운명의 날에대해 많은 관심을 가지고 있었다.

"론디움 운명의 날에 대해서도 조금 듣고 싶은데 가능할까요?"

토벌 퀘스트와 론디움 운명의 날이 관련이 있다고 해도 그것에 대해 알려주는 것은 NPC의 판단. 임동호는 아주 저자세로 일관하고 있었다.

"좋아요. 하지만 모든 걸 알려드릴 수는 없습니다. 어떤게 궁금하신 건가요?"

저자세로 일관하는 임동호에게도 모든 것을 알려줄 수 없다는 신관이 이야기를 하기 시작했다.

"우선 거대한 마력이 있는 곳이 어딘지부터 알아야 저희가 론디움 운명의 날을 대비할 수 있을 것 같아요."

신관은 일리있는 질문이라는 듯이 고개를 끄덕였다.

"우선 거대한 마력이 있는 곳이란 몬스터들이 많이 등장하는 곳입니다."

"그렇단 말은 저희가 토벌 퀘스트를 하던 중 거대한 마력이 있는 지역을 파괴했을 수도 있다는 말인가요?"

토벌 퀘스트를 하면서 어마어마하게 많은 몬스터들을 때려잡았다. 그 과정에서 자신들도 모르게 거대한 마력이 있는 지역을 하나쯤 파괴했다고 해도 이상하지 않았다. 신관은 고개를 저으며 말을 이어갔다.

"제가 말을 잘못했군요. 몬스터들이 많이 등장하는 특정한 장소를 말하는 것입니다. 여러분들 말로 하자면 던전이라고 하는 게 맞는 표현이겠군요."

다른 사람들은 아직까지 이해할 수 없다는 표정을 하고 있었지만 최수민은 그 말을 듣자마자 그 말이 무슨 의미인지 알 것 같다는 표정을 지었다.

"그리고 그 곳에 있는 거대한 마력이 있는 곳을 없애게 된다면 론디움에 있는 결계가 깨지게 되어 마족들이 론디움을 습격해 올 것입니다."

"던전 안에 그런 장소가 있었단 말입니까? 아무리 다녀도…."

"특정한 표시라도 되어있는 건가요?"

질문을 하던 사람들은 모두가 공통적으로 하나를 깨달았다.

'던전 안에 있던 그 정체 불명의 마법진!'

다른 사람들이 마법진에 대해 깨달았을 때 최수민도 같이 고개를 끄덕였다.

'던전에 있는 봉인된 지역이 거대한 마력을 지니고 있는 지역이구나! 예상은 했는데 그게 진짜일 줄이야.'

아직까지 자신과 레나말고는 봉인된 지역에 들어갈 수 있는 사람을 발견한 적이 없었다. 이대로 라면 아마 론디움 운명의 날을 만드는 것은 최수민의 선택일 것이다.

단시간에 김진수와 싸울 힘을 얻기 위해 최수민이 선택할 수 있는 가장 좋은 방법은 봉인된 지역에서 티어린 제국 초대 황제의 기운을 획득해서 드래곤 하트를 하루빨리 정상화 시키는 것이다.

드래곤 하트가 정상화 될수록 몸은 더 가벼워졌고 마법은 강해졌다. 그 뿐만이 아니라 검을 휘두를 때 검에 주입할 수 있는 마나도 엄청나게 많아졌다.

그런데 그 봉인된 지역을 부수게 되면 마족을 막고 있는 결계가 깨진다? 그렇다면 최수민이 원한다고 해서 마음대로 깨부술 수 있는 것이 아니게 된다. 마족들에 의해 희생될 사람이 생길테니까. 그 희생자가 자신이 되지 않으리라는 법도 없었다.

"거대한 마력이 있는 곳은 육안으로 구분 가능할 것입니다. 아마 보신적이 있을테지요"

"그런데 그것과 론디움 운명의 날이 무슨 관계가 있는

건가요?"

조용히 이야기만 듣고 있는 3위를 기록한 파티원 중 하나가 드디어 말을 꺼내었다. 다른 무엇보다 론디움 운명의 날이라는 것은 그들에게 중요한 의미였다.

"토벌 퀘스트를 완료하고 여기까지 오신 분들이니 이걸 말씀드리지 않을 수가 없네요."

신관은 최수민이 서벨리 빙하에서 임동호에게 들었던 이야기를 하기 시작했다. 서벨리 빙하에 최종 보스인 마족이 하나 있고 그 놈을 잡으면 끝난다.

"끝난다는 것이 무슨 의미죠? 끝나면 저희 능력자들은 어떻게 되는거고 론디움은 어떻게 되는 건가요?"

"애초에 론디움이라는 곳은 지구를 침략한 마족들과 싸울 힘이 없는 인간들을 위한 곳. 마족을 물리치게 되면 론디움의 존재 이유가 없죠. 물론 능력자도 필요 없어지는건 말하지 않아도 알 수 있겠죠?"

신관의 말이 끝나자 신전안에 앉아 있는 사람들은 모두 동요하기 시작했다. 기껏 게임 캐릭터를 키워뒀더니 마지막 보스를 잡으면 모든 캐릭터들이 사라진다는 말과 무엇이 다른가?

의욕이 생길리도 없었고 무엇보다 지금 능력자들중 생계를 위해 론디움에서 살아가는 사람들도 한둘이 아니었다.

"더 이상 들을 것도 없겠군. 가자."

3위 파티원들 중 하나가 파티원들에게 말했다. 그 사람들은 완전 굳은 얼굴을 한 채로 신관의 말을 더 듣지 않고 나가 버렸다. 보상도 받았겠다 그들에게는 거칠 것이 없었다.

"무슨 저런 놈들이 다있어?"

임동호는 밖으로 나가버린 사람들을 보며 쯧쯧하며 혀를 찼지만 최수민은 그 사람들의 마음이 조금은 이해할 수 있을 것 같았다.

애써 키운 게임 캐릭터가 삭제되다니? 분명 게임을 하는 목표 중 하나가 최종 보스를 잡는 것이긴 하지만 최종 보스를 잡는 것과 동시에 타의에 의해서 캐릭터가 삭제되는 것과 자의로 삭제하는 것은 엄연히 다른 영역이다.

'하지만 게임이라면 클리어하는 재미도 있는 법이지.'

다만 이 게임에서 실패라는 것은 목숨이 사라진다라는 말과 동의어일뿐.

"거대한 마력이 있는 곳이 결계의 역할을 하고 있는 이유는 간단합니다. 그 곳은 음… 진짜 게임이라고 생각한다면 능력자들의 힘이 얼마나 강해졌는지 한 눈에 알 수 있는 바로미터라고 볼 수 있겠네요."

"그렇다면 능력자들이 그 거대한 마력이 있는 곳을 깨지 않으면 어떻게 되는 건가요? 론디움 운명의 날은 오지 않고 이 세상은 계속 진행되나요?"

게임을 계속 진행하는 방법은 간단했다. 최종 보스를 잡지 않으면 된다. 최종 보스를 잡지 않고도 게임을 즐기듯이 능력에 맞게 도란도란 잘 살아도 될 것이다.

"좋은 질문이네요."

스르륵!

갑자기 신관의 모습이 변하기 시작했다. 늙은이의 모습에서 점점 젊어지기 시작하더니 어느새 건장한 20대 청년의 모습으로 바뀌었다.

"론디움은 단지 마족에게 일방적으로 학살당했던, 그리고 학살당할지도 모를 인간에게 싸울 힘을 주기 위한 장소. 그리고 그 힘을 길러서 마족과 싸울 수 있게 해준 배려의 장소일 뿐입니다. 그것을 어떻게 활용할지는 여러분의 손에 달려있습니다."

신관의 말 속에 숨겨져있는 의미는 쉽게 찾을 수 있었다. 게임을 즐기듯이 편하게 즐기다보면 인간이 아닌 마족의 손에 의해서 론디움이 끝장날 테니 마족과 싸울 준비를 하라는 것.

그 말을 끝으로 신관은 그 자리에서 사라져버렸다. 마치 그 자리에 없었다는 것처럼 신관이 서 있던 곳엔 공기만이 맴돌고 있었다.

"어때? 전에 내가 서벨리 빙하에서 해주었던 이야기를 다시 들은 것 같지?"

신관이 사라지자 마자 임동호는 최수민을 쳐다보면서 말했다.

"네. 그럼 그 때 해줬던 이야기도 여기서 들었던 이야기였나요?"

"그렇지. 보통은 같은 이야기로 마무리하곤 하는데 오늘은 그래도 거대한 마력이 있는 곳이 던전에 있다는 걸 알았으니 큰 수확이 있었네."

레이첼은 오늘 얻은 것에 대해 만족한다는 듯이 웃고있었다.

"길드로 돌아가서 던전에 있는 그 마법진에 대해서 좀 더 알아봐야겠는걸."

임동호가 꺼낸 말에 모든 사람이 동의한다는 듯 고개를 끄덕거리더니 서로의 나라로 돌아가려고 했다.

"최수민 너도 한 번 알아봐. 그 때 그 레드 드래곤한테도 한 번 물어보고."

임동호는 최수민의 어깨를 한 번 툭 치더니 한국으로 떠날 준비를 마쳤다.

"혹시 그 거대한 마력이 있는 지역에 들어갈 수 있는 방법이 있다면 어떻게 하실거에요? 바로 그 지역을 없애고 중급 마족들이 튀어나오게 할 건가요?"

"너 혹시 알고 있는 거야?"

"네. 알고 있어요. 이 때까지 거대한 마력이 있는 곳들을 없앤 사람이 바로 저에요."

"왜 이때까지 말하지 않고 이제야 말하는 거야? 대책을 충분히 세웠어야 했는데."

임동호는 한국으로 돌아가려던 것을 멈추고 본격적으로 최수민과 대화를 나누기 시작했다.

"그게… 저도 그 장소가 거대한 마력이 있는 곳이라는 걸 알지 못했어요. 방금 신전 안에서 신관한테 듣고나서 알게 된 거에요."

"그럼 좀 이야기를 자세히 좀 해봐."

최수민은 이 때까지 있었던 일에 대해서 이야기하기 시작했다. 봉인된 지역에 대해서. 봉인된 지역엔 마족이 들어가있고 아직까지 자신과 레나밖에 들어가지 못한다는 것.

티어린 황제의 기운에 대한 이야기는 하지 않았다. 단지 봉인된 지역이 어떻게 부숴지는가에 대해서만 이야기를 하였다.

"좋아. 그럼 중요한 건 봉인된 지역을 우리가 원하는 타이밍에 부술 수 있다는 거네."

"그렇죠."

"그럼 이번엔 우리가 준비할 시간을 줘. 중급 마족들을 상대하려면 철저한 준비가 필요하거든."

"알겠어요. 저도 준비가 필요하니 적당히 시간을 정해서 시작하도록 하죠."

'아직까진 혼자서 중급 마족을 잡는 건 무리겠지?'

임동호는 최수민에게 들은 소식을 전하기 위해 먼저 한국으로 돌아갔고 최수민도 레나를 데리러 가기 위해 한국으로 돌아갔다.

4장. 고대 제국

4장. 고대 제국

"어유. 저 할아버지 완전 주책 아니야?"

"그러니까. 옆에 여자랑 50살은 차이나는 것 같은데?"

레나와 여해가 정답게 지나가는 모습을 본 사람들은 하나 같이 한 마디씩 남기고 있었다. 그도 그럴것이 여해의 모습은 백발이 무성한 노인이었고 레나는 빨간 머리의 이국적인 매력을 가진 아름다운 20대 여인이었으니까.

그냥 20대도 아니라 웬만한 연예인들을 오징어로 만들어 버릴듯한 외모의 여자가 백발 노인과 함께 다니는 모습을 본 사람들은 하나같이 손가락질을 했다.

"저 할아버지 돈이 많나봐. 부럽다."

부러워 하는 시선도 있었고

"부럽긴. 원조교제는 경찰에 잡혀가야하는 거 아니야?"

질투를 하는 시선들도 있었다.

"그런데 저 여자 그 때 그 인터넷에 핫하던 그 여자 아니야? 파란 머리 미남이랑 함께 사진 찍혔던 사람."

"맞아. 맞는 것 같아. 사진보다 실물이 훨씬 나은데?"

레나는 들려오는 말들이 무슨 뜻인지는 몰랐으나 사람들의 시선, 손가락질을 보면 좋지 않은 것이라는 것을 잘 알수 있었다.

"저 자식들이?"

레나가 당장이라도 사람들을 칠 것처럼 행동하자 여해가레나의 두 손을 잡으며 차분하게 웃기만 했다.

"저 사람들이 다 레나의 아름다움을 부러워하는 것 같은데? 화낼 필요가 있나?"

"나를 부러워하는 게 아니라 다 널 욕하고 있는 거잖아."

"허허. 백발이 다 돼서 이런 아름다운 여인과 다닐 수 있는 행운을 가지려면 그정도는 감수해야지."

여해는 아무렇지도 않다는 듯이 레나와 함께 계속 걸어갔다. 하지만 계속되는 시선에 이야기를 나눌 수 없다고 생각한 여해는 레나를 데리고 점점 사람들이 없는 곳을 향해걸어가기 시작했다.

"그래. 날 진짜 찾아온 이유가 뭐야? 겨우 내 얼굴보러그렇게 힘들고 먼 길을 온 것은 아닐 텐데."

거의 사람들이 보이지 않는 곳까지 온 여해가 말을 꺼냈다. 멜로스와 함께 마나를 조금씩 흘려보내고 모든 마나를 다 소모한 후에야 지구로 돌아올 수 있었던 여해였기에 레나가 오기까지 얼마나 힘든 과정을 거쳤는지 누구보다 잘 알았다.

"응? 힘든건 없었어."

"힘든게 없었다고? 마나를 조금씩 조금씩 흘려보내고 거기서 나오는 마족들을 하나씩 해치웠어야 했을 텐데?"

말을 하던 여해는 고개를 저었다. 아마 그 사실을 몰랐을 것이다. 여해가 설명해주는 것을 듣고서야 알았을 테지.

"아. 그 때 그 설명? 상관없어. 지금 티어린엔 엄청나게 강한 사람이 한 명 있거든. 드래곤도 이길 정도로."

"그래? 어떤 사람인지 한 번 붙어보고 싶은 걸."

황제가 되기 이전에 장군이었던 여해. 강한 사람에 대한 호승심이 있는 건 당연했다.

"말도 안되는 소리 하지마. 지금 그 몸 상태로 누굴 이기겠다는 거야? 한 줄기 마나도 없는데?"

여해의 어깨를 툭툭치며 웃는 레나. 그렇지만 레나의 마음은 심각했다.

"허허. 농담도 못하게 하는군. 중요한 이야기나 한 번 해보지."

웃고있던 여해는 바로 얼굴 표정을 바꾸었다. 그 표정을 본 레나는 싱긋 한 번 웃어주기만 했다.

"아니야. 잘 살고 있는지 보고 싶어서 온 거야."

티어린에 마왕이 나타났다. 여해의 힘이 필요할 것 같아서 데리러 왔다라고 말하고 싶었지만 백발이 되어버린, 티어린에서 지구로 돌아와 이제 지구에서 삶을 끝내고 싶어하는 여해의 모습을 보니 그 말이 나오지 않았다.

"그게 끝이야? 아닌 것 같은데?"

"오랜 친구의 얼굴을 보러 오기 위해 이런 고생도 할 수 있는거지. 잘 살고 있는 것 같으니 됐어."

레나의 말이 끝나자 두 사람 사이에는 아무런 말소리도 나지 않았다. 그저 적막감만이 두 사람을 감싸고 있었을 뿐.

그 적막감을 깬 것은 최수민의 목소리였다.

"두 분 왜 이런곳에 계시는 거예요? 찾느라 고생했네요."

여해의 마나는 느껴지지 않는 것이나 마찬가지였기에 레나의 마나를 따라 골목골목을 돌아온 최수민은 두 사람을 보자 분위기가 심상치않다는 것을 느낄 수 있었다.

'뭐지? 무슨 일이라도 있었던 건가?'

어색한 분위기도 잠시. 여해는 털털한 웃음을 보여주며 갔던 일은 잘되었냐고 물어보았다.

"네. 잘 끝났어요."

"그랬군. 참 레나에게 이야기는 들었다네. 내 몸속에 흐르고 있던 마나가 자네의 몸 속에 들어갔다고 하던데."

"맞습니다."

"마나는 결국 보조적인 역할을 할 뿐이야. 마나가 없다고 검을 휘두르지 못하는 것은 아니지만 제대로 된 검술이 뒷받침되지 않는 마나는 전혀 쓸모없는 것이지."

말을 끝맺은 여해는 검집에서 검을 꺼내들었다. 그리고 최수민이 보는 앞에서 검을 휘두르기 시작했다.

"어떻게 나와 같은 검술을 쓰는진 몰라도 그건 400년전 내가 조선에서 쓰던 검술."

여해의 검은 공기를 가르고, 공간을 갈랐다. 최수민은 전혀 다른 세상에서 검을 휘두르는 듯한 움직임을 넋을 놓고 바라만 볼 수 밖에 없었다.

그러더니 갑자기 몸이 저절로 움직이기 시작했다. 단 한번 보았지만 여해가 사용하였던 움직임을 따라하는데 전혀 무리가 없었다.

5분에 걸친 여해의 검술이 끝나자 여해는 입을 열었다.

"이것이 바로 내가 티어린에서 300년이 넘는 세월을 지내며 완성한 검술이지. 티어린내에 있는 여러 나라, 여러 가문들의 검술. 엘프들의 검술. 마족들이 사용하던 검술. 거기에 조선에서 사용하던 검술을 섞은 거라네."

최수민은 여기서 여해의 검술을 보았다는 것이 너무나 안타까웠다. 이 곳이 아니라 론디움에서 보았다면 아마 티어린 제국 초대 황제의 검술 레벨이 올랐습니다. 라던지 티어린 제국 초대 황제의 검술 스킬이 진화하였습니다. 같은 메시지 창이 생겼을 텐데. 하는 생각이 들었다.

"다시 한 번만 더 보여주실 수 없나요?"

"다시 한 번? 늙은이를 얼마나 더 힘들게 할 생각인가?"

삭신이 쑤시다는 듯 허리를 툭툭치며 검집에 검을 다시 밀어넣은 여해는 최수민을 쳐다 보았다.

"잘 생각해보게. 방금도 내가 한 번 검을 휘두르는 것을 보고 그대로 다 따라했잖아. 몸, 아니 그 몸속에 흐르고 있는 내 마나가 기억하고 있을 걸세."

'하긴. 그걸 어떻게 내가 알고 있다고 5분이 넘는 시간동안 따라한걸까?'

론디움에 가서도 이 검술을 떠올리며 계속 검을 휘두르다 보면 티어린 제국 초대 황제의 검술이 어떤식으로든 변화할 것이라는 생각이 들었다.

"가르침 감사합니다."

"나를 다시 만나고 싶으면 저기 산 속으로 오게. 내가 찾아갈 테니."

여해는 마지막 말을 남기고는 최수민이 온 방향과 반대 방향으로 걸어가기 시작했다. 레나는 여해가 가는 모습을 보고도 아무런 행동을 하지 않았다.

"저렇게 떠나가게 놔둘 거에요?"

"응."

"여해를 만나기 위해 티어린에서 여기까지 왔잖아요."

"아니야. 얼굴을 봤으면 됐지."

왠지 기운이 없어진 레나였지만 최수민은 할 수 있는 말
이 없었다. 여해와 무슨 일이 있었는지도 모르고, 왜 갑자
기 이렇게 변했는지도 모른다.

"그럼 이제 어떻게 하실 거에요?"

"여해는 만나봤으니 이제 빙하 속에 있는 멜로스를 구하
러 가봐야겠지?"

소중한 친구 여해를 데리고 가지는 못했지만 빙하속에
있는 멜로스마저 놔두고 갈 수는 없었다. 레나는 최수민과
함께 다시 론디움으로 이동했다.

◇

"이제 올만한 사람들은 다 온건가?"

오른쪽 뺨에 길다란 자상이 있는 남자가 말을 꺼내자 모
여있던 사람들은 주변 사람들의 얼굴을 살피고는 고개를
끄덕였다.

"다 온 것 같습니다."

"그럼 이제 이야기를 시작하지."

남자의 말이 끝나자 단상위에 세 사람이 올라왔다. 두 남
자는 검을 쥐고 있었고 한 여자는 지팡이를 손에 들고 있었
다.

"다들 여기 리아, 랄프, 브라이언이 토벌 퀘스트 3위를
하여 보상을 받으러 다녀온 것은 알고 있을 것이오."

세 사람은 단상 위에서 사람들에게 허리를 숙이며 인사를 했다. 신관의 말이 끝나기 전에 신전에서 뛰쳐나온 세 사람은 신관에게서 들은 정보를 전달하기 위해 이 자리에 서 있었다.

"자. 그럼 한 번 말해봐. 어떤 정보를 들었는지."

랄프는 뺨에 자상이 있는 남자에게 고개를 숙이고는 말을 시작했다.

"토벌 퀘스트의 보상은 별 것 없었습니다. 연계 퀘스트도 아니었구요."

"론디움 최초로 했던 토벌 퀘스트인데 별거 없었나보군?"

"돈이나 아이템같은 거라도 받은줄 알았더니?"

사람들이 웅성웅성거리기 시작하자 세 사람은 토벌자의 목걸이를 벗어서 사람들에게 주었다. 사람들은 토벌자의 목걸이를 돌아가면서 구경하더니 감탄을 내뱉었다.

"별거 없다더니 이정도면 어마어마한 옵션 아닌가?"

"추가 경험치가 10%라니!"

2위를 기록하여 추가 경험치 20%를 받은 최수민과 달리 3위를 기록한 이들의 목걸이는 추가 경험치 10%가 끝이었다.

"저희는 총군 연합 길드원들의 힘으로 토벌 퀘스트를 완료했으니 그 목걸이는 총군 연합에 내놓겠습니다."

실질적으로 리아, 랄프, 브라이언이 토벌 퀘스트 3위를 할 수 있었던 배경에는 총군 연합이 있었다. 론디움 사상 최초로 토벌 퀘스트라는 것이 생겼기 때문에 결과를 확인하기 위해 총군 연합차원에서 세 사람을 밀어준 것.

물론 공짜는 아니었다. 토벌 퀘스트 순위권에 올려주는 대신 토벌 퀘스트의 보상을 총군 연합에 귀속시키기로 한 것이었다.

세 사람은 경험치를 얻었고 토벌 퀘스트 보상으로 따로 모든 능력치 5% 상승이라는 혜택을 얻었기 때문에 토벌자의 목걸이를 귀속시키더라도 손해보는 장사가 아니었다.

"그래. 이 목걸이 말고는 별거 없었나?"

"아닙니다. 론디움 운명의 날, 그리고 거대한 마력의 나타나는 곳에 대한 정보를 얻어왔습니다."

리안은 신관이 해주었던 이야기를 하기 시작했다. 이야기가 진행될수록 총군 연합 사람들의 표정은 점점 구겨지기 시작했다.

"아니 무슨 그런 경우가 다있어?"

"기껏 능력을 줘놓고 뺏는다고? 줄때는 마음대로지만 가져갈 때는 아니지!"

총군 연합 사람들의 불만이 터져나올 때쯤 얼굴에 자상이 있는 남자가 소란을 막았다.

"자. 잠시. 다들 진정해."

"아니 이 상황에서 어떻게 진정을 해요? 저희가 능력을 잃으면 저희의 목표는 어떻게 이루고, 지금처럼 살 수 있을 것 같아요?"

"이왕 이렇게 된거 지금 빨리 거사를 일으킵시다."

하지만 한 번 터져나온 불만은 쉽게 잠재워지지 않았다. 사람들은 고삐풀린 망아지처럼 점점 미쳐날뛰기 시작했다.

"조용!"

결국 자상이 있는 남자가 주먹으로 건물 벽을 내리치며 벽의 한쪽을 통째로 날려버리자 그제서야 사람들은 진정하기 시작했다.

"그럼 우리가 론디움 운명의 날이 오지 못하게 막으면 될 거아냐!"

"그걸 어떻게 막습니까? NPC들도 하나같이 론디움 운명의 날이라고 외치고 있는 마당에!"

"이런 멍청한 놈! 던전안에 마법진이 거대한 마력이 있는 곳이면 그 곳에 아무도 못 오게 막으면 될 거 아냐!"

남자의 외침에 웅성거리던 목소리가 한 번에 사라졌다. 그러자 그 남자는 다시 한번 말을 이어가기 시작했다.

"어차피 여론은 우리 편이 될 거야. 능력자가 자신의 능력을 모두 잃어버린다고 하는데 누가 반대하겠어? 우리는 그저 마법진을 지키기만 하면 돼!"

"날짜는 언제로 하죠?"

"일주일 뒤."

론디움으로 다시 건너온 최수민과 레나는 임동호를 만났다. 봉인된 지역을 하나 더 부수게되면 튀어나올 중급 마족들을 상대할 사람들을 제대로 준비시키기 위한 시간이 일주일로 결정되었다.

"일주일 뒤엔 중급 마족 20명이 튀어나와도 충분히 상대할 수 있다는 거죠?"

중급 마족 하나는 상대하기 쉽다. 500레벨 이상의 사람들이 15명이상 몰려가서 레이드하듯이 잡는다면 희생없이 잡아낼 수 있었다.

하지만 중급 마족이 하나가 아니라 여러마리라면 이야기가 다르다. 지능이 없는 몬스터와는 다르게 지능을 가지고 있고 암흑마나를 사용하는 마법까지 사용하는 중급 마족들이 뭉치면 어떤 시너지 효과를 발휘할지 알 수 없었다.

"그렇겠지. 그럼 일주일동안 뭘하고 있을 계획이야?"

"새로 받은 퀘스트를 좀 하고 있으려구요."

아무런 단서도 없는 고대 제국을 찾아야하는 퀘스트. 막막했지만 일주일동안 레벨업만 하기보다는 무언가라도 하는게 편했다.

"어떤 퀘스트? 내가 도움을 줄 수 있는거면 좋겠는데."

"고대 제국을 찾으라는 퀘스트인데 혹시 아세요?"

"고대 제국이라… 잠시만 기다려봐."

◇

　자신이 알고 있는 정보들과 퀘스트창을 보던 임동호는 고대 제국이라는 말을 찾을 수 없자 꽤 당황한 모습을 보였다.

　모든 것을 알고있는 것은 아니지만 거대한 마력을 지니고 있는 곳부터 시작해서 갑자기 모르는 것들이 나오기 시작했기 때문이다.

　"미안하군. 고대 제국에 대해선 아는게 없어. 어떻게 얻게 된거야?"

　"켄타로우스 초원에서 사냥을 하다가 어떻게 양도받게 됐어요."

　"그래? 최근에 생긴 퀘스트인가?"

　아마 최근에 생긴 것이라서 모르는거겠지라고 생각한 임동호였지만

　"아뇨. 3년전에 받았다고 하던데요?"

　"음… 그렇다면 엄청나게 어려운 퀘스트인것 같은데. 혹시나 고대 제국에 대해 아는 정보가 생기면 알려주도록 하지. 위험하다 싶으면 바로 발을 빼고 나한테 말해. 네말대로라면 지금 거대한 마력을 가지고 있는 지역을 해결할 수 있는 사람은 너 밖에 없으니까."

　"네. 알겠어요."

　임동호에게 알았다고 말은 했지만 어디로 가야할지는 의문투성이었다. 빛 한줄기 없는 어둠속에 혼자 남겨졌다는

느낌을 가지고 있을 때 임동호가 최수민을 다시 불렀다.

"아참. 고대 제국이라고 하니 생각이 나는 곳이 한 곳이 있긴한데. 알함브라로 가봐. 거기 분위기가 딱 몰락한 도시 분위기거든."

"네. 한 번 가보도록 할게요."

"참고로 몰락한 도시에 공간 이동사같은건 없으니 몬티나까지 공간이동을 한 후에 걸어가야 할거야."

친절하게 가는 방법까지 설명해준 임동호는 가던 길을 걸어갔다.

'헛걸음 하는 길이라면 몬스터라도 많았으면 좋겠다.'

어차피 가야할 길이라면 경험치라도 올려야지.

최수민은 레나와 함께 공간 이동사를 찾아갔다.

도시를 가로지르는 강을 기준으로 건물들이 일렬로 줄 세워져있는 도시 몬티나. 2층짜리 낮은 집들이 줄을 지어 서있고 몬티나의 중앙엔 중세시대 영주들이 살았을 법한 성이 있었다.

"여기서부터는 걸어가야해요."

알함브라라고 하는 지역이름은 들었지만 정확한 지명이 아니었던지 지도에서 찾을수가 없었다. 결국 몬티나까지와 서 물어물어 가야만 했다.

"걸어서 가는 길이면 또 몬스터들을 사냥해야하겠네?"

레드 드래곤인 레나가 이렇게 몬스터들을 많이 사냥해본 적은 처음이었다. 티어린에서는 몬스터들이 자신을 피해다녔기 때문에 마주칠 기회가 거의 없었기 때문이다.

최수민은 레나를 바라보았다.

레벨이 오르고 돈과 아이템으로 보상을 받는 자신과 달리 레나는 아무것도 얻지 못한다.

'음… 레나는 레벨이 오르는 것도 아니고 딱히 보상이 없으니 몬스터 잡는 게 불편하긴 하겠네.'

최수민이 해줄 수 있는 것이라곤 몬스터들을 죽인 후 얻은 돈으로 마나 회복 물약 같은 것이나 사주는 일.

'마나 회복 관련 아이템이라도 사서 줘야겠어.'

레나의 마나 회복 속도가 빨라진다면 최수민에게도 좋은 일. 결코 손해보는 투자는 아니었다.

게다가 선물을 준다면 레나의 호감도 살 수 있으니 더욱 믿을 수 있는 동료를 만들 수 있다는 점에서 일석이조.

최수민은 조만간 마나 회복이 빨리 되는 아이템을 사야 겠다는 생각을 하며 길을 걸어갔다.

최수민과 레나가 향하고 있는 곳이 몰락한 도시인 알함브라였기에 길을 걸어가는 사람이라곤 최수민과 레나 둘밖에 없었다. 엄연히 말하자면 두 명의 사람이 아니라 두 명의 드래곤이었지만.

'몬스터라도 나오면 좋겠는데.'

레나와의 평화로운 시간이 지속되는 것은 원하지 않았다.

걸어가는 시간 1분 1초조차 아까운 시간이었다.

토벌자의 목걸이의 효과를 보기 위해선 몬스터들을 사냥해야만 했다. 모든 능력치를 올리기 위해서, 그리고 경험치 보너스를 받기 위해서.

토벌 퀘스트의 보상이라고 토벌자의 목걸이를 준 신관도 참 악취미구나 하는 생각을 하며 발걸음을 옮겼다.

"그런데 고대 제국은 왜 직접 찾으려고 하는 거야?"

주변 경치를 구경하면서 최수민의 뒤를 따라오고 있던 레나가 문득 궁금하다는 생각이 들었는지 고대 제국에 대해 물어보았다.

고대 제국이라고 하면 당연히 지금 남아있지 않을 것이고, 그 곳에 대한 정보는 책을 찾으면 나올 것이다. 적어도 레나의 상식으로는 그랬다.

"레나님도 들으셨잖아요. 길드장도 모른다고 하고, 애초에 이 정보를 주었던 사람도 3년동안 아무런 정보를 못 찾았다고 하더라구요. 그럼 제가 직접 발로 뛰는수 밖에 없죠."

지금이야 스마트한 시대가 되어 스마트폰으로 찾아보면 금방 찾아볼 수 있는 시대지만 론디움은 아니었다.

직접 발로 뛰어다녀야 했고, 정보들은 직접 얻거나 NPC들을 통해 들어야만 했다.

"그 사람들의 말을 그냥 믿는 거야? 그냥 시간만 날릴 수도 있잖아."

레나는 첫 단추부터 잘못 끼우는 것은 아닌가 하는 생각을 하고 있었다. 그도 그럴 것이 아무런 정보도 없이 돌아다닌다고 해서 뾰족한 방법이 나오는 것은 아니다.

"믿어야죠. 뭐 처음 퀘스트를 준 사람에게서 들은 정보야 믿을 순 없지만 길드장 임동호가 모른다고 하면 정말 모르는 것일 테니까요. 그나마 알함브라라는 이름이라도 들어서 다행이죠."

최수민은 그나마 다행이라고 생각했다. 임동호조차 아무런 단서를 주지 못했다면 맨땅에 헤딩만 하다가 아마 그대로 포기할지도 몰랐던 퀘스트였다.

"뭐 이 정보가 잘못되었더라도 날리는 건 시간밖에 없지만 이왕하는거라면 확실하게 하는게 좋잖아."

운좋게 얻게된 퀘스트였고 운좋게 임동호에게서 알함브라라는 힌트를 얻었기에 최수민은 아무런 생각도 하지 않고 알함브라로 향하고 있었다.

그러나 레나가 계속 확실하게 알아보고 가자는 말을 하자 최수민도 결국 생각을 바꾸었다.

'그래. 내가 언제부터 그렇게 남의 말을 잘 들었다고.'

최근 들어 다른 사람들의 말을 너무 쉽게 믿었구나 하는 생각이 들었다. 분명 능력자가 되기 전만해도 사람에 대한 불신으로 가득했었던 최수민이었다. 그러나 언제부터인지 점점 사람들을 잘 믿기 시작했다.

"좋아요. 그럼 어디로 가서 정보를 얻어볼까요?"

"고대 제국이라고 했으니 왜곡된 소문들을 찾아헤매는 것보다 도서관같은 곳으로 가서 책을 찾아보는게 좋겠지."

언제 도서관을 가봤는지도 까마득한 최수민이었지만 레나의 주장에 설득당한 최수민은 레나와 함께 도서관을 향해 방향을 틀었다.

◇

흰 건 종이요. 검은 것은 글씨로다.

오랜 스마트 폰과 인터넷 생활에 파묻혀 정보를 너무 쉽게 찾아온 최수민에게 책 속에서 정보를 찾는다는 것은 쉬운 일이 아니었다.

"후아암."

길게 하품을 하며 옆을 쳐다보자 레나는 책을 잔뜩 쌓아두고 책을 보긴 하는건가? 싶을 정도로 빠르게 책장을 넘겨가고 있었다.

최수민은 자신의 하품 소리에 고개를 돌린 레나와 눈이 마주치자 급하게 다시 책 속으로 시선을 돌렸다.

레나의 시선을 급하게 피하며 책을 쳐다보고 있었지만 역시나 글씨들이 눈에 들어오지 않았다. 너무 책과 담을 쌓고 살아온 탓이다.

"이 책도 별거 없네."

휘리릭하며 레나가 책을 넘기는 것처럼 빠르게 책장을 넘기며 책을 덮으려던 최수민의 눈에 문장 하나가 들어왔다.

[번영하던 랭크셔 제국의 멸망은 어떻게 이루어진 것일까?]

문장 하나가 흥미를 끌자 덮혀가던 책을 다시 펴서 읽기 시작했다.

[론디움 내에 있던 9개의 국가를 통합하여 만들어진 랭크셔 제국은 200년이 넘는 시간동안 번영하고 있었다. 멜링턴을 수도로 삼은 제국에는 훌륭한 마법사들, 기사들이 있었으며 훌륭한 황제의 통치아래 제국의 번영은 영원히 지속될 것 같았다….]

내용은 계속 이어졌지만 결국 어떻게 멸망했는지에 대해서는 알 수 없었다. 그나마 하나 알 수 있었던 것은 멜링턴이라는 곳을 수도로 했다는 점.

[잃어 버린 고대 제국에 대한 단서를 찾았습니다. 보상으로 모든 능력치가 5씩 상승합니다. 멜링턴은 현재 론디움의 잘부르크입니다.]

'잘부르크? 한 번 찾아봐야겠네.'

보이지 않던 퀘스트의 단서가 보이기 시작했다. 알함브라로 갔으면 아마 아무런 흔적도 찾지 못했을텐데 가던 길에 의문을 제기했던 레나에게 고마운 감정이 피어올랐다.

툭. 하며 책을 덮자 레나가 다시 한번 최수민을 쳐다보았다.

"왜 그렇게 책 읽는데 집중을 못해?"

레나는 또 다른 책 한권을 스르르륵하면서 빠르게 훑어보고 있었다.

"그렇게 보면 뭐가 보이긴 해요? 그냥 책 넘기는 소리만 듣는것 같은데."

"수많은 책들을 읽어와서 이렇게 읽어도 잘 보여. 걱정하지마."

레나는 최수민을 쳐다보지도 않은채 대꾸했다.

"갑시다. 제대로 읽은 제가 더 빨리 찾은 것 같네요."

"진짜? 읽지도 않더니?"

레나는 믿지 못하겠다는 듯 최수민을 쳐다보았다. 두 눈에 불신이라고 쓰여있는것 같았다. 최수민은 그런 레나의 손을 잡은채 도서관 밖으로 끌고 나왔다.

◇

최수민과 레나는 다시 몬티나로 돌아왔다. 잘부르크도 몬티나에서 걸어가야 했던 것이다.

'알함브라가 영 이상한 도시는 아니었나보네. 결국 몬티나 근처에 있는 도시인걸 보니까.'

만약 잘부르크에서 아무런 단서를 찾지 못한다면 다음

목표는 알함브라가 될 것이다.

잘부르크까지 가는 동안 최수민과 레나는 아무런 몬스터를 만나지 못했다.

'망국의 한이라는 건가?'

잘부르크에 도착한 최수민과 레나의 눈에는 황량한 벌판밖에 보이지 않았다. 몬스터조차 찾아오지 않는 곳. 풍화된 건물들의 흔적만 남아있을뿐.

"진짜 여기가 맞는 거야? 아무리 멸망한 곳이라고 해도 이 정도로 아무 흔적도 남기지 못하긴 쉽지 않은데."

레나는 수천년의 세월동안 티어린에서 많은 나라들이 세워지고 망하는 모습을 보았다. 그렇지만 눈앞에 보이는 잘부르크처럼 아무런 흔적조차 남기지 못하는 도시는 한 번도 본 적이 없었다.

'왜 이렇게 되버린 걸까?'

최수민이 찾았던 책에서도 의문을 해결해주지 못했다. 질문으로 시작된 글은 결국 아무런 해답도 없이 멸망하게 되었다는 것만 알려주었었다.

어떻게 멸망하게 되었는지 찾으라는 꽤 스케일이 큰 퀘스트가 될 것 같다는 느낌을 받을 때쯤 레나가 무엇을 발견한 듯이 최수민을 불렀다.

"여기 좀 봐."

레나의 길다란 손가락이 가리키고 있는 곳은 움푹 파여 있는 구덩이였다. 구덩이는 하나만 있는 것이 아니었다.

구덩이 하나를 발견하자 여기저기 구덩이가 있는 것을 알 수 있었다.

"뭘까요?"

"아마 마법의 흔적 같은데? 원래 나라 하나가 멸망해도 이렇게까지 엉망이 되진 않는데. 마법을 사용하는 누군가와 싸우다가 멸망한 것 같아."

레나의 말을 듣고 건물들을 살펴보자 단지 세월에 의해 풍화된 것이 아니라는 것을 알 수 있었다.

건물에는 길게 베어진 흔적도 있었고, 충격에 의해 박살이 난 듯한 자국도 있었다.

"건물에 이런 자국을 남길 정도라면… 약한 상대는 아니었나봐요."

단단한 대리석으로 만들어진 건물에 예리한 자국을 남길 정도의 상대라면 단순히 검을 휘두른 것이 아닐 것이다. 분명 마나를 사용할 수 있는 존재의 솜씨가 분명했다.

"아무리 싸움의 결과라고 해도 이렇게까지 도시가 박살나긴 쉽진 않은데. 의도적으로 완전히 도시를 박살내어버린 것 같은데?"

레나와 최수민은 조금 더 깊은 곳으로 들어가기 시작했다. 도시가 완전 박살이 난 상태라 어디가 도시의 중심이었고 어디가 외곽이었는지조차 알 수 없었지만 폐허 중앙이 아마 도시의 중심이라는 생각을 가지고 걸어갔다.

'어? 저건?'

망가진 건물들 사이에서 미세한 빛이 흘러나오는 것이 보였다. 건물 잔해들이 입구를 완전히 막고 있었지만 최수민의 시선을 피해가지 못했다.

'단순한 햇빛이 아니야.'

"저기로 가봐요."

거대한 건물이 있었던 것으로 보이는 흔적. 그 중앙에서 빛이 흘러나오고 있었다.

"지하에서 빛이 흘러나오는 것이 정상은 아니겠죠?"

"그렇겠지. 한 번 들어가보자."

퍼엉!

레나가 마법을 사용하여 빛이 흘러나오는 곳을 가로막고 있던 건물 잔해들을 부수자, 그 곳에서 지하로 향하는 계단이 보였다.

"갑시다."

최수민은 그 계단을 내려가기 시작했다.

◇

칠흑같은 어둠.

아무것도 보이지 않는 어둠속에서 계단을 내려가던 중 눈앞에 빛이 생겨났다.

"라이트."

레나가 마법으로 길을 밝히자 아직까지 내려갈 계단이

많다는 걸 알 수 있었다.

몇 사람이 지나가도 비좁지 않을듯한 계단이 끝나자 최수민과 레나의 눈앞에 커다란 공터가 나타났다.

너무나도 넓어 지하 도시를 만들어둔 것이 아닐까? 싶을 정도의 크기의 공터에는 아무것도 존재하지 않는 것 같았다.

눈앞에 보이는 해골들을 보기전까지는.

영화에서 보는 것처럼 해골은 하나만 있는 것이 아니었다. 해골이 하나 보이기 시작하자 그 옆에 또 하나의 해골이 보였고 그 해골들이 불규칙적으로 흩어져있다는 것을 알 수 있었다.

'여기 무슨 일이 있었던 걸까?'

해골들이 이렇게 난잡하게 널려있는 장소.

해골들이 널려있는 모습을 자세히보니 평범한 죽음을 맞이한 사람들 같지않았다. 게다가 해골들의 손에는 검이나 창같은 쇠붙이들이 들려있었다.

"해골들이 널려있는 상태로 봐서는 누군가에게 살해당한 것 같아."

지금 눈앞에 있는 해골들은 티어린에서 전쟁이 휩쓸고 지나간 자리에 있던 해골들의 상태와 비슷했다.

신체가 잘리거나 뜯겨져나간 흔적은 없었지만 대부분의 해골들은 겁에 질린듯한 포즈로 죽어있었다. 아마 한 번에 몰살당한 흔적이리라.

문제는 왜 이런 일이 지하에서 일어났는지 알 수 없다는 것. 무기를 들고 있는 해골들을 보면 분명 누군가와 싸우긴 했는데… 하는 생각이 들었지만 아직까진 그 대상을 알 수 없었다.

레나의 말을 들은 최수민은 더 의문이 들기 시작했다.

'그냥 도시도 아니고 왜 지하에 이런 해골들이 널려있는 거지?'

지하에 도시를 건설하고 살았다고 하기엔 아무런 흔적도 보이지 않았다. 그리고 떡하니 지상에 건물들의 잔해가 있었으니 그것도 의문이었다.

고민에 고민을 거듭하고 있을때 친절한 퀘스트 설명창이 최수민의 눈앞에 나타났다.

[멸망한 랭크셔 제국의 흔적을 발견하였습니다. 론디움 대륙에서 번영했던 랭크셔 제국은 누군가에 의해서 멸망하였습니다. 지금 서있는 곳은 랭크셔 제국 수도 지하에 있던 비밀 통로입니다. 더 깊은 곳으로 가면 단서를 발견할 수 있습니다.]

'친절하긴한데. 2프로 부족한 설명이네.'

결국 누군가에게 멸망당했는지, 그리고 어느 방향으로 가야하는지조차 알려주지 않았다.

일주일이라는 여유시간이 있긴했지만 아직까진 흩어져 있는 해골말고 아무런 힌트를 찾을 수 없었다.

'그나마 다행인 건 맞는 길로 오긴 왔다는 건데…'

길은 잘못되지 않았다. 방향만 제대로 잡아준다면 퀘스트를 진행하기엔 무리가 없을 것이다.

널려있는 해골들 사이로 이리저리 걸음을 옮기며 시선을 옮기던 최수민의 눈에 이질적인 자세로 죽어있는 해골들이 보였다.

누워있는건 마찬가지 였지만 그 해골들의 팔들은 왼쪽 목이나 오른쪽 목을 향하고 있었다.

'무언가에 물린 것 같기도하고.'

목을 물어뜯는 무언가를 떼어내기 위한 자세같다는 생각이 들자 목뼈를 자세히 보았지만 목뼈부근엔 아무런 문제가 없었다.

"이 해골들의 자세를 보니 여기 뱀파이어가 왔다 간 것 같아."

"뱀파이어요?"

마늘에 약하고 은에 약하며 햇빛을 받으면 사라져버린다고 알려져있는 뱀파이어. 목에서 피를 빨아먹으며 박쥐로 변할수도 있다.

그것까지가 최수민이 뱀파이어에 대해 알고 있는 정보였다. 물론 확실하진 않았다. 뱀파이어에 대한 정보들은 소설속이나 전설속에서 전해졌으며 영화속에서나 볼 수 있는 허구였으니까.

"응. 뱀파이어. 인간형 모기라고나 할까? 마족중에서 흡혈하는 능력을 가지고 있는 마족이지."

"뱀파이어도 마족이라구요? 어떤 정도의 마족인데요?"

다른 마족들과는 다르게 뱀파이어는 낯이 익은 종족이었기에 조금 더 궁금했다.

최수민이 알고 있는 외모대로라면 뱀파이어의 이마에 뿔이 솟아나있지 않기 때문에 약하다면 최하급 마족, 강하다면 상급 마족일 것이다.

"그건 모르지. 뱀파이어형 마족이 하나둘이 아니니까. 그 녀석들은 흡혈을 하면서 강해지기 때문에 뿔이 없어도 하급 마족이나 중급 마족보다 강한 경우가 많아."

최수민은 왠지 모르게 뱀파이어들에게 동질감이 느껴졌다. 피를 빨아먹으면 강해진다. 최수민의 경우 몬스터들의 피를 빨아먹으면 강해지지만 뱀파이어의 경우 인간의 피를 빨아 먹어야 강해진다는 점에서 달랐다.

게다가 최수민에게는 한계점이 있었다. 켈베로스의 피 같은 경우에도 어느정도 수치가 되자 더 이상 관련 능력치가 성장하지 않았다. 그러나 뱀파이어에게는 그런 제약이 없는 듯 했다.

'만약 그 녀석이 여기 살아있다면…. 무시무시하게 강하겠는 걸?'

주변에 널려있는 시체들의 수를 헤아려보면 족히 천 명은 넘을 것이다. 처음 들어왔을 때 보았던 해골들의 경우 한 번에 죽은 것 같다는 추측이 맞다면 그 사람들은 흡혈을 당하지 않았겠지만 눈앞에 있는 해골들은 달랐다.

거의 비슷한 포즈로 죽어있는 사람들을 보면 뱀파이어의 희생양이 되었다고 밖에 생각할 수 없었다.

그 생각까지 하자 최수민은 몸을 살짝 떨었다. 강한 녀석을 만날 수 있다는 즐거움에서 그런 것인지, 두려움에서 그런 것인지는 최수민도 아직까지 잘 알지 못했다.

궁금함을 참지 못한 최수민은 레나에게 뱀파이어가 살아있을까에 대해 질문을 던졌다.

"그건 잘 모르지. 여기서 끝난게 아니니까. 확실한 것은 이 해골들이 있는 곳까지는 뱀파이어가 살아있었다는 거야."

뱀파이어에 대한 경계심을 가지고 최수민과 레나는 한 걸음씩 걸음을 옮기기 시작했다. 어차피 목표는 고대 제국의 흔적을 찾아서 보상을 얻는 것.

운이 좋다면 뱀파이어를 만나지 않고도 끝낼 수 있는 퀘스트였다.

'뭐 지금까지 겪어온 바로는 뱀파이어를 만나긴 할것 같은데 이왕이면 보상을 얻은 이후면 좋겠군.'

터벅. 터벅.

전혀 모르는 대상에 대한 경계심은 커져갔지만 2시간이 넘는 시간동안 뱀파이어는 전혀 나타날 기미를 보이지 않았다.

"왜 아무것도 안 보이는 걸까?"

레나가 불평을 터뜨렸다. 2시간이 넘도록 지하를 돌아다녔지만 아무런 힌트조차 발견하지 못했다.

퀘스트 알림창이 생겨서 제대로 된곳이 맞다고 생각하고 있는 최수민과는 다르게 레나는 아무것도 모르기 때문에 불만이 튀어나오는 것은 당연한 것인지도 몰랐다.

"길은 맞는데… 어떤 방향으로 가야할지 모르겠어요."

이리저리 채이는 해골들을 지나치며 걸어가고 있는 두 사람의 피로도는 최고조에 달해있었다. 평범한 땅이 아니라 해골들이 있는 곳을 지나다니는 것은 마치 귀신의 집속을 돌아다니는 듯했다.

제대로된 건물조차 하나 없는 곳에서 해골들만 마주하고 다니니 정신이 멀쩡할리 만무.

"그럼 잠시만 쉴까? 잘못된 길은 아니라고 했으니 찾다 보면 뭔가 나오긴 하겠지."

레나는 말을 끝내자마자 사용하고 있었던 라이트 마법을 해제했다. 라이트 마법에 의지해 다니고 있었던 두 사람의 눈에 어둠이 드리우자 주변에서 미약한 빛들이 보이기 시작했다.

'어? 이게 뭐지?'

너무 밝은 빛에 묻혀있었던 희미한 빛들이 도시에 퍼져있었다. 그리고 그 빛은 어느 한 특정부분에서 진하게 빛나고 있었고 그쪽으로 시선을 옮기자 빛이 조금씩 강해지기 시작했다.

"애초에 라이트를 사용할 필요가 없었겠는데? 계단을 다 내려오자마자 라이트를 해제했으면 헤매지 않았을 걸."

레나가 빛을 보더니 후회의 목소리를 내었다. 2시간동안의 고생이 아까워지는 순간이었다.

"그러게요. 이 지하에 사람들이 살았었다는 것은 어떻게든 빛을 만들어서 사용했거나 지하에 빛이 있었다는 뜻이었을텐데 생각이 짧았네요."

애초에 지하에 들어왔는데 빛이 있을거라는 생각을 하지 않았다는 것이 아쉬웠지만 이제라도 힌트를 얻은 것에 만족했다.

해골들 사이에서 쉬려고 자리를 잡았던 최수민과 레나는 바로 그 빛을 향해 걸어가기 시작했다.

'여긴 대체 어떤 곳일까?'

멀쩡하진 않지만 건물들이 있던 지상을 두고도 지하에도 엄청난 크기의 공간을 만들어둔 랭크셔제국이라는 곳에 대한 의문점이 점점 커져갈때쯤 레나와 최수민은 빛이 뿜어져 나오는 곳에 도착할 수 있었다.

"마법진?"

두 사람이 도착한 곳에는 엄청난 규모의 마법진이 그려져 있었다. 던전 안에 있던 봉인된 마법진보다 몇 배는 거대한 마법진.

그 마법진을 쳐다보고 있는 레나의 얼굴을 보니 평범한 마법진이 아닌 것을 알 수 있었다.

"이건… 봉인된 마법진들과 다른 걸? 티어린의 문자가 아니야."

123

아무런 걱정도 하지 않고 봉인된 지역에 들어갔었던 레나도 이번엔 조심스럽게 접근하고 있었다. 혹시나 근처에 닿으면 마법진에 빨려들어갈까봐 마법진 근처를 맴돌기만 했다.

"한 번 손을 대어볼까요?"

지구 최초의 던전에서 봉인된 지역을 처음 발견했을 때처럼 최수민이 손을 올리려고 하자 레나가 급하게 최수민의 팔을 잡았다.

"마법진 건드리지마. 아직까지 어떤 마법진인지 좀 확인해봐야겠으니까."

레나가 알고 있던 마법진이 아니다. 문자도 처음 보는 문자였고 무엇보다 어마어마한 규모의 마법진이었다. 봉인된 지역으로 가는 마법진처럼 공간이동을 위한 마법진일수도 있었지만 만약 그런 것이 아니라 마법진 위에 올라가는 순간 강력한 공격마법이 발동되는 함정같은 것이 설치되어 있을지도 몰랐다.

마법진의 규모가 상당히 거대했기 때문에 만약 공격 마법이 설정되어 있는 마법진이라면 아무리 레나나 최수민이라도 위험할지도 몰랐다.

덜그럭.

레나가 마법진에 집중하고 있는 사이 어디선가 무언가가 움직이는 소리가 들렸다.

"들었어요?"

"응. 듣긴 들었는데."

레나는 최수민의 마법진을 조사하느라 무언가가 움직이는 소리를 들었지만 별로 신경을 쓰지 않았다. 지금은 눈앞에 있는 마법진에 대해서 알아내는 것이 더 중요했다.

"난 여기서 마법진을 좀 보고 있을테니 소리가 난 곳에 가보고 올래?"

레나는 아예 마법진 앞에서 자리를 잡아버렸다. 최수민은 레나를 두고 소리가 들려온 방향을 향해 발걸음을 옮기기 시작했다.

덜그럭 덜그럭 거리는 소리가 더 자주 들리기 시작하더니 그 소리가 최수민의 발자국 소리를 덮을만큼 커졌다.

거의 없는 빛을 길잡이 삼아 걷고 있던 최수민은 갑자기 오싹한 느낌이 들어서 옆을 살펴보았다.

덜그럭.

'설마 저거 움직인 건가?'

잘못 본것인가? 진짜 움직인 것인가? 최수민이 바라보고 있는 해골의 팔이 약간 움직인 깃 같았다.

'에이 잘못본 거겠지. 해골이 움직일 리가.'

최수민이 해골에게서 시선을 앞으로 옮기는 순간 등 뒤에서 날카로운 무언가가 공기를 가르는 소리가 들려왔다.

날카로운 소리와 함께 최수민은 반사적으로 검집에 들어 있던 검을 들어 등 뒤로 휘둘렀다.

채앵!

검과 검이 부딪히는 소리가 지하를 울렸다. 묵직한 힘이 느껴지는 한 방.

그러나 그것보다 더 놀라운 것은

'해골이 살아서 움직여?'

그 검을 휘두른 것이 바로 옆에 누워있던 해골이었던 것.

잘못본게 아니었구나. 하는 생각과 함께 최수민은 해골을 향해 다시 검을 휘둘렀다.

해골의 가슴팍을 향한 검은 빠드드득하는 소리와 함께 해골의 갈비뼈부근을 완전히 갈라놓았다. 반으로 갈라져버린 해골이었지만 땅에 떨어진 팔은 여전히 최수민을 향해 검을 휘두르고 있었고, 상체와 분리된 다리는 최수민을 향해 뛰어오고 있었다.

공포영화의 한 장면이 생각날만큼 무서운 장면. 최수민은 해골의 무릎부근을 향해 향해 다시 한번 검을 휘둘러 다리마저 반으로 갈라놓았다.

그제서야 해골은 움직임을 멈추었지만 덜그럭 덜그럭 거리는 소리는 멈추지 않았다.

'이게 대체 어떻게 된 일이야?'

최수민은 레나에게 돌아가기 위해 방향을 틀었다.

덜그럭. 덜그럭.

'젠장. 뱀파이어가 아니라 해골 군단이잖아.'

최수민의 눈앞에는 수백개의 해골들이 각자의 무기를 들고 싸울 준비를 하고 있었다.

덜그럭.

뼈가 움직이는 괴이한 소리를 시작으로 해골들이 최수민을 향해 달려오기 시작했다.

◇

채앵!채앵!

쇠붙이들이 부딪히는 소리가 최수민이 있는 지하를 울렸다. 덜그럭, 덜그럭 거리는 해골들이 움직이는 소리와 검과 검이 부딪히는 소리가 이어지는 동안 바닥엔 박살이난 해골들이 하나씩 늘어갔다.

콰앙!

멀리서 괴성과 함께 엄청난 불꽃이 폭발하는 소리가 들려왔다.

'레나가 있는 곳에도 해골들이 움직이기 시작했구나!'

최수민은 처음 겪는 현상. 당장 레나에게 달려가서 이 사태에 대해 이야기를 나누고 싶었다. 하지만 수백의 해골 군단이 최수민의 길을 가로막고 있었다.

서걱.

푸른 마나를 잔뜩 머금고 있는 최수민의 검이 휘둘러질 때마다 최수민의 앞에 있는 해골이 깨끗하게 양단 되었다.

숫자에 비해 강하지 않은 해골들. 죽기 전에 실력이 별로였다는 걸 보여주듯 해골들이 휘두르는 검은 힘이 없었고

127

빠르지도 않았다.

수백 대 일의 싸움이었지만 그 하나가 너무 강했다. 코끼리에게 사자들이 달라붙어도 힘든 싸움이 될 터인데 최수민이라는 코끼리에게 달라붙은 해골들은 사자가 아니라 날파리들이었다.

휘두를때마다 날아가버리는 날파리들. 그 날파리들을 베어내며 최수민은 레나에게 다가갔다.

화르르륵!

레나는 한 자리에 서서 움직이지 않고 마법으로 해골들을 상대하고 있었다. 레나가 사용하는 강력한 불꽃들은 해골들의 뼈마저 녹여버렸다.

레나의 아름다운 얼굴은 조금 구겨져 있었다. 해골들이 강해서가 아니라 마법진을 관찰할 시간을 뺏었기 때문이리라.

"레나님. 해골들이 왜 갑자기 움직이는지 알고 계세요?"

해골들이 움직이는 것은 처음보았기에 최수민은 레나에게 물어보았다. 티어린에서라면 한 번쯤 보지 않았을까?

"뱀파이어만 있는줄 알았는데 리치나 네크로맨서가 여기 있는 것 같아."

리치. 네크로맨서.

직접 본적은 없지만 게임에 자주 등장하는 녀석들이었기 때문에 최수민도 바로 알 수 있었다. 죽은 사람들의 몸을 움직여 전투에 활용하는 족속들.

"그 놈들을 잡아야 해골들의 움직임이 멈추겠군요."

"그렇지. 잘 알고 있네?"

문제는 리치나 네크로맨서가 어디있는지 모른다는 것.

'분명 해골들 말고는 아무것도 없었는데?'

최수민과 레나는 2시간동안 지하공간을 돌아다니면서 해골말고는 아무것도 보지못했다. 리치는 해골의 몸을 하고 있다는 말이 있었으니 어쩌면 해골들속에 평범한 해골로 위장하고 있었을 수도 있겠다는 생각이 들었다.

"그래도 이 해골들이 별거 아니라서 다행이네요."

지금 상대했던 해골들의 실력은 일반인에게 무기를 쥐어준정도. 그 이상도 그 이하도 아니었다. 그런 해골들이라면 수천 마리가 달려와도 힘들지 않게 상대할 수 있을 것이다.

그런 생각을 하고 있던 최수민의 눈앞에 날카로운 파공성과 함께 화살이 날아와 박혔다.

쐐애애액!

한 발이 날아오자 몇 발의 화살이 더 날아왔고,

화르르륵!

거대한 불덩이들도 날아오기 시작했다.

"해골 궁수랑 해골 마법사라. 이제 좀 제대로 된 녀석들이 나오기 시작하는 걸?"

레나의 말이 끝나자마자 몇 발의 화살은 수십 발의 화살이 되어서 날아왔다. 개중에는 마나를 머금고 있는 화살들도 있었다.

"배리어!"

평범한 화살과 다르게 마나를 머금고 있는 화살들은 조금 더 강하기 때문에 레나는 실드보다 더 강한 방어 마법인 배리어를 사용해서 몸을 보호했다.

"제가 처리하고 올게요."

최수민이 화살이 날아온 방향을 향해 몸을 날렸다. 그리고 마나를 머금은 검을 휘두르는 순간.

채앵!

해골 궁수 옆에 서있던 해골 하나가 자신의 검을 휘둘러 최수민의 검을 막았다.

'마나? 이 놈들 마나도 활용할 수 있는 거였어?'

그 해골의 검에는 마나가 둘러싸여 있었다. 최수민의 그것만큼 크지는 않았지만 해골이 마나를 활용할 수 있다는 것은 살아있을 때 꽤 강한 사람이었다는 것을 알려주는 것이었다.

서걱!

그러나 해골이 마나를 활용할 수 있다고 해서 최수민의 상대가 될 수 있는 것은 아니었다. 해골이 마나 활용을 할 수 있다는 것을 깨달은 최수민이 검에 마나를 조금 더 주입해서 검을 휘두르자 해골의 몸이 순식간에 반으로 갈라져 버렸다.

그러자 눈앞에 있던 해골 궁수가 최수민을 향해 화살을 손에 쥐고 휘둘렀다.

터억!

최수민은 여유롭게 그 화살을 피한 후에 그 해골 궁수의 손에서 화살을 뺐었고

푸욱!

그 화살을 해골의 두개골에 그대로 박아넣었다. 강한 힘을 활용해 화살을 박아넣자 두개골이 빠악하며 박살났지만 해골 궁수는 눈이 없어도 최수민을 공격할 수 있다는 듯이 다시 한 번 다른 화살을 꺼내서 휘둘렀다.

'쯧. 몸을 잘라놓지 않으면 절대 죽지 않는다는 건가.'

아니, 이미 죽은 존재였지.

언데드들이 가장 무섭고 귀찮은 이유가 바로 그것이었다. 삶에 대한 의지가 없으니 공포를 느끼지도 않는다. 게다가 몸이 부서지거나 어디 한 쪽이 잘리더라도 움직일 수만 있다면 상대를 끝까지 물고 늘어진다.

서걱!

눈앞에 있는 해골 궁수의 양쪽 팔을 자른 채 최수민은 다른 해골 궁수를 향해 자리를 옮겼다.

◇

'갈수록 태산이라더니.'

처음 마나 활용을 사용할 수 있는 해골이 나타났을 때만 해도 설마 하는 생각을 하긴 했었다.

그러나 설마가 사람을 잡는다는 말처럼 지금 최수민의 눈앞에는 마나를 활용하는 해골들이 줄을 지어 서있었다. 줄만 서있으면 좋으련만 그 녀석들은 최수민의 목을 따기 위해 검을 힘차게 휘둘렀다.

'이 놈들 점점 더 강해지는 건가? 아니면 원래 강했던 녀석들이 이제야 나오는 거야?'

더 큰 문제는 해골들을 하나 하나 처리할수록 더 강한 녀석이 나타나고 있다는 것이었다.

처음엔 검을 한 번 휘두르면 쉽게 처리할 수 있었지만 이제는 한 번이 아니라 몇 번의 공격을 버텨내는 녀석들도 있었다. 게다가 몇몇은 엄청나게 빠른 검으로 최수민의 몸 여기저기에 상처를 내기도 했다.

'트롤의 재생력이 아니었으면 조금 위험했을지도 모르겠다.'

마나를 활용하는 해골들은 해골 마법사들과 손발이 잘 맞았다. 살아있을 때 하나의 파티였던 모양.

마치 최수민이 보스 몬스터고 그들이 보스 몬스터를 사냥하기 위한 파티인 것처럼 착실히 공격을 해왔다.

최수민은 해골들을 상대하면서 점점 의문이 커져갔다. 해골들의 실력은 보통이 아니었다. 론디움에 있는 웬만한 능력자들보다 강한 놈들도 있었다.

'대체 이 놈들은 어떻게 하다가 죽게 된 거지?'

레나의 말에 따르자면 나이를 먹어서 죽은 것은 아니다.

죽어있는 자세도 그리고 무기를 들고 있었던 것이 보여주는 것처럼 싸우다가 죽은 것이 확실했다.

그 만큼 뱀파이어에 대한 경계심이 커져갔다. 평범하지 않은 사람들을 모두 죽여버린 뱀파이어. 그 놈이 얼마나 강할지 상상조차 되지 않았다.

확실하진 않지만 그것에 대한 대답은 마법진이 알려줄 것 같았다. 과연 뱀파이어는 얼마나 강한 존재일까?

[레벨이 올랐습니다.]

궁금증을 가지고 눈앞에 있는 해골 파티를 처리하자 레벨이 올랐다는 메시지창이 떴다.

마나를 활용하는 해골들은 상대하기 힘든만큼 경험치를 많이 주는 녀석들이었다. 처음 약한 해골들을 상대할 때는 토벌자의 목걸이 효과를 받지 못하고 있었지만 마나를 활용하는 녀석들을 상대할 때는 토벌자의 목걸이 효과로 20%의 추가 경험치를 얻고 있었다.

그래도 완전 헛수고는 아닌셈.

화살을 쏘아대던 해골 궁수와 마법을 사용하던 해골 마법사들을 적당히 정리했다고 생각한 최수민은 레나를 향해 걸어갔다.

덜그럭.

'젠장. 여기 있던 해골들을 모조리 다 물리쳐야 되는 건가?'

엄청난 경험치를 주지만 해골들을 상대하는 것은 까다

로운 일이었다. 다른 몬스터들과 다르게 확실하게 조각을
내주어야 했기 때문.

덜그럭거리는 소리를 향해 고개를 돌리자 새로운 해골이
걸어오고 있는 것이 보였다.

온 몸을 거대한 마나로 감싸고 있는 해골의 몸에는 검은
색으로 빛나는 갑옷이 있었고, 오른손에는 노란빛으로 빛
나는 검이 쥐어져 있었다.

갑옷에는 빨간색 망토가 이어져있었고 왼손엔 갑옷과 같
은 검은색으로 빛나는 방패를 들고 있었다. 보는 순간 쉽지
않은 상대라는 것이 느껴졌고 그 순간 메시지창이 최수민
의 눈앞에 생겼다.

[랭크셔 제국의 기사 이사르는 랭크셔를 습격한 마족들
그리고 뱀파이어와 싸우다가 죽었습니다. 그의 영혼은 떠
났으나 누군가의 마법에 의해서 육체는 여전히 남아서 랭
크셔 제국을 지키고 있습니다. 데스나이트가 되어버린 이
사르에게 영원한 안식을 선물해주십시오. 이사르는 살아있
을 때 소드 마스터의 영역에 있던 기사입니다. 난이도 : S,
보상 : 이사르의 기억, 이사르의 망토, 경험치.]

"침입자에게 죽음을."

죽은자는 말이 없다. 그 불변의 진리를 깨고 눈앞에 있는
데스나이트 이사르가 말을 시작했다.

섬뜩한 소리.

성대를 거치지 않고 어떻게 나오는지 궁금할 정도의 소리

였지만 아주 또렷하게 들려왔다.

이사르의 말이 끝나자 이사르의 주변에 있던 해골들이 모두 마나를 끌어올려 온 몸과 검에 마나를 주입했다.

육안으로도 확연히 보일 정도로 짙은 마나.

보통 실력이 아니었다.

채앵!

가장 앞에 있던 해골이 최수민과 검을 맞대자 따라오던 해골이 바로 이어지는 공격을 해왔다.

몰아치는 해골들의 공격.

아사르는 생전에 그 해골들을 지휘했던 장군이었던 것처럼 아무런 행동을 하지 않은채 해골들 뒤에 서있기만 했다.

'젠장. 이 자식들 왜 이렇게 강해진 거야?'

마나를 활용하는 해골들이 모두 같은 실력이었던 것은 아니지만 눈앞에 있는 녀석들은 유난히 강했다.

공격 하나하나가 매서웠다. 빠르진 않지만 정확하게 급소를 노려오는 공격들.

게다가 공격하는 녀석들은 하나가 아니었지만 공격은 한 사람이 공격해오는 것 같았다.

한 녀석의 공격을 막으면.

푸욱!

다른 한 녀석의 공격이 최수민의 몸을 거침없이 찔러왔다.

'데미지는 크지 않아.'

문제는 뒤에서 지켜보고 있는 이사르.

데미지가 크지 않다고 큰 공격을 시도하는 순간 이사르의 공격이 날아올 수도 있다는 생각에 최수민의 움직임은 위축될 수 밖에 없었다.

공격들을 막고, 몸으로 데미지를 견뎌내면서도 최수민의 머릿속에는 한 가지 생각만이 맴돌고 있었다.

소드마스터.

레나의 말대로라면 이사르는 임동호나 임동호 파티원들과 같은 경지에 있는 녀석. 그 말은 김진수와 싸워보기 전 실력을 확인해볼 수 있는 좋은 상대였다.

다시 한번 최수민의 가슴 팍을 향해 해골들의 검이 날아왔다. 마나를 잔뜩 머금고 있는 검들.

튕겨낼 수 있는 공격은 튕겨내고 피할 수 없는 공격은 가슴팍이 아닌 어깨부근으로 막아내었다.

'레나가 여기로 오지않는 걸 보니 거기도 비슷한 상황이겠군.'

레나를 부를 수 없다면 최수민이 선택할 수 있는 방법은 한 가지.

최근에는 소환해 본 기억이 없는 정령을 소환해내었다. 마나를 아낄 상황이 아니었기 때문에 정령 소환에 꽤 많은 마나를 할애했다.

'이번에는 몇 마리나 소환되려나?'

가장 최근에 소환해보았을 때가 상급 불의 정령 하나.

물의 정령 하나.

소환되는 정령의 숫자는 중요하지 않았다. 이사르를 상대하는 동안 해골들의 공격을 막아줄 정도만 있어도 상관은 없었다.

그러나 이전의 경험이 있었기에 최소한 다섯 마리는될 것이라는 생각을 하며 해골들의 공격을 막아내고 있었다.

그 동안 최수민의 눈앞에서 마나 덩어리가 하나의 형상을 만들어가고 있었다. 그 마나 덩어리는 사람의 형체처럼 변하기 시작하더니 이내 성인 여자의 몸으로 변해갔다.

"오랜만이네요."

정령은 아름다운 여자의 형상을 이루었고 그녀의 목소리는 한 번 들으면 잊을 수 없는 아름다운 소리였다.

"엘!"

언젠가 자신을 소환할 수 있으리라고 말을 했었지만 실제로 소환하는데 성공하자 내심 뿌듯한 마음이 들었다.

레벨이라는 수치뿐만이 아니라 실제로 그 만큼 성장했다는 걸 알려주는 것이었으니까.

"인사는 나중에 나누도록 하죠. 여기 있는 녀석들을 상대하면 되는 거겠죠?"

설명하지 않아도 자신을 향해 공격을 해오는 해골들을 본 엘은 바로 반격에 나서기 시작했다.

정령왕이라는 말이 무색하지 않게 그녀가 양 손을 휘두를 때마다 불꽃이 폭발하고, 공기가 차가워지며 얼어나갔으며 강한 바람이 해골의 몸을 베어냈다.

'그럼 이제 내 차례인가?'

뒤에서 여유롭게 해골들을 움직이고 있던 이사르를 향해 최수민이 도약했다.

까아앙!

거대한 마나를 머금고 있는 두 검이 부딪히는 순간 엄청난 소리가 지하를 울렸다.

소드마스터급과의 최초의 대결. 최수민은 김진수와의 대결을 위한 한 발자국을 내딛었다.

5장. 랭크셔

5장.랭크셔

　최초의 부딪힘에서 밀려난 것은 최수민이었다.

　'어떻게? 뼈밖에 없는데 이런 힘을 내는거지?'

　오우거의 힘을 가지고 있는 최수민이었기에 이사르에게 밀렸다는 것을 인정할 수 없었다. 능력자가 된 이후 힘으로는 누구에게도 밀린적이 없었다.

　그 사실이 미묘하게 최수민의 자존심을 긁어놓았고 최수민은 검에 이전보다 더 큰 힘을 실어서 크게 휘둘렀다.

　까앙!

　다시 한 번 최수민과 이사르의 검이 부딪혔다. 다시 한 번 최수민의 검이 뒤로 밀리자 이사르의 검이 최수민의 어깨죽지를 노리고 날아왔다.

평소와 같은 움직임으로 그 검을 피해내려고 했으나 최수민이 몸을 틀어 검을 피하려는 순간 이사르의 검의 궤도가 바뀌었다.

푸욱.

몸을 틀며 공격을 피할 것이라는 것을 미리 알고 있었다는 듯이 이사르의 검은 목표했던 최수민의 어깨죽지를 찌르고 바로 원래의 위치로 돌아갔다.

'제길. 힘이 밀린다는 것은 인정해야겠군.'

다시 한번 최수민과 이사르의 공방이 시작되었다. 이번엔 힘 겨루기가 아닌 이사르의 팔을 베어내기 위해 검을 휘둘렀다. 간결한 공격.

휘이익.

이사르는 최수민쪽으로 한 발자국 다가오며 최수민의 검을 피했고 앙상한 뼈로 이루어진 주먹을 최수민의 복부에 박아넣었다.

마나로 둘러싸여있는 주먹이 최수민의 복부에 박히자 짧은 신음소리와 함께 최수민의 몸이 앞으로 꺾였고 그 사이 이사르의 검이 최수민의 목을 향해 날아왔다.

공기를 가르는 매서운 소리와 함께 날아온 이사르의 검은 최수민의 목과 몸을 분리시켜놓으려고 했다.

'빠르다!'

군더더기 없이 이어지는 공격.

그 공격을 피하기 위해 최수민은 땅바닥을 한 바퀴 굴렀다.

빠악!

그러자 이사르는 그 것을 예측 했다는 듯이 발로 최수민을 강하게 걷어찼다.

"괜찮으세요?"

이사르의 통제를 받고 있던 해골들을 상대하고 있는 엘은 여유가 있는지 싸우다 말고 최수민을 쳐다보며 물어보았다.

최수민은 대답대신 걱정하지 말라는 듯 가볍게 고개만 끄덕였다. 아직까진 크게 밀리진 않는다.

그러나 이사르의 공격은 너무나도 위력적이었다.

물 흐르듯이 이어지는 공격.

최수민의 모든 움직임을 예측하고, 그에 알맞은 공격을 해온다.

그 공격들은 최수민을 짧게 치고 빠졌기 때문에 공격 후에 이사르에게 빈틈조차 생기지 않았다.

경험의 차이.

최수민에게 티어린 제국 초대 황제의 검술이라는 어마어마한 스킬이 있었지만 그 스킬에 대한 숙련도는 그리 높지 않았다.

'젠장. 이게 소드마스터라는 건가.'

공격이 보이지만 피할 수 없다.

검을 막을 순 있지만 완벽하게 막을 수 없다.

최수민의 공격은 먹혀들어가지 않는다.

검을 단 두 번 맞대어봤을뿐인데 이사르의 강함을 충분히 알 수 있었다.

'내가 이길 수 있는 상대인가?'

아직까지 최수민은 마법을 한 번도 사용하지 않았고 마나를 투자해 소환해둔 엘도 해골들을 정리하면 이사르와의 싸움에 참가할 수 있을 것이다.

'넬의 의지가 발동하지 않는 걸로 봐서는 레벨이 나보다 훨씬 높다.'

지금 최수민의 레벨은 452.

적어도 552이상이라는 계산이 나온다.

넬의 의지 효과를 받지 못하는 것도 뼈아팠지만 최수민을 더 힘들게 하는 것은 이사르가 마족이 아니라는 것.

최수민이 지금 가지고 있는 칭호나 효과중에는 유난히 마족관련이 많았다.

마족을 상대하는 것이었다면 공격력 증가, 능력치 증가 등의 혜택을 받을 수 있지만 지금은 마치 벌거벗겨진 상태로 싸워야하는 기분.

채앵!

다시 한 번 이사르의 검이 날아왔다. 집중하면 한 번의 공격정도는 막아낼 수 있을 정도.

'그나마 다행인건 김진수때와는 다르게 허망하게 죽지는 않았다는 거겠지.'

허망하게 끝났었던 김진수와의 싸움을 떠올리며 최수민

144 6

은 다시 한번 검을 휘둘렀다. 김진수를 떠올리자 복수에 대한 마음으로 조금 더 힘이 생기는 것 같았다.

뼈로 이루어져서 찌르는 공격은 소용이 없다. 그 때문에 최수민은 찌르기 대신 베기만 할 수 있다는 핸디캡을 가지고 싸워야만 했다.

찌르는 것보다 베는 공격이 동작이 더 크기 마련.

이사르는 이번에도 몸을 틀며 최수민의 공격을 피했다. 그리고 빈틈이 생긴 최수민의 몸에 검을 박아넣으려는 순간.

"리버스 그래비티."

최수민의 캐스팅과 함께 엄청난 무게가 이사르의 몸을 눌렀다. 마나로 둘러싸여있는 이사르의 몸은 무게를 버텼지만 속도가 현저히 느려졌다.

그 순간 최수민은 이사르의 어깨를 몸과 분리시켜놓을 기세로 검을 크게 휘둘렀다. 느려진 이사르의 몸으로는 알고도 피할 수 없는 공격.

서걱하는 소리와 함께 이사르의 몸에 있는 마나의 일부가 베어나가며 갑옷의 어깨부를 최수민의 검이 베고 지나갔다.

'공격을 성공해도 저 갑옷에 막혀버리네.'

이사르의 몸을 둘러싸고 있는 마나가 상당히 두껍기도 했지만 갑옷도 평범한 갑옷은 아니었다.

최수민은 그나마 공격을 한 번 성공시켰다는 점에 만족해야했다. 처음이 어렵지 한 번 성공하면 앞으로는 어렵지 않으리라.

자신감을 얻은 최수민은 반복적으로 검과 마법을 동시에 사용하는 공격을 하기 시작했다.

티어린 제국 초대 황제의 검술. 그리고 드래곤의 마력을 가지고 있는 마법. 그 두 가지의 조합이라면 이사르를 충분히 이길 수 있을 것 같았다.

'시간은 오래 걸리지만 이대로 계속 가면 내가 이긴다.'

그러나 그 생각이 착각이었다는 것을 깨닫는데는 오랜 시간이 걸리지 않았다.

기본적으로 강력한 마법을 사용하기 위해선 캐스팅시간이 오래 걸린다. 그 때문에 최수민이 검을 휘두르며 동시에 사용할 수 있는 마법은 그렇게 위력적이지 않았다.

소드마스터라는 존재들은 마나를 활용하여 싸우는 존재.

따라서 마법에 대한 기본적인 저항력이 있었고 이사르가 입고 있는 갑옷과 망토, 방패도 평범한 방어구들이 아니었기에 최수민의 마법이 점점 먹혀들지 않고 있었다.

최수민은 그것도 모르고 계속 이사르의 오른쪽 어깨만 노리고 공격을 해나가고 있었다.

조금씩 느려져가는 이사르의 공격. 그리고 이사르의 움직임도 둔해지기 시작했다.

그 때 최수민의 눈앞에 이사르의 빈틈이 보였다. 최수민이 이사르의 오른쪽 어깨만 노리는 것을 깨달은 이사르의 왼쪽 어깨부분이 환하게 열려있었던 것.

'지금이다!'

왼쪽 어깨를 한 번에 잘라낼 생각으로 최수민은 평소보다 검을 크게 휘둘렀다.

얼마나 크게 휘둘렀으면 공기를 가르는 소리만으로도 이사르의 몸을 반으로 갈라버릴 것 같았다.

푸우욱.

최수민의 검이 이사르의 몸에 닿기 전에 이사르가 앞으로 내지른 검이 최수민의 복부를 깊게 파고 들어왔다.

"최수민씨!"

마침 이사르의 주변에 있던 해골들을 다 처리한 엘이 최수민에게 다가왔다.

"괜찮으세요?"

엘이 최수민의 복부에 검을 박아넣고 있는 이사르를 향해 마법을 사용하자 끼릭거리는 소리와 함께 최수민의 복부에 박혀있던 검이 최수민의 내장을 한 번 휘젓고 밖으로 빠져나갔다.

그런 이사르의 검에는 최수민의 피가 잔뜩 묻어있었고 최수민의 복부에서는 피가 멈추지 않았다.

[저주 받은 데스나이트의 검으로 공격을 받았습니다. 자연 치유력이 90% 감소합니다.]

"큭."

최수민은 짧은 신음소리를 남기고 한 발자국 뒤로 빠졌다. 트롤의 재생력이 제대로 발동할 수 없는 상황. 이제 무작정 몸으로 맞아주며 싸울 수 없게 되었다.

'대체 어떻게?'

피가 흐르고 있는 복부에서도 충격이 상당했지만 예상치 못한 공격을 당했기에 정신적인 충격도 상당했다.

'소드마스터가 강할 거라고 생각은 했지만 이정도로 차이가 날 줄이야.'

마법과 검술을 함께 사용하면 어떻게든 상대할 수 있을 것 같았다. 그러나 결과는?

최수민은 큰 부상을 얻었지만 이사르는 갑옷에 몇 개의 긁힌 자국이 생긴 것이 전부였다. 그나마 다행인 것은 이제 엘과 함께 협공을 할 수 있다는 것.

"최수민! 빨리 여기로 와!"

협공을 시작하려는 순간 멀리서 레나의 목소리가 들려왔다. 매우 다급한 목소리. 레나도 최수민과 같은 위험한 상황에 빠져있는게 틀림없었다.

'어차피 위험하다면 같이 싸우는게 더 유리하다.'

머릿속으로 빠르게 계산을 한 후 최수민은 엘과 함께 레나가 있는 곳으로 달려가자 레나가 있는 곳의 상황은 더 심각했다.

레나의 양 팔에서는 피가 멈추지 않고 흐르고 있었고 복부에도 길다란 자상이 생긴 상태였다.

그런 레나의 앞에는 해골 3명이 검을 뽑아들고 서있었다.

'저 놈들도 소드 마스터!'

6

하늘 높은줄 모르고 솟아오르는 마나.

그 마나들이 해골들의 몸과 검을 둘러싸고 있었다. 최소한 한 명 한 명이 이사르급의 해골. 그런 녀석들이 미친듯이 검을 휘두르며 레나를 압박하고 있었다.

부상을 입은 레나와 최수민, 엘이 그들을 상대할 수 있을 확률은 제로에 가까웠다.

기적이 일어나지 않는 이상 지금 세 사람이 소드 마스터급의 해골 4명을 상대로 이기긴 커녕 버티기 조차 힘들 것이다.

"죄송합니다. 괜히 저 때문에 여기까지 와서…."

이길 수 없을 것이라는 생각이 들자 괜히 레나를 사지로 끌고 왔다는 생각에 사과부터 건넸다.

"그걸 알면 앞으로 잘해."

레나는 최수민을 원망하지 않는다는 듯이 최수민과 엘의 팔을 잡았고 그대로 마법진 위로 두 발을 옮겼다. 그러자 거대한 마법진은 거대한 빛을 내뿜었고 두 사람과 엘이 한번에 사라졌다.

"어떻게 된 거에요? 조금 전까지만 해도 이 마법진이 위험할지도 모른다고 들어가지 말라고 하더니, 이번엔 저희 손을 잡고 먼저 들어오시고."

최수민과 엘 그리고 레나는 마법진을 통해 어떤 곳으로 이동된 이후 길을 걷고 있었다.

최수민 복부의 상처, 그리고 레나 몸의 상처는 엘의 치료 마법을 통해서 조금씩 회복되어 가고 있었다. 데스나이트의 저주로 인해 치유력이 낮아진 상태에서도 엘의 치유마법은 엄청난 효과를 보여주었다.

'정령왕의 축복 때도 그렇고 회복력 하나 만큼은 인정해 줘야 하겠다.'

애초에 최수민이 김진수의 공격 이후 다시 살아날 수 있었던 것도 모두 정령왕의 축복이 있었기 때문.

엘을 소환할 수 있다는 것은 다 죽어가는 상황이라도 목숨만 붙어있다면 시간이 오래 걸리더라도 치료될 수 있다는 말과 같은 의미. 천군만마를 얻은 것과 같았다.

"아까 해골들과 싸우다가 우연히 알게됐어. 이 곳이 이동 마법진이 맞다는 것을."

해골들과 싸우다가 해골 몇 마리가 마법진 안으로 빨려들어가는 모습을 보았다. 그 마법진에서 일어나는 마나의 변화는 공간 이동을 할 때 생기는 변화와 정확히 같았다.

'마법진의 크기로 봐서는 한 번에 많은 사람들을 이동시키기 위해서 사용했겠지.'

무식하게 큰 마법진의 크기의 효율은 단 한 가지. 단시간에 많은 사람들을 이동시키는 것.

아마 뱀파이어, 그리고 데스나이트들로부터의 생존자들은

이곳으로 이동했으리라고 추측할 수 있었다.

"다행이네요. 어딜가도 살아날 방법은 있다더니 저희 모두 거기서 죽을 운명은 아니었나봐요."

처음 마법진을 통해 이동되었을 때는 데스 나이트들도 쫓아오지 않을까 긴장을 하긴 했지만 따라오지 않는다는 것을 확인한 최수민과 일행들은 아예 자리를 잡고 앉아버렸다.

마법진을 통해 이동을 하긴 했지만 어딘지 모르는 상황에서 함부로 발걸음을 옮길 수 없었다.

'이동하다가 다시 데스 나이트 같은 놈들을 만나면 큰일이지. 조금이라도 체력을 회복시켜놓고 이동해야겠다.'

세 사람이 앉아 있는 곳은 꽤 넓은 길가였다. 어마어마하게 넓은 너비를 가지고 있는 길.

한 번에 많은 사람들이 이동되었고 그 사람들이 이동할 수 있게 하기 위해서 넓은 길로 만들어졌을 것이다.

길가에 앉아서 주변을 살피던 최수민의 눈에 벽에 그려져 있는 그림들이 들어왔다.

'저건 뭐지?'

그림들. 아주 먼 옛날에 동굴 속 벽화를 그려놓은 것처럼 그림은 조잡했다. 그리고 그 그림들 옆에는 글자들이 빼곡하게 적혀있었다. 물론 어떤 나라의 글씨인지는 알지는 못했지만 글자의 정체는 쉽게 추측할 수 있었다.

'아마 랭크셔 제국의 글자겠지?'

[고대 제국의 흔적을 찾아라 퀘스트가 완료됩니다.]

[레벨이 올랐습니다.]

[레벨이 올랐습니다.]

[고대 제국의 힘을 얻었습니다.]

[멸망한 제국 랭크셔 제국 퀘스트가 시작됩니다.]

◇

전혀 알아볼 수 없는 문자들이었지만 그 글자들은 퀘스트가 되어 최수민에게 다가왔다.

'고생한 보람이 있네.'

레벨이 2개가 오를만큼 대량의 경험치.

그리고 고대 제국의 힘을 얻었다.

연계 퀘스트를 진행할 수록 점점 더 얻을 수 있는 것이 많아지리라.

물론 퀘스트의 난이도는 더 올라갈 것이다.

그 생각을 가지고 최수민은 고대 제국의 힘을 확인했다.

[고대 제국의 힘 : 고대 제국 랭크셔 제국에서 마족을 상대하기 위해 만들어낸 힘이다. 마족을 상대할 때 모든 능력치 15% 증가, 공격력 10% 증가, 방어력 10% 증가.]

'에게, 별거 없네?'

사실상 운 좋게 찾아서 해결한 퀘스트이지만 3년간 아무런 힌트도 찾지못했던 퀘스트답지 않게 보상이 좋지 않았다.

마족을 상대하기 위한 옵션들만 잔뜩있는 보상.

경험치를 받았을 때만해도 괜찮은 보상이라고 생각했는데 고대 제국의 힘이 너무 별거 없어서 약간 실망스럽기도 했다.

앞으로 마족을 상대할 일이 많다는 것을 암시해주는 것 같기도 했다.

다행인 것은 연계 퀘스트였기 때문에 이것으로 모든 퀘스트가 끝나는 것이 아니라는 점.

'그래. 이번 보상은 맛보기였다. 다음 보상부턴 좋은 걸 주겠지?'

우선 그것을 위해 해야할 것은 이곳을 무사히 탈출하는 것. 단순히 이 곳을 나가는 것으론 해결되지 않는다. 이 곳에서 나간다고 해도 데스 나이트 4명이 최수민과 레나를 기다리고 있을 것이다.

최수민은 연계 퀘스트의 내용을 확인했다. 연계 퀘스트에서 도와주지 않는다면 자신을 기다리고 있는 것은 보상이 아니라 죽음일 것이다.

[멸망한 제국 랭크셔 제국]

마법사들과 기사들이 수호하던 론디움의 랭크셔 제국은 마족에 의해 멸망했다. 흑마법사들이 마족을 소환했고 그들과의 싸움에서 멜링턴이 잿더미가 되어버렸다. 남아있는 마법사들과 기사들은 마족들과 싸울 힘을 키우기 위해 멜링턴 지하에 또 다른 도시를 만들었고 그 도시에서 힘을 키우고 있었다. 마족들은 그곳까지 쳐들어왔고 결국 랭크셔 제국을 멸망하였다.

지금 이 곳은 랭크셔 제국에 남아있던 마지막 마법사들과 기사들이 랭크셔 제국 사람들을 대피시킨 장소이다. 이 곳으로 대피한 사람들은 마족들에게 복수할 힘을 기르기 위해 시련의 장소를 만들어두었다. 시련의 장소에서 살아남는다면 마족들과 싸울 수 있는 거대한 힘을 얻을 수 있다.]

최수민이 보았던 알 수 없던 글씨들과 그림들이 말해주는 바를 퀘스트가 한 번에 정리를 해서 알려주었다.

요약하자면 론디움은 마족에 의해 멸망. 그리고 마족에게 복수를 하기 위해 힘을 기를 수 있는 장소가 여기 있다는 것.

그리고 그 곳의 이름이 시련의 장소라는 것.

'목숨을 걸고 해야하지만 게임이라는 느낌이 나긴한다.'

여태까지는 몬스터를 잡고 레벨을 올리는데 주력을 했다면 이제부터는 게임에 얽혀있는 스토리를 알 수 있는 시간.

론디움에 대한 궁금함을 풀어 나갈 수 있다는 생각이 들자 가슴이 두근거리기 시작했다.

게임을 하는 목적은 레벨을 올리기 위해서가 아니다.

레벨을 올려서 그 게임의 엔딩을 보기위함. 지금까지 최수민은 엔딩이 아니라 다른 목적으로 레벨을 올리고 있었지만 이제는 게임 본연의 목표를 따라가고 있다는 느낌을 받을 수 있었다.

'김진수한테 복수하는데 도움이 되는거면 좋겠는데 말이야.'

물론 김진수에 대한 복수도 잊지 않았다.

[랭크셔 제국 최후의 보루 시련의 장소에서 살아남아라. 시련의 장소 델베르크에 랭크셔 제국 마지막 힘이 담겨져 있다.]

이번에는 연계 퀘스트가 생기자마자 최수민의 눈앞에 빛이 생겨났다.

"이 빛을 따라 가면 될 것 같아요."

빛은 최수민을 어디론가 인도하고 있었다. 퀘스트창이 생기자마자 빛이 생긴걸로 봐서는 그 어디가 바로 델베르크라는 것은 확실했다.

"빛? 무슨 빛?"

레나의 팔과 상처는 어느새 엘의 마법으로 완전히 아문 상태였다.

"안 보이세요?"

"전혀 안 보이는데?"

"그럼 제가 앞장설께요."

아무것도 보이지 않는다는 레나를 대신해서 최수민이 앞장서서 걷기 시작했다. 빛을 따라가기만 하면 되었기 때문에 어려울 것은 없었다.

길을 걷는 동안 최수민과 일행들의 옆에 있는 벽에는 벽화들과 알 수 없는 글자들이 쓰여져 있었지만 이번에는 퀘스트창이 생기지 않아 무슨 말을 하는지 알 수 없었다.

◇

빛을 따라와서 보이는 계단.

그 계단에 한 걸음 내딛자 제대로된 곳으로 왔다는 걸 보여주듯 메시지창 몇 개가 생겨났다.

[랭크셔 제국 시련의 장소 델베르크에 도착하였습니다.]

[능력자 최초로 멜베르크를 발견하였습니다. 3일간 델베르크내에서 몬스터를 잡을 시 30%의 경험치가 추가됩니다. 아이템 획득 확률이 30% 증가합니다.]

[랭크셔 제국 최후의 힘이 남겨져있는 델베르크를 탐사하여라. 마족에게 복수를 하기위한 랭크셔 제국 최후의 힘은 델베르크 가장 깊은 곳, 델베르크 3층에 있다. 난이도 : S, 보상 : 경험치, 랭크셔 제국 최후의 힘]

"또 계단이야?"

레나는 계단을 발견하자마자 싫은 소리를 내었다. 계단을 내려가는 것도 일이지만 계단을 내려가면 또 어떤 몬스터가 나올지 모른다.

귀찮기도 하지만 얼마나 강한 몬스터가 나올지 모른다.

"어떻게 할까요? 내려가지 말까요?"

퀘스트를 받았기 때문에 별 생각없이 내려가려던 최수민은 레나가 싫어하는 눈치를 보이자 레나의 의견을 물어보았다.

여해를 찾는다는 목표를 달성한 레나가 최수민을 무조건 따라다녀야할 이유는 없었다.

'나야 레나가 같이 다니면 좋긴하지만.'

아직까지 레나에게 모든 마법을 다 배운게 아니라 최수민에게는 레나가 필요했다. 레나가 최수민을 필요로 하는지는 모르지만.

게다가 지금 계단 밑으로 향하는 것은 안전하다는 보장이 없다. 자신의 목숨이야 보상을 위해 걸 수도 있지만 레나의 목숨은 다르다.

"아니. 네가 하고 싶은대로 해. 난 따라갈 테니까."

여해에 대해서는 이미 포기한 레나였지만 최수민에게 론디움 최후의 제국인 랭크셔에 대해 들은 레나는 론디움에도 흥미가 생긴상태였다.

무엇보다 론디움이 마족에 의해서 멸망했다는 사실이 레나의 관심을 끌었다. 애초에 레나가 론디움에 온 이유도 마왕의 등장 때문에 여해를 찾기 위한 것.

마족에 의해 멸망했다고 하는 론디움은 티어린이 반면교사해야할 곳이었다.

'왠지 몰라도 최수민과 다니는게 편해.'

론디움에 아는 사람이 없기도 했지만 무엇보다 최수민과 같이 다니는 것이 가장 편했다.

"괜찮으시겠어요? 아까처럼 위험할지도 몰라요."

"위험하면 네가 나를 도와주면 되잖아."

레나는 최수민을 보며 싱긋 웃었다. 정령왕인 엘을 소환할 정도로 최수민의 실력은 의심할 여지없이 엄청나게 성장했다는 것을 알 수 있었다. 정작 최수민은 모르는 것 같았지만.

소소한 이야기를 나누며 계단을 내려가던 최수민과 일행들 앞에 거대한 문이 나타났다. 거대한 파란색 문 양 옆에는 거대한 석상 4개가 세워져있었다.

석상들은 각자의 무기를 들고 있었는데 검, 창, 도끼, 그리고 거대한 지팡이였다.

"혹시 저것들이 움직이진 않겠죠?"

영화나 다른 만화들에서 보면 이런 상황에서는 거대한 석상이 실력을 시험한답시고 움직인다.

그리고 그 거대한 몸을 이용해 엄청난 파괴력을 보여주겠지.

"저것들한테서 마나가 느껴지지 않는 게 그럴 일은 없을 거야."

긴장을 하며 한 걸음씩 조심스럽게 움직이고 있는 최수민과 달리 레나는 성큼성큼 걸어가 문 고리를 잡았다.

덜컥.

거대한 문은 불협화음조차 허락하지 않은채 레나의 손이 닿자 자동으로 문이 열리기 시작했다.

'최근에 누가 사용한 건가?'

오래된 문이었다면 이런 소리를 내지 못했을 것이다. 끼익 하는 소리조차 허락하지 않은 거대한 문.

그 문에 대한 궁금증을 가진채 최수민은 레나를 따라 들어갔다.

완벽한 어둠. 그 어둠속에서 최수민이 라이트 마법을 쓰려는 순간.

번쩍번쩍하는 소리와 함께 문 안에 펼쳐진 거대한 공간에 있는 마력석들이 빛을 뿜어내기 시작했다.

이때까지 보았던 공간들과 완전히 다른 공간.

최근에 보았던 공간들이 텅 비어있는 공동같은 공간이었다면 지금 최수민과 레나, 엘이 서있는 공간은 인위적으로 만든것 같은 벽이 공간을 분할하고 있는 그야말로 미로같은 곳이었다.

"계단이 끝나자마자 미로라니."

레나의 입에서 한숨이 나왔다. 벌써 몇 시간째 걸어다니고 몬스터들을 잡기만 했다.

상처는 엘이 치료해주었지만 피로마저 몰아내진 못했다.

"여기서 잠시 쉬었다가 갈까요?"

레나의 한숨을 본 최수민이 휴식을 제안했다. 벌써 레나와 일곱시간이 넘도록 쉬지않고 걷고 몬스터들을 잡아왔다.

'미로안에 들어가면 마땅히 쉴 수 있을 것 같지도 않고.'

마을이 아니었기 때문에 현실로 돌아가는 것도 불가능했다. 최악의 경우 임동호와 약속을 잡은 일주일안에 이 지역을 벗어나지 못할지도 몰랐다.

최수민과 레나, 그리고 엘은 자리에 주저 앉아 최수민의 인벤토리에서 꺼낸 음식을 먹기 시작했다.

"우리가 해야하는 게 어떤 거야?"

한손에 들고 있던 햄버거를 한 입 크게 베어문 레나가 최수민에게 물어보았다.

"저기 저 미로를 뚫고 가서 델베르크 가장 깊은 곳으로 가야하는 거에요."

말은 간단하게 했지만 미로가 얼마나 이어질지 모르기 때문에 최수민의 입에서도 절로 한숨이 나왔다. 미로의 크기도 알지 못하고 미로 속에 어떤 몬스터가 있을지도 모른다.

'위험한 것도 위험한거지만 시간이 얼마나 걸릴지 모르니.'

처음으로 델베르크에 와서 추가 경험치나 아이템 획득 확률이 높다는 이점이 있지만 아무런 정보가 없어서 함부로 시작할 수 없다는 단점도 있었다.

물론 다시 돌아가는 방법을 알 수가 없고 돌아가더라도 데스나이트 4마리와 싸워야하기 때문에 최수민 일행은 미로 속으로 들어가야만 했다.

"왜 그래?"

레나가 한숨을 쉬던 최수민을 쳐다보며 물어보았다.

"저 미로를 어떻게 빠져나가야할지 걱정이 되어서요."

"그래? 별로 걱정할 필요 없는 거였네."

"길을 잘 찾으시나봐요?"

최수민도 길치는 아니다. 그러나 아무것도 모르는 미로를 어떻게 빠져나가야 될지 조금 걱정하고 있었을 뿐.

"저 벽들을 박살내면 되는 거잖아?"

"벽들을 박살낸다구요?"

대답을 하던 최수민은 머리를 망치로 맞은듯한 충격을 받았다. 게임처럼 생긴 세상이라고 해서 너무 게임이라고만 생각을 했었다.

게임에서는 지형 지물을 파괴할 수 없는 경우가 많다. 가끔씩 지형 지물을 파괴할 수 있는 게임이 있기도 하지만 대부분의 경우 그 지형 때문에 먼 거리를 돌아가는 경우도 부지기수였다.

그러나 지금 이곳은 엄연한 현실. 게임 시스템이 차용되었을 뿐.

"잠깐. 그건 너무 위험한거 아니에요?"

레나의 말을 듣고만 있던 엘이 나섰다. 이때까지 레나와 일상적인 대화만 나누던 엘이 말을 꺼내자 최수민은 가만히 듣고만 있었다.

"왜? 뭐가 위험해? 그럼 저 벽들을 따라 어떤 길일지도 모르는 곳으로 가자는 거야?"

이해가 안된다는 레나.

"벽을 부수면 위험할지도 모르는 곳에서 몬스터들이 다 쏟아져 나올 텐데요?"

그리고 그런 레나에게 지지 않는 엘.

"옛날부터 넌 그게 너무 문제야. 매사에 너무 걱정하는 것."

"그러는 레나는 너무 저돌적인 게 문제에요!"

아름다운 두 여자의 말싸움.

그 모습을 보며 최수민은 어떤 것을 선택해야할지 고민하고 있었다.

"어차피 잡아야하는 몬스터들이면 한 번에 잡는 게 더 좋지."

"만약 아까처럼 감당할 수 없는 데스나이트같은 녀석들이 나오면 어떻게 하시려구요?"

거침없는 레나와 그에 한 마디도 지지 않는 엘.

두 여자의 언쟁은 끝이 나지 않을 것 같았다.

레나의 한 마디가 있기전까지.

"그럼 텔레포트로 다른 곳으로 이동하면 돼."

레나의 한 마디에 최수민의 생각도 레나가 말한 방향으로 기울어져갔다.

"그럼 마법으로 저 벽들을 부숴요."

어차피 제한시간이 있는 퀘스트가 아니다. 혹시나 위험한 상황이 생기면 레나말대로 텔레포트를 사용해서 다른 곳으로 달아나면 된다.

'추가 경험치 보너스가 아깝긴 하지만….'

"맞아. 저 벽들이 얼마나 단단한지 모르니 어느 정도의
마법을 써야하는지만 알아내면 될 거야."

하지만 레나는 중요한 말을 하지 않았다. 지금 델베르크
지역은 이동 마법이 제한되어있는 지역. 텔레포트를 사용
할 수 없는 지역이었다.

'괜히 엘한테 지기 싫어서 말은 꺼내긴 했는데… 아무일
도 없겠지?'

레나의 속 마음을 모르는 최수민의 눈에 갑자기 희망이
보였다. 벽을 무너뜨리면서 몬스터들도 상당수 정리될 터.

이야기를 끝내자마자 바로 행동에 들어갔다. 레나와 최
수민이 동시에 마법을 캐스팅하기 시작했다.

목표는 길을 가로막고 있는 벽들.

너무 약한 마법은 마나만 소모하는 것이고, 벽을 깨는데
너무 강한 마법을 쓰는 것은 배보다 배꼽이 더 큰격.

두 사람의 양 손에서 파란 빛과 빨간 빛이 빠르게 쏘아져
나갔다.

콰앙!

거대한 소리가 델베르크를 울렸다. 벽은 와르르 무너져
내렸고 벽이 있었던 자리에는 뿌연 먼지만 자리하고 있었
다.

"괜찮네. 이대로 벽을 부수면 되겠다."

레나의 말이 끝나자 다시 한 번 레나와 최수민의 양 손에 서 파란 빛과 빨간 빛이 날아가 벽을 하나 부수었다.

6장. 델베르크

6장. 델베르크

"이럴 줄 알았어요!"

엘은 자신에게 다가오는 3m크기의 거대한 고릴라같은 몬스터의 가슴에 라이트닝을 박아넣었다. 그 몬스터는 엘의 라이트닝을 맞자 감전이 되어 온 몸을 부들부들 떨었다.

서걱!

그러자 엘은 오른손에 마나를 둘러씌워 검의 형태로 만든 후 몬스터의 이마에 붙어있는 두 개의 뿔을 잘라내었다.

뿔이 바닥에 떨어지자 몬스터는 온 몸에 힘을 잃은 것처럼 비틀비틀대더니 바닥으로 고꾸라졌다.

"이 놈들 끝이 없네."

레나의 말처럼 엘이 쓰러뜨린 몬스터의 뒤에서 고릴라

같은 몬스터들이 끝없이 몰려오고 있었다. 거대한 양 팔에는 커다란 몽둥이를 하나씩 들고있었고 어떤 놈은 뿔을 앞세워 투우장의 소처럼 빠르게 달려왔다.

푸욱!

최수민이 제일 앞에서 달려오고 있는 녀석의 이마에 검을 박아넣자 미친듯이 소리를 지르며 최수민을 향해 몽둥이를 휘둘렀다.

화르륵!

덩치에 맞지 않게 빠른 움직임으로 휘두른 몽둥이가 최수민의 머리 위를 스쳐지나가자 레나가 쏜 불덩이가 녀석의 온 몸을 불태우기 시작했다.

서걱!

최수민이 불타고 있는 녀석의 몸을 반으로 갈라놓으며 마무리.

[토벌자의 목걸이의 효과가 발동합니다. 추가 경험치 20%가 적용됩니다.]

[모든 능력치가 0.1씩 상승합니다.]

'운이 좋은 건가? 여기서 등장하는 몬스터가 딱 내 레벨대와 맞네.'

토벌자의 목걸이의 효과를 보기 위해서는 자신과 비슷한 레벨의 몬스터를 잡아야 한다.

그런데 마침 눈앞에 등장하고 있는 몬스터들은 그 조건을 맞춰주기 위해 생겨난 몬스터같았다.

'시련의 장소가 아니라 레벨업을 위한 장소인가?'

그나마 다행이라면 몬스터가 상대할만하다는 점.

"그래도 아까보다는 몬스터들이 상대할만해서 다행이네요."

만약 데스나이트가 여기서도 등장했다면?

아니면 중급 마족이라도 등장했다면? 또는 뱀파이어라던지?

그런 것들을 생각하자 이 상황은 별거 아니라는 생각이 들었다. 오히려 경험치를 올려주기 위한 하나의 공간일뿐.

주르륵!

엘이 강력한 마법을 사용하자 최수민은 마나가 엄청나게 빠져나가는 걸 느꼈다.

아무래도 자신이 소환한 엘이었기 때문에 자신의 마나를 쓰는 모양.

자신의 몸에 빨대를 꽂아두고 그걸로 마나를 줄줄 빨아 먹으며 몬스터를 잡고 있는듯한 엘.

'강하긴 한데. 효율이 너무 떨어져.'

닭잡는데 소잡는 칼을 사용할 필요가 없다.

지금 당장 편하려고 엘이 계속 싸우도록 두는것은 손해.

빠르게 계산을 마친 최수민은 엘에게 말했다.

"엘님은 좀 쉬어요."

데스나이트처럼 강한 녀석들이 분명 이 안에 있을 것이다. 아니면 뱀파이어라던지.

그런 상황을 대비해서 엘을 돌려보내지 않고 옆에 계속 소환한 채로 두었다.

급할 때 다시 소환하려고 하다가 갑자기 상급 정령들이 툭 튀어나올지도 모른다.

"야. 왜 쟤만 쉬라고 그래? 나는?"

엘에게 하는 이야기를 들은 레나는 입이 삐죽튀어나온 채 최수민을 쳐다보았다.

몬스터를 잡는 것은 괜찮지만 엘은 쉬는데 자신만 잡기는 싫다는 표정. 그러면서도 레나는 눈앞에 달려오는 몬스터를 거침없이 때려잡았다.

'아까부터 엘과 다투는 게… 예전에 무슨 일이 있었던 건가?'

이유는 알 수 없지만 레나는 은근히 엘을 경계하고 있는 것 같았다. 나쁜 의미라기보다는 여자가 여자를 질투하는 느낌.

연애고자인 최수민도 느낄 수 있을만큼 강렬한 느낌이 왔다.

"쉬세요. 저 혼자 잡을게요."

레나는 최수민의 말을 듣자마자 엘을 쳐다보며 한 번 웃더니 엘의 옆에가서 자리를 잡고 앉아버렸다.

어차피 혼자서 잡아도 경험치는 오른다. 튜토리얼 지역부터 몬스터를 혼자 잡아왔던 기간이 더 길기에 같이 사냥하는 것보다 혼자 사냥하는 것이 더 편하기도 했다.

'뭐 강한 몬스터들도 아니고.'

서걱!

최수민은 다가오는 몬스터의 몸을 갈라놓았다.

[로랜드 데몬의 뿔을 얻었습니다.]

델베르크에서 처음 얻은 아이템. 그리고 추가 경험치 50%는 보너스였다.

[로랜드 데몬의 뿔 : 마수 로랜드 데몬의 힘이 담겨있는 뿔이다. 거대한 마수 로랜드 데몬은 오우거보다 강한 힘을 가지고 있다.]

'어? 이거? 왠지 나한테 딱인것 같은데?'

로랜드 데몬의 공격을 모조리 피해냈기 때문에 눈앞에 있는 녀석이 힘이 강할거라는 생각은 하지 않았다.

단지 덩치가 거대해서 그 몸에 맞는 힘정도는 있을거라고 생각은 했지만.

'오우거보다 강하다면 이 놈의 뿔로 물약을 만들어 마셔볼까?'

로랜드 데몬을 향한 최수민의 검이 이전보다 더 날카로워졌다. 최수민의 눈빛은 몬스터가 아니라 건강식품을 바라보는 눈빛으로 바뀐지 오래였다.

델베르크 1층. 벽이 부서져 먼지가 흩날리던 공간은 어느새 날카로운 검이 몬스터의 뿔을 자르는 소리로 가득찼다.

◇

"진짜 강해지긴 강해졌네?"

레나는 최수민이 쉬라고 한 이후 정말로 손 하나 까딱하지 않고 최수민이 로랜드 데몬들을 잡는 것을 구경만 했다.

엘이 쉬고 있으니 나도 쉬겠다. 라는 의지를 불태우는 모양.

그리고 그 휴식은 최수민이 로랜드 데몬을 모두 다 잡았을 때 끝났다.

"뭐 저 녀석들이 약해서 그런 거겠죠."

말은 그렇게 했지만 로랜드 데몬들의 힘은 정말 일품이었다. 오우거가 갓난 아기로 보일정도의 힘.

'시험삼아 몽둥이를 검으로 막아냈다가 팔이 꺾일뻔했었지.'

그래서 그런지 로랜드 데몬들을 잡으며 더 강해질 수 있다는 생각에 신명나게 잡은 것 같았다. 품안에 있는 로랜드 데몬의 뿔만 해도 100개가 넘었다.

이건 아마 오린의 탑에 가면 물약으로 만들 수 있을 것이라는 생각에 흐뭇한 웃음이 가시질 않았다.

'이정도면 아까 그 데스나이트한테도 힘으로 밀리지는 않겠지?'

데스나이트를 상대로 검이 밀린 것이 아직까지도 기억속에 남아있었다.

"계속 배실배실 웃는거 보니까 몬스터랑 혼자서 싸우는 게 좋나봐?"

"뭐. 이정도 몬스터쯤이야 혼자서도 충분하죠."

최수민은 어깨를 으쓱하며 대답했다. 앞으로도 혼자서 몬스터를 잡을 일이 많을 것이다.

이규혁은 떠났고, 레나도 여해를 찾는 목표를 달성했다.

'엘은 어차피 내 마나를 소모하는 거니… 혼자 싸우는 거나 마찬가지지.'

엘을 쳐다보자 앉아서 쉬고 있던 엘은 손을 들어 최수민을 향해 흔들었다.

"그럼 자신감있는 최수민만 믿고 다음 벽을 한번 부숴볼 까?"

최수민이 몬스터를 잡는 동안 충분한 휴식을 취한 레나가 마법을 준비했다. 목표는 중앙으로 가는 것을 가로막고 있는 벽.

콰앙하는 소리와 함께 몇 겹의 벽이 더 무너졌고 몬스터들이 달려오자 최수민이 검이 또 다시 바쁘게 움직이기 시작했다.

오르는 건 레벨이요, 쌓이는 건 로랜드 데몬의 뿔이라.

몇 시간 동안 쉬지 않고 몬스터를 잡으며 힘들법도 했지만 최수민의 얼굴엔 미소가 번져갔다.

몇 번의 과정을 반복하자 델베르크 1층은 쉽게 돌파할 수 있었다. 미로를 일일이 따라가며 몬스터를 잡았다면 훨씬 오랜시간이 걸렸을테지만 벽을 부수는 기발한 방법덕분에 금방 1층을 끝낼 수 있었다.

1층에 도착하자 고대 제국의 힘의 능력이 강화되었다는 메시지창이 생겨났다.

[강화된 고대 제국의 힘 : 델베르크에 들어온 사람의 힘을 길러주기 위한 로랜드 데몬들을 모두 물리친 자에게 주어지는 강화된 고대의 힘이다. 힘 스텟 10% 증가, 마족을 상대할 때 모든 능력치 30% 증가, 공격력 30% 증가, 방어력 30% 증가.]

'이거 성장식이구나. 델베르크가 3층까지 있다고 했으니 3층까지 모두 클리어하면 꽤 좋은 옵션이 되겠는걸?'

1층만 클리어했는데도 30%로 효과가 늘어났으니 2층, 3층을 진행하는동안 강화되면 마족을 상대로 거의 2배이상 강해질지도 모른다.

게다가 힘 스텟 증가는 보너스. 아마 1층은 힘 스텟을 길러주기 위함이라고 했으니 2층에 다른 종류의 몬스터가 등장할 것이라는건 쉽게 추측할 수 있었다.

'2층에도 이 정도 난이도의 몬스터들이 등장하겠지?'

그 생각을 하자 또 다시 최수민의 얼굴에 미소가 피어났다. 강해지는 건 언제나 기쁜일. 그러면서도 마족을 상대로만 강해진다는 것이 조금 아쉽기도 했다.

'마족이 아니라 사람을 상대할 때도 강해지는 거면 좋았을 텐데.'

인간의 욕심은 끝이 없다고 힘 스텟이 올랐지만 조금 아쉬운 것은 어쩔 수 없었다. 최근에는 힘 스텟이 아니라 모든 스텟이 오르는 보상이 많았으니까.

그나마 사람을 상대할 때 도움이 되는 아이템은 단 하나. 전설급 아이템인 넬의 의지.

왠지 넬의 의지가 조금 더 사랑스럽게 보여 넬의 의지를 한 번 쓰다듬었다.

고대 제국의 힘 말고도 좋은 보상이 있으면 좋으련만하는 생각이 드는 순간 최수민의 눈앞에 계단이 보였다.

"또 계단이네요."

최수민은 계단을 싫어하던 레나를 바라보며 말을 꺼냈다.

"그러게. 뭐 밑에 내려가도 잘 할 수 있지?"

이번엔 최수민의 예상과 다르게 레나는 웃으며 최수민에게 물어보았다. 계단을 싫어했던 이유는 내려가면 있을 몬스터나 돌발상황때문이었는데 최수민이 모두 처리했으니 레나가 계단을 싫어할 이유가 없었다.

"시간이 늦었는데 돌아가서 편하게 자고 와서 가는게 어떨까요?"

최수민과 레나가 잘부르크에 도착한지도 어언 15시간이 지났다. 몸은 피곤하다고 말을 하지 않았지만 2층부터는 또 어떤일이 일어날지 모른다.

"으응? 편하게 자다니. 이런 곳에서 자는 것도 연습해봐야지. 하하."

어색하게 웃으며 최수민의 요청을 거절하는 레나. 그러면서 길다란 손가락을 과장되게 흔들기까지했다. 누가봐도 어색한 모습.

그 모습을 최수민이 놓치지 않았다.

"솔직히 말하세요. 무슨 일 있는 거죠?"

"아… 아니야. 무슨 일이라니. 이런 곳에도 적응하는 연습을 해야지. 연습은 실전처럼 들어봤지?"

사기를 당한 이후로 눈칫밥만 몇 년째. 대답을 얼버무리는 레나의 모습을 끝까지 물고 늘어진 최수민에게 레나는 사실을 말할 수 밖에 없었다.

"그러니까 텔레포트가 안 된다는 거네요?"

"하여튼 대책없이 그냥 일을 저지르고 본다니까요!"

엘이 타박하듯 말했지만 레나는 자기의 잘못을 알고 있었기에 아무런 말도 하지않았다.

"미안…."

"그래도 일이 잘 풀려서 다행이네요. 일단 내려가기 전에 여기서 좀 쉬었다가 갑시다."

잘못을 인정한 레나를 더 이상 타박하지는 않았다. 어차피 위험한 상황도 없었으니까.

다만 앞으론 확실히 확인할 건 확인하고 넘어가야겠다는 생각을 했다.

"이거 영 상황이 좋지 않은데? 생각보다 훨씬 심각해."

봉인된 마족이 있는 지역 중 하나인 엘던 던전.

그 엘던 던전 안에 있는 마법진 앞을 20명이 넘는 사람이 지키고 있었다.

각자의 무기를 가지고 서있는 사람들.

"경계가 상당한데? 이거 마족을 잡는 게 아니라 사람을 때려잡아야 할 것 같아."

무력길드 소속의 두 사람은 마법진을 지키고 있는 사람들을 관찰하고 있었다.

토벌 퀘스트의 결과가 나오자마자 총군 연합에서는 하나의 발표를 했다.

[론디움에 있는 던전안에는 마법진이 있다. 그것은 론디움을 완전히 없애버리고 론디움에 있는 사람들의 힘을 모두 빼앗아 가는 역할을 하는 곳이다. 그렇기 때문에 총군 연합은 모든 능력자를 보호하기 위해 던전 안에 있는 마법진을 지키겠다.]

단순히 통제라고 하는 것이 아닌 능력자를 위한 부분적 통제라는 말에 현재 총군 연합에 대한 다른 능력자들의 시선은 꽤 호의적으로 변한 상태였다.

그 증거로 봉인된 마법진은 총군 연합원들과 총군 연합의 말에 동조하고 있는 전문적인 파티 3개정가 마법진 근처에 오는 사람들을 통제하고 있었다.

"이봐. 여기 근처는 오지말라고. 저기도 몬스터들이 많이 나오니까 저 쪽에서 잡아."

마법진 앞에 서있던 턱수염이 인상적인 금발의 거구가 마법진 근처에서 사냥을 하고 있던 파티원들에게 말하자 그들은 아무런 불평도 꺼내지 않고 그 자리에서 물러났다.

몬스터사냥따위 안중에도 없다는 듯한 모습을 보여주며 그들은 마법진 근처에 오는 사람들에게만 신경을 쓰고 있었다.

"이대로라면 우리 계획에 차질이 생기겠는데?"

"그럼 일단 길드장님한테 먼저 보고부터 드려야겠네. 조금만 더 보다가 돌아가자."

무력 길드 소속 두 사람은 마법진을 2시간정도 더 관찰하다가 사람들이 마법진 근처에서 전혀 움직일 생각을하지 않자 임동호를 만나기 위해 돌아가버렸다.

"그 때 그 놈들이 총군 연합이었던 건가…."

한숨을 쉬며 커피 한 모금을 홀짝 마시는 임동호의 표정은 밝지 않았다. 토벌 퀘스트의 보상이 주어지고 마족에 대한 이야기가 나오자마자 자리를 박차고 나갔던 그들.

첫 인상부터 좋지 않았지만 총군 연합이라는 것을 알게 되자 더 기분이 좋지 않았다.

맞은 편에 앉아있는 세 사람도 임동호와 비슷한 표정을 짓고 있었다.

그들의 표정이 어두운 이유는 하나.

'이제 론디움의 비밀을 알아냈고 지구를 향하는 위협을 몰아낼 수 있는 기회가 왔는데 마족이 아니라 인간에게 방해를 받고 있다.'

언제나 인간의 적은 인간이었지만 마족 그리고 몬스터라는 공공의 적이 생긴 이후에도 갈등은 끊이지 않았다.

'차라리 처음부터 몬스터가 강했다면… 그래서 인간들이 분열할 틈을 주지 않았다면 어떻게 되었을까?'

하지만 이미 늦어버렸다.

인간들은 일반적인 몬스터는 충분히 쉽게 상대할 수 있을만큼 강해져 버렸다. 사람들이 그나마 두려워하고 있는 몬스터는 쉽게 상대할 수 없는 보스 몬스터.

마족이라는 존재들은 론디움에 거의 등장하지 않았기 때문에 사람들이 애써 기억에서 지우고 있었다.

"앞으로 싸워야 할 중급 마족들이나 상급 마족들과 싸우려면 힘을 합쳐도 모자랄 판에 당장의 이익에 눈이 멀어 사람들끼리 싸우는 꼴이라니."

임동호의 맞은편에 앉아있던 레이첼도 한숨을 내쉬었다.

서벨리 빙하에 있는 마족들에 대해 알려보기도 했지만

대부분의 사람들은 실제로 그것을 보기 전까지는 믿질 않았다.

무서운 상황이 다가오면 그것을 애써 외면하려고 하는 사람들의 특성때문인지 오히려 마족들에 대한 이야기는 사람들의 머릿속 깊은 곳으로 박혀버렸다.

"그건 그렇고 그럼 앞으로 어떻게 할 거야? 총군 연합 놈들과 싸워야 하는 건가?"

보고대로라면 총군 연합이 마법진을 완벽하게 보호하고 있다고 한다.

그리고 최수민이 마법진에 들어가기 위해서는 마법진과 신체를 접촉해야 하는 상황.

무력길드와 임동호, 그리고 임동호 파티원들의 길드원들이 총군 연합과 싸운다면 최수민이 마법진으로 가게 하는 것은 힘든 일은 아니다.

'그 정도 일은 힘들지 않다. 아직까지 총군 연합에는 어중이 떠중이들이 많으니까.'

하지만.

"지금은 다른 능력자들 특히 총군 연합이 적이지만 그렇게 힘으로 밀어붙여서 마족들이 등장하게 되면 능력자들이 아니라 지구에 있는 모든 사람들이 적이 되는 수가 있어."

능력자가 아닌 사람들에게 마족만큼 무서운 존재는 없다.

사람들의 무기가 통하지 않기 시작한 것도 마족들이

등장하기 시작한 이후부터였고, 사람들이 많이 죽어나가기 시작한 것도 마족들의 공격 이후였다.

의도가 어떠하든 임동호와 최수민이 하려고 하는 것은 마족의 봉인을 풀고 마족들이 론디움에 나오게 하는 것.

"그렇지. 여론은 항상 자기들이 보고 싶은 것만 보고 그대로 믿기 마련이니까."

마족으로부터의 평화를 얻기 위해 힘을 합쳐야 하는 상황. 하지만 총군 연합은 당장의 이익을 얻기 위해서 힘을 활용하고 있었다.

"누구 하나가 악역을 맡아야 하는 건가."

임동호의 말대로 한 집단, 아니 한 사람이 악역을 맡아준다면 일은 쉽게 해결된다.

마법진을 지키고 있는 총군 연합원들을 죽이고 길을 뚫어주면 되니까.

하지만 그것도 쉽지 않은 일이었다. 모든 마족들을 물리치고 론디움이 사라진 후 모든 힘을 잃게 된다면 악역은 죽게 될 것이니까.

일반인이든, 능력을 잃어 할 일을 잃어버리게 될 능력자든. 지금이야 총군 연합을 물리칠 수 있을만큼 강할테지만 그 때가 되면 이빨 빠진 호랑이가 되어버린다.

"그럼 그냥 사람들에게 이 상황을 이해할 수 있게 설명하고 사람들을 설득하는 건 어때? 그게 가장 이상적인 방법이잖아."

"총군 연합 대표와 이야기를 해보는 것도 나쁘지 않은 방법일 것 같은데….”

이야기가 계속 되었지만 결국 이야기는 원점으로 돌아왔다.

"만약. 만약에 이야기가 제대로 풀리지 않으면 여기있는 누군가가 악역을 맡아야겠군.”

그리고 임동호와 그의 파티원이 있는 방에서는 계속 이야기가 끊이지 않았다.

◇

튜토리얼 지역에서 만났던 미니 오우거를 연상시키는 체구.

그 거대한 몸에는 도끼가 아닌 지팡이가 쥐어져있었다.

거대한 팔근육으로 지팡이를 휘두르는 것이 아니라 그 지팡이로 마법을 사용하는 녀석들.

화르르륵!

쐐애애액!

거대한 불덩이와 얼음덩이가 허공을 수놓았다.

하나의 불덩이로 시작된 마법은 순식간에 다섯 개, 그리고 열 개가 넘더니 이제는 20개가 넘는 마법이 날아왔다.

그리고 그 마법속에서 파란 머리를 휘날리며 힘들게 싸우고 있는 한 사람.

최수민은 실드로 마법을 막아나가며 마법을 사용하는 몬스터들을 하나씩 상대하고 있었다.

'2층에는 너무 빨라서 상대하기 힘든 녀석들이 나오더니 3층에는 이제 마법을 사용하는 몬스터라니.'

벌써 델베르크에 들어온지도 3일째.

하루를 쉬고 2층에 들어간 이후에는 텔레포트를 할 수 없다는 이유로 1층에서 사용했던 벽을 부수는 방법은 사용하지 않았다.

그 때문에 미로를 전전하며 몬스터들을 잡아나갔고, 그 일은 쉬운 일이 아니었다.

막힌 길을 가기도 했고 함정이 설치되어 있는 곳도 있었다.

'확실히 벽을 파괴하는 방법이 좋긴 좋았는데. 지금은 오히려 그게 독이 되었겠지.'

엄청난 힘을 바탕으로 공격을 해왔던 1층의 로랜드 데몬. 그리고 민첩 스텟에 모든걸 투자했던 최수민의 속도를 뛰어넘었던 2층의 소닉 데몬들.

하지만 그 녀석들은 빠르기만 한 것이 아니었다. 로랜드 데몬보다는 약했지만 오우거만큼 강한 힘을 자랑했었다.

그리고 지금 최수민이 상대하고 있는 데몬 메이지들은 아예 마법을 사용하고 있었다. 마법을 사용하면 육체가 약한 론디움의 마법사들과는 다르게 근접하면 빠르고 강한 공격을 해왔다.

그나마 벽이 있어서 데몬 메이지들이 몰리지 않아서 망정이지 벽을 다 부수고 한 번에 마법을 쓰는 수 백마리의 몬스터를 상대하려고 했다면 최수민도 무사하지 못했을 것이다.

까앙!

"이 무식한 놈들!"

데몬 메이지들은 멀리서는 강력한 마법 공격을 날리고 가까이 다가가면 들고있던 거대한 지팡이를 휘둘러 근접 전투를 펼친다.

'젠장. 마법사라는 놈들이 무슨 힘이 이렇게 강한거야.'

검을 쥐고 있는 손이 떨릴정도로 강한 공격.

그 공격을 막아내자마자 데몬 메이지가 다시 한 번 지팡이를 크게 휘둘렀다.

"옆으로 피해!"

레나의 목소리와 함께 최수민의 등 뒤에서 지옥의 불꽃같이 뜨거운 불꽃 덩어리가 날아왔다. 뒤로 발을 옮겨 공격을 피하려고 했던 최수민은 레나의 말대로 옆으로 몸을 틀어서 데몬 메이지의 공격을 피해냈다.

화르륵!

최수민이 몸을 틀자마자 도착한 레나가 사용한 불꽃에 스치기라도 한 데몬 메이지들의 몸에 불꽃이 옮겨붙자

"크아아악!"

그 놈들은 괴성과 함께 델베르크 3층을 뛰어다니기 시작

했다. 어떤 녀석은 불꽃을 끄기 위해 벽에 몸을 비비기도 했고, 어떤 녀석은 워터 마법을 사용하여 불을 끄려고도 했다.

푸욱!

어수선한 틈을 탄 최수민은 데몬 메이지들을 향해 뛰어가서 검을 박아넣었다.

2미터가 넘는 거대한 지팡이를 들고 서있던 데몬 메이지는 최수민의 검이 복부에 박히자 몸을 앞으로 굽히며 쓰러지고 말았다.

[레벨이 올랐습니다.]

'마침 3일째. 오늘 안에 최대한 많은 몬스터를 잡아야 한다.'

최수민과 일행들이 사냥하고 있는 곳은 델베르크 3층.

마지막 층으로 알려진 곳이기에 쉬지않고 사냥을 하고 있었다.

어차피 잡아야하는 몬스터라면 경험치 보너스가 있을 때 잡아야지. 하는 생각으로 검을 휘두르니 평소보다 피로감이 덜한 것 같기도 했다.

"후우. 바로 이동할까?"

최수민이 춤을 추듯 데몬 메이지들 사이에서 검을 휘두르던 것을 멈추자 최수민의 주변엔 데몬 메이지들의 시체들만 남아있었다.

"그럽시다."

"최수민씨 한 번 쉬지 않아도 괜찮겠어요? 벌써 4시간이 넘게 쉬지 않고 있잖아요."

경험치 보너스가 있다는 사실을 모르는 엘이 전혀 쉬지 않고 있는 최수민에게 물어보았다.

"엘의 생각도 맞아. 언제 강한 몬스터가 나올지도 모르는데 힘을 좀 아껴둬야지."

게임을 해보지 않은 레나지만 몬스터들이 뭉쳐다니는곳엔 보스몬스터같은 몬스터가 있다는 것은 잘 알고 있었다.

고블린들이 뭉쳐다니는 곳에는 홉 고블린 같은 것이 존재하고 오크들이 뭉쳐다니는 곳에는 오크 족장이 존재하는 것처럼 지금 델베르크에서 쏟아지는 몬스터들로 미루어보면 그런 존재가 없을 것이라고는 말할 수 없었다.

"아니에요. 지금 막 몸이 풀린 상태일 때 빨리 이동합시다."

"그래요? 힘들면 말하세요. 저도 너무 쉬어서 조금 따분하거든요."

걱정을 하고 있는 레나와 엘과는 달리 최수민에게는 확신에 가까운 믿음이 있었다.

'이곳엔 보스 몬스터가 없다.'

델 베르크의 구조는 단순했다.

1층은 힘을 테스트하고 기르는 곳. 2층은 힘과 민첩성을 함께 테스트 하는 곳.

그리고 지금 사냥하고 있는 3층은 힘, 민첩 그리고 마법에 대한 것을 테스트하는 장소.

만들어진 이유에 대해서는 나중에 가봐야 확실히 알 수 있는 것이지만 지금 이 장소는 자신과 일행들을 테스트하는 장소 같았다.

'그렇다면 보스 몬스터가 나와도 분명 다음층이나 어딘가로 이동해야 나올 것이다.'

그 생각을 가지고 최수민은 거침 없이 발걸음을 옮겼다.

◇

"여기가 끝이네."

최수민의 생각대로 델베르크 3층에서도 아무런 보스 몬스터가 나타나지 않았다. 보스 몬스터를 기대하면서 사냥을 했다면 김이 쏙 빠져버릴 상황. 대신 출구로 보이는 통로 하나가 보였다.

그 통로밖으로 보이는 것은 완벽한 어둠.

'여기 안쪽에 보스 몬스터가 있거나, 보상이 주어지는 건가?'

델베르크 3층을 모두 돌파하는 동안에도 꽤 힘이 들었다. 그런 델베르크에서 보스몬스터가 나온다면 쉽지 않을 것이라는 것은 삼척동자도 알 수 있는 일.

'게다가 뱀파이어가 나올지도 모르지.'

"또 계단은 아니겠지? 요즘들어 너무 계단을 많이 다녀서 지겨운데."

레나는 그 와중에 계단에 대한 걱정을 하고 있었고.

"새로운 지역이라… 또 어떤 위험한 녀석이 나올지 모르 겠네요."

엘은 미지의 공간에 대한 걱정을 하고 있었다.

"그 위험한 녀석이 뱀파이어라면 어떨 것 같아요?"

엘은 뱀파이어에게 희생된 걸로 추측되는 시체를 보지 못 했다. 그래서 최수민은 엘에게 뱀파이어에 대해 물어보았다.

레나에게 들은 것이 있어서 중급 마족보다 강할지도 모 르는 뱀파이어에 대한 두려움이 조금 있는 상황.

혹시나 엘이 뱀파이어가 별거 아니라고 말해주면 제일 먼저 미지의 공간으로 발을 옮길 준비가 되어있었다.

"뱀파이어라구요?"

최수민의 말을 듣자마자 엘은 엄청나게 놀라는 표정을 지었다. 그리고는 말을 이어갔다.

"글세요. 뱀파이어가 있다고해도 이 정도 멤버라면 뱀파 이어에게 당할 것 같지는 않네요. 오히려 뱀파이어보다 더 강한 몬스터가 나오지 않을까 그게 걱정이에요."

"그래요? 그럼 제가 먼저 앞장 서서 들어갈게요,"

엘의 말에 용기를 얻은 최수민이 가장 먼저 라이트 마법 을 사용한 채 발걸음을 옮겼다.

[고대 제국의 힘이 강화되었습니다.]

최수민의 눈앞에 메시지창이 생김과 동시에 최수민이 사용하였던 라이트가 사라졌다.

완전한 어둠.

아무것도 보이지 않는 어둠속에서 레나와 엘을 불러보았
지만 아무런 대답이 돌아오지 않았다.

'뭔가 잘못 돌아가고 있는데?'

뒤를 돌아보았지만 아무것도 보이지 않았다.

걸어왔던 길을 따라 걸어갔지만 출구도 이미 사라진지
오래.

"아무도 없어요?"

크게 소리를 질러보았지만 그 곳에선 아무런 대답이 돌
아오지 않았다.

'혹시 정신과 시간의 방 같은 곳인가?'

오래전에 보았던 만화속에 나왔던 장소. 델베르크가 수
련을 위한 장소라고 생각하니 완전 허무맹랑한 생각은 아
닌 것 같았다.

'좋아. 그럼 한 번 해볼까.'

최수민이 검을 뽑아 휘두르려는 순간 최수민의 눈앞에
사람들의 모습이 생겨나기 시작했다.

그리고 그 모습은 시간이 지날수록 또렷하게 바뀌기 시
작하더니 이내 남자와 여자의 모습으로 변했다.

"엄마…? 아빠…?"

온전한 모습을 갖춘 두 사람은 최수민의 기억 속에 있는
부모님의 모습이었다.

7장. 랭크셔 최후의 힘

7장. 랭크셔 최후의 힘

몇 년 전 지구에 몬스터들이 습격해왔을 때 돌아가신 부모님.

최수민이 직접 죽은 것을 확인하기도 했고, 그 이후에 보험금을 받기도 했었다.

그런데 그 부모님이 지금 최수민의 두 눈앞에 나타난 것이다.

돌아가시기 전 아주 화목했던 그 모습.

최수민의 기억속에 남아있는 가장 마지막 모습으로 부모님이 되살아나 있었다.

한 마디 말도 하지 않고 있는 부모님에게 최수민은 다시한 번 말을 걸었다.

"엄마. 아빠."

부모님의 얼굴을 보자 친척에게 사기를 당해서 힘들었던 기억, 목숨을 걸고 임상 시험을 했던 기억이 한 번에 떠올라 목이 메어왔다.

그러나 최수민의 외침에도 부모님은 아무런 말도 하지 않았다. 단지 허공을 응시하고 있을 뿐이었다.

살아있는 인형같은 느낌.

아무런 생기를 느낄 수 없었지만 부모님의 모습은 생전과 같았고 부모님의 몸에 손을 대면 마치 살아있는 사람처럼 따뜻했다.

'대체 무슨 일이지?'

최수민이 무언가 잘못되었다는 것을 느끼는 순간 부모님의 뒤에 또 다시 무언가가 생기기 시작했다.

뿌연 연기같은 그것이 뭉쳐지기 시작하더니 사람의 형상으로 변하기 시작했고,

머리부근에서는 뿔이 자라기 시작했다. 뿔은 거침없이 자랐으며 연기가 사람의 모습을 만들게 되자 그 것의 정체를 알 수 있었다.

하급 마족.

그 하급 마족의 양 손에는 아무런 무기가 없었다.

하급 마족 정도는 이제 최수민 혼자서도 쉽게 처리할 수 있었다.

그러나 지금 최수민의 상태는 정상이 아니었다.

몇 년만에 죽었던 부모님의 모습이 눈앞에 있으니까.

푸욱.

하급 마족의 오른쪽 손이 최수민 어머니의 복부를 관통했다.

푸아악하는 소리와 함께 관통당한 복부에서는 피 분수가 솟아 올랐고.

"안 돼!"

뒤늦게 사태 파악을 한 최수민이 검을 뽑아 하급 마족의 몸을 향해 검을 휘둘렀다.

그러나 최수민의 손에는 아무런 감각이 느껴지지 않았다.

허공.

마치 공기를 가른 듯한 느낌.

아무런 감각이 없었지만 최수민이 검을 휘두른 이후 하급 마족의 몸이 연기처럼 사라지기 시작했다.

"엄마!"

복부에서 피를 흘리고 있는 어머니의 몸에 손을 대어보았지만 최수민의 손에는 한 방울의 피도 묻지 않았다.

"힐!"

뒤늦게 회복마법을 사용하는 최수민.

그러나 그 마법도 허공에 사용하는 듯한 느낌이 들었다.

눈앞에 피를 흘리고 있는 어머니가 보였지만 힐을 사용하는 것은 허공.

그 때 다시 한번 검은 연기가 생기더니 이내 하급 마족의 몸을 만들기 시작했다.

'이번엔 눈뜨고 보고만 있지 않겠다.'

하급 마족의 몸이 만들어지는 순간 최수민의 검이 벼락처럼 하급 마족의 몸을 내리쳤다.

검은 연기는 하급 마족의 형태를 이루자마자 최수민의 검에 베어 다시 연기의 형태로 흩어졌다.

검은 연기가 하급 마족의 모습을 만들고 그것을 최수민이 베어낸다. 그 단순한 과정이 2번, 3번, 그리고 10번을 넘어 수십 번째 반복되었다.

'대체 이게 무슨 일이지?

같은 과정을 반복하던 최수민에게 느껴지는 의문.

죽여도 죽지않는 하급 마족.

지치지도 않고 계속 나타나는 하급 마족은 최수민을 노릴 생각이 없는 듯 했다.

일단 하급 마족의 모습으로 바뀌고 나면 철저하게 최수민의 부모님만을 노렸다.

'어떻게 된 일인지 몰라도 이번엔 내손으로 부모님을 지킨다.'

당시에는 최수민에게 아무런 힘도 없었다.

최수민뿐만 아니라 전 세계 사람들에게는 마족으로부터 사람들을 지킬 수 있는 힘이 없었다.

하지만 이제는 다르다.

하급 마족쯤은 간단히 상대할 수 있고 중급 마족도 혼자 상대할 수 있을정도로 강해졌다.

비록 허상이라할지라도 이번에는 직접 제 손으로 부모님을 지켜내겠다는 마음 하나로 하급 마족을 수십 번, 수백 번을 베어냈다.

'젠장. 이거 언제까지 이어지는 거야?'

벌써 수백 마리의 하급 마족을 베어낸 것 같았다. 그러나 아직까지 아무런 일이 벌어지지 않았다.

퀘스트가 완료되었다는 메시지도.

언제 끝난다고 알려주는 것도.

아무런 일도 일어나지 않았다.

그저 하급 마족을 베고, 또 베어내는 것 밖에 없었다.

하급 마족을 베어내는 동안 지겨울 법도 했지만 혹시나 이 퀘스트의 보상으로, 고대 제국의 힘을 얻는 것이 아니라 돌아가신 부모님이 다시 살아날 수도 있지않을까 하는 기대감으로 열심히 검을 휘둘렀다.

여전히 아무런 말도 하지않고 최수민에게 시선조차 주지 않는 부모님이었지만 최수민에게는 그런 부모님을 바라보면서 검을 휘두르는 것 말고 할 수 있는 것이 없었다.

"수민아."

그렇게 하급 마족을 수백 마리를 베어냈을 때쯤 부모님이 처음으로 최수민에게 말을 꺼내었다.

다른 말도 아니라 단지 최수민의 이름만 불렀을 뿐인데도 가슴이 벅차올라왔다.

죽은 줄 알았던, 아니 정말로 돌아가셨었던 부모님이 이름을 한 번 불러주었을 뿐인데 그것은 거대한 감동으로 다가왔다.

목이 메어왔지만 눈물은 흘리지 않았던 최수민이지만 이번에 부모님이 부르는 이름을 들었을 때는 눈물을 흘리지 않을수가 없었다.

"엄마…."

지금 최수민은 24살이 아니라 마치 4살의 어린아이로 돌아간 것 같았다.

부모님이 돌아가시고 얼마나 힘들게 살았던지.

그 감격적인 순간을 즐기려는 찰나 검은 연기가 다시 한번 마족의 모습으로 바뀌기 시작했다.

이번에는 하급 마족이 아닌 뿔이 더 거대한 중급 마족의 모습.

"잘 지냈니? 수민아. 혼자 힘들었지?"

검은 연기가 중급 마족의 모습으로 변하는 동안 이번엔 최수민의 아버지가 말을 걸어왔다.

너무나 따뜻한 말.

네. 잘 지냈어요. 아니요. 너무 힘들었어요. 어떤 대답을 해야할지 고민을 하고 있던 최수민.

그런 최수민의 뒤에서 만들어진 중급 마족이 빠르게 검을 내질렀다.

푸욱.

그러나 목표는 최수민이 아니었다. 중급 마족의 검이 관통한 것은 최수민과 이야기를 하고 있던 최수민의 아버지의 목.

그리고 최수민이 고개를 돌리는 동안 다시 한번 중급 마족이 검을 찔러 넣어 최수민 어머니의 심장을 관통했다.

"엄마? 아빠?"

섬뜩한 소리에 등을 돌려 부모님을 보니 이미 정신을 잃어서 죽은 상태였다.

"이 개자식!"

부모님의 상태를 확인한 최수민은 마족에 대한 분노가 극에 달한채로 중급 마족을 향해 검을 휘둘렀다.

그러자 중급 마족은 최수민의 검을 피하지 않았고 그대로 최수민의 검에 맞아 검은 연기로 흩어져 사라져버렸다.

"젠장!"

죽은 걸 알고있었지만 이번엔 최수민과 대화까지 한 부모님이었다.

그런데 눈앞에서 마족에 의해 죽는 모습을 보자 원래 돌아가신 분이었지만 마족에 대한 분노가 차오르기 시작했다.

부모님이 다시 마족에 의해서 죽었지만 퀘스트가 완료되었다는 메시지는 생기지 않았다. 최수민이 어두컴컴한 공간에서 빠져나가는 일도 생기지 않았다.

'대체 이거 어떻게 해야 나갈 수 있는 거야?'

어두운 공간속에 갇혀 있던 최수민 앞에 다시 한번 최수민의 부모님의 모습이 생겨나기 시작했다.

처음 들어왔을 때와 정확히 똑같은 상황.

그리고 이번엔 하급 마족이 아니라 중급 마족이 처음부터 등장하기 시작했다.

중급 마족들을 하나씩 베어나갔지만 중급 마족 하나를 잡자 2마리가 튀어나와 한 마리를 상대하고 있는 사이에 나머지 한 마리가 최수민의 부모님을 다시 한번 죽음에 이르게 했다.

중급 마족들은 최수민의 부모님을 죽이자 최수민의 검을 피하지 않고 맞았고, 그대로 다시 연기처럼 사라져버렸다.

다시 어두운 공간에 혼자 남게된 최수민은 마족에 대한 증오가 더욱 커진 상태였다.

그 상황에서 다시 한번 똑같은 과정이 반복되었다. 최수민의 부모님이 다시 한번 나타나고, 중급 마족에 의해 죽는다. 그 과정이 끝나면 어두운 공간에 홀로 남게 된다.

그 과정은 계속 반복되었고, 그 것이 반복될 때마다 최수민의 머릿속에서 마족에 대한 증오가 점점 커져갔다.

◇

어느 밝은 한 공간.

태양이 아닌 인공적인 빛이 사방을 밝히고 있었다. 마치 거대한 회의실을 연상시키는 한 장소.

둥근 원탁을 중심으로 의자들이 나열되어있었지만 앉아 있는 사람은 아무도 없었다.

원탁의 중심에는 아무것도 없는 어둠속을 비추고 있는 무언가가 있었다.

유리 구슬처럼 생긴 수정구안에서는 어두운 공간이 비춰 지고 있었고 그 안에서 갑자기 남자와 여자가 나타났다.

그리고 그 여자와 남자는 마족에 의해서 반복적으로 계속 죽게되었다.

그 남자와 여자가 죽는 모습을 계속 보고 있는 한 사람은 최수민. 최수민이 겪고 있는 상황이 하얀방에 계속 보여지고 있었던 것이다.

"어떻게 저런 일을 계속 할 수가 있죠?"

그 하얀방에는 두 명의 아름다운 여자가 있었다. 레나와 엘.

최수민을 따라 들어간 길이었지만 두 여자는 새하얀 방에 도착했고 최수민은 홀로 어둠속에 갇혀버렸다.

두 여자도 처음엔 무슨 영문인지는 몰랐으나 원탁 가운데서 생생하게 보이는 최수민의 모습을 보며 경악하고 있었다.

"대체… 무슨 일이 일어나고 있는 거야?"

마족들이 계속 나타나고 마족들은 최수민의 부모님을 반복적으로 죽였다.

부모님이 죽을 때마다 최수민이 고통에 찬 목소리로

엄마, 아빠하며 소리쳤기 때문에 그 남녀가 최수민의 부모라는 것을 모를 수가 없었다.

"저는 더 이상 버틸수가 없네요. 최수민이 절 다시 여기로 부를 때까지 정령계로 돌아가있을게요."

최수민에게 소환된 엘이었기 때문에 최수민의 정신이 망가지자 론디움에서 더 버틸 수가 없었다. 엘의 형체가 점점 희미해지더니 이내 모습이 사라져버렸다.

"이 개자식들. 그만해!"

반복적으로 부모님의 죽음을 보고 있는 최수민의 목소리가 수정구밖으로 흘러나왔다. 이제 최수민의 목소리는 분노에 찬 목소리에서 절망에 빠진 목소리로 바뀌어버렸다.

"제기랄. 이걸 계속 보고만 있어야 하는 거야?"

그 모습을 보는 레나의 마음도 찢어지는 것 같았다. 처음 최수민의 부모님이 죽고 분노하는 모습을 보았을 땐 그녀도 같이 분노를 했었다.

최수민이 어디있는지도 알 수 없다. 최수민을 구하러 가고 싶었지만 레나에게도 전혀 방법이 없었다.

그러나 그 것이 몇 번이 반복될수록 분노는 점점 다른 감정으로 바뀌어갔다.

연민.

부모를 잃어본 적이 없는 레나였지만 반복되는 모습을 보자 부모를 잃는다는게 얼마나 슬픈 감정인지, 그리고 최수민의 심정이 어떨지 알 것 같았다.

마치 잘 만든 영화를 보고 주인공에게 감정이입을 하는 것처럼. 아니, 오히려 지금 상황은 실제 상황이었기 때문에 감정이입보다 더 한 상태로 다가왔다.

레나는 그런 최수민을 위해 하얀 방안에서 두리번두리번 거리며 방법을 찾기 시작했다.

너무나도 리얼한 최수민의 모습에 빠져있던 레나가 방법을 찾아보려고 했지만 아무런 방법을 찾을 수가 없었다.

너무나도 하얀방. 먼지 하나, 검은 잡티 하나 없는 방에서 레나의 움직임은 무의미했다.

"젠장! 할 수 있는 게 아무 것도 없다니!"

무기력한 자신의 모습에 화가난 레나가 자신도 모르게 책상을 세게 내리쳤다.

쾅!

레나의 힘을 견디지 못한 원탁은 그대로 산산조각이 나 버렸다. 그러자 원탁이 있던 자리에 무언가가 보였다.

'이건 뭐지?'

원탁의 잔해를 하나씩 하나씩 치우자 바닥에 희미하게 보이던 것이 모습을 나타내기 시작했다.

희미한 빛은 점점 강한 빛으로 바뀌어 갔고 레나의 눈에 보이는 것은 바로 마법진이었다.

마법진에 대해 신중했던 레나였지만 최수민을 구하기 위해 레나는 아무런 생각을 하지 않고 바로 마법진에 손을 올렸다.

그러자 손 끝에서 약간의 마나가 빠져나가는 것을 느낌과 동시에 기계가 말하는 듯한 목소리가 하얀방을 울렸다.

[랭크셔 제국 최후의 보루가 시작되었습니다.]

그 목소리와 함께 아무도 존재하지 않던 하얀방에 사람들의 형체가 생기기 시작했다.

진짜가 아니라 허상.

"랭크셔 제국은 멸망했습니다."

그리고 그 허상중 하나가 말을 하기 시작했다.

"그렇습니다. 마족들을 막지 못한 결과가 이런 것이라니. 우리가 왜 마족에게 멸망했는가에 대해서는 아직까지도 생각해볼 필요가 있는 것 같습니다."

수염이 덥수룩한 한 사내의 허상이 첫 허상의 말을 받았다. 사람의 형상은 하고 있었지만 완전하게 얼굴을 알아볼 수는 없었다.

단지 사람의 특징적인 부분만 나타나 있었는데 이 허상은 덥수룩한 수염으로 그의 특징을 나타내고 있는 듯 했다.

"생각이라고 해볼 필요가 있겠어요? 이게 다 랭크셔 제국의 분열이 일어났기 때문이죠. 마족들은 분열이 일어난 틈을 타 랭크셔 제국을 야금야금 멸망시켜나간 것이구요."

"아닙니다. 랭크셔제국의 분열이라기 보다는 마족과 싸울 수 있는 제대로 된 사람이 없었기 때문입니다."

허상들중 일부는 말싸움을 하기까지 했다. 레나는 그 모습을 바라만볼 수 밖에 없었다. 그들은 여기 존재하는 것이 아니다.

'과거의 모습이로군.'

마법 중에 과거의 모습을 동영상처럼 남겨놓는 마법이 있었다. 아마 지금 레나의 눈앞에 펼쳐지는 모습이 바로 그 모습이리라.

레나가 바라만 보고 있는 동안 허상들의 대화는 계속 이어졌다.

"과연 그렇게 강한 사람이 있었다고 하더라도 마족과 싸워주었을까요?"

"싸우긴 싸워줬겠죠. 물론 자신이 속해있는 집단이 위험하다는 전제하에서 겠지만요."

그 허상들의 말은 계속 이어졌다.

랭크셔 제국이 마족에 의해 멸망당했다. 그리고 그 이유를 분석하는 이들.

그 이유를 분석한 끝에 나온 결론은 하나.

마족을 상대할 수 있을만큼 강한 사람을 만들어야 한다.

그 이유로 만들어진 곳이 바로 델베르크였다. 델베르크는 마족들을 상대할 수 있는 힘을 테스트하고 보태주기 위한 곳.

최수민의 예상대로 델베르크 1층은 순수한 힘을 길러주기 위해. 2층은 민첩성을 테스트하고 기르는 곳.

마지막으로 3층은 마법을 사용하는 마족들과 상대할 수 있도록 마법을 사용하는 몬스터들을 인위적으로 만들어둔 것이었다.

"그런데 이렇게 힘을 다 줬는데 그 사람이 힘을 받은 후에 마족과 싸우는데 사용하지 않으면 어떻게 하죠?"

"그게 문제긴 합니다만…."

허상들은 계속 이야기를 하기 시작했다. 이제 주제는 힘을 주는 것에서 그 힘을 얻은 사람이 어떻게 마족과 싸우게 할 것인가.

"지금 단계에서 힘을 주는 것은 문제가 아닙니다. 저희가 이때까지 연구하던 것이 완료되었으니까요. 그 힘을 가진다면 마족을 쉽게 상대할 수 있겠죠. 하지만 그 힘을 주고 나서 그 사람을 통제할 수 있느냐 없느냐가 문제인거죠."

"마족을 충분히 상대할 수 있을만큼 강한 사람이 과연 저희 말을 들으려고 할까요? 어떻게든 마족과 싸우게 만들어야 할 텐데요."

허상들은 잠시 고민에 빠지는 듯 하더니 다시 이야기를 이어나갔다.

"어차피 남은 사람도 얼마 없는데 마족들과 싸우게 하는 것은 쉬운 일 아닙니까?"

한 허상의 말에 동의한다는 듯 다른 사람들도 고개를 끄덕였다. 덥수룩한 수염의 한 남자만 빼고.

"하지만 만약이라는게 있죠. 마족을 증오해서 마족을 보면 죽일 수 밖에 없도록 만들어야 합니다. 자다가 깨어나도 마족 생각, 밥을 먹다가도, 쉬다가도 마족을 보면 마족부터 공격하게 하는 그런 사람으로 만들어야겠죠."

"무슨 생각이라도 있는겁니까? '

모든 허상들이 수염난 남자를 쳐다보기 시작했다.

"그 사람의 머릿속에 마족에 대한 증오가 생기게끔 해야 겠죠. 그 사람이 가장 소중한 사람이 마족에 의해서 계속 죽는 모습을 보게 하는 겁니다. 정신이 파괴될지언정 마족 만큼은 잊지못하도록 말이죠."

"정신을 파괴한다는 말입니까? 그게 어떻게 사람이 할 수 있는 말입니까? 그건 사람이 아니라 마족을 상대하기 위해 만들어진 기계일 뿐입니다."

"인간이 아닌 존재로 하여금 마족을 상대하게 할 생각입니까?"

수염난 남자의 말에 모두가 거칠게 반응을 하기 시작했다.

"그 인간의 정신력에 달려있는 문제일 뿐입니다. 그리고 마족들만 죽이면 우리의 복수는 완성되는 것입니다. 그 사람이 누가될지는 모르겠지만 우리 랭크셔 제국의 모든 힘을 받는 것이니 억울하진 않을 것입니다."

그러나 수염난 남자의 말에 사람들이 공감하는 듯 고개를 끄덕이기 시작했다. 이제 그들은 인권을 따질때가 아니었다.

자신들의 제국인 랭크셔는 마족에게 완전히 멸망했고 남은 사람들도 이제 거의 없었다.

그나마 지금 살아있는 사람들도 마족에게 복수를 하기 위한 힘을 만들기 위해 있는 것.

그 열정이 아니었다면 이미 죽었을지도 모른다.

"그럼… 일은 어떻게 진행되는 겁니까?"

"일단 델베르크는 모두 완성하였으니 여기에 환상 마법진만 만들면됩니다. 그리고 마법진 안속에 들어간 사람이 완전히 마족을 상대하기 위한 기계가 되면 마법진이 해제가 되도록 하겠습니다."

그 모습을 마지막으로 레나앞에 존재하던 허상들이 모두 사라졌다.

"최수민… 이 불쌍한 녀석."

레나의 눈 한쪽에서 눈물이 흘러내렸다. 결과적으로 최수민의 정신을 완전히 붕괴시키면서까지 마족과 싸우게 만드려고 하는 놈들을 용서할 수 없었지만 대화의 내용으로 보아 이미 그 사람들은 죽었을 것이다.

"디스펠!"

바닥에 있는 마법진의 정체가 허상 마법진이라는 것을 알게 된 레나는 바닥에 몇 번이고 디스펠 마법을 사용했다.

랭크셔 제국의 마지막 사람들이 얼마나 노력을 해서 만들어 놓은 마법진이었는지 레나가 몇 번이나 디스펠 마법을 사용한 끝에 겨우 마법진을 해제할 수 있었다.

"허억. 허억. 이 개 같은 마족놈들 다 죽여버리겠다!"

마법진을 모두 파괴하자 최수민이 나타났다. 최수민은 아직까지 마법속에서 빠져나오지 못한 듯 욕을 하며 허공에 검을 휘두르고 있었다.

이제는 모든 정신을 잃어버린 듯 티어린 제국 초대 황제의 검술도 아니라 검을 단지 힘으로만 휘두르고 있었다.

후웅. 후웅.

환상마법진속에서 마족에게 검을 벌써 수백, 수천번을 휘둘렀지만 아직까지도 최수민의 검에서는 공기를 가르는 소리가 울려퍼졌다.

최수민의 옆에는 마족이 아니라 레나가 있었지만 최수민은 그것도 깨닫지 못한채 검을 휘두르고 있었다.

"슬립."

레나는 그런 최수민에게 슬립 마법을 걸어서 잠을 재웠다. 평소같았으면 높은 마법 저항력으로 슬립 마법으로 재울 수 없었을테지만 지금 최수민의 정신은 너무나 피폐해진 상태였다.

검을 땅바닥에 떨어뜨리며 스르륵하며 쓰러진 최수민.

'불쌍한 녀석.'

정신이 파괴된 것이라면 레나가 해줄 수 있는 것이 아무
것도 없다. 스스로 이겨내는 방법밖에.

레나는 순식간에 잠들어 버린 최수민을 품에 꼭 안아주
었다.

토닥토닥 손바닥으로 최수민의 등을 두들겨주고 길다란
손가락 사이로 최수민의 머리카락을 쓸어주며 그렇게 최수
민이 잠에서 깨어날 때까지 최수민을 꼭 끌어안아주고 있
었다.

◇

"레나?"

지옥같았던 시간을 보내고 정신을 차렸을 땐 최수민의
눈앞엔 부모님이 아닌 레나가 있었다.

숨이 막힐만큼 꼭 자신을 안고 있는 레나.

최수민이 깨어나자 레나는 최수민의 얼굴을 걱정스럽게
쳐다보며 말을 걸었다.

"괜찮아?"

"좋진 않네요."

괜찮다고 대답하려고 했다.

그러나 지옥같았던 고통을 겪은 후에 괜찮다는 말을 꺼
내기가 쉽진 않았다.

아직까지도 마족에 의해 부모님이 죽던 모습이 눈앞에

선했다. 당장이라도 지금 레나 곁에서 마족이 나타날 것 같아서 최수민은 긴장의 끈을 놓지 못했다.

"그래도 다행이야."

잔뜩 긴장한 최수민의 시선.

그래도 초점이 남아있는걸 보면 랭크셔 제국 최후의 사람들의 말대로 최수민의 정신까지는 파괴되지 않은 듯 했다.

아마 잡종드래곤이 아니라 평범한 인간이었다면 정신이 파괴되고 또 파괴되었어도 이상하지 않을 지경.

최수민의 눈을 바라보는 레나의 눈에서 다시 한번 눈물이 흘러내리려고 했다.

"어떻게 된 거죠? 왜 저 혼자서 이상한 곳으로 가서 마족에게…."

최수민은 아직까지 정신을 차리지 못했다.

"그게…."

레나는 그게 어떻게 된 것인지 알고 있었다. 그러나 그것을 최수민에게 설명을 해줄 자신이 없었다.

마족을 상대하기 위해 정신을 파괴하기 위한 장소였다고 말을 해주면 무엇이라고 대답할까?

"마족을 상대하기 위해 마지막으로 테스트를 하는 장소였어."

다른 말은 하지않았다. 때론 모르는게 약이라는 말도 필요하니까.

대신 레나는 최수민을 위로해주기만 했다. 앞으로 어떻게 대해줘야할지. 최수민의 상태를 알기에 평소처럼 대할 수가 없을 것 같았다.

"근데… 왠지 지금 몸에 힘이 넘치는 것 같아요."

정신이 무너졌기 때문인지, 환상마법진에서 수백, 수천번이 넘도록 검을 휘둘렀기 때문인지 평소보다 힘이 넘쳤다.

아직까지 잠에서 덜깬 것 같은 나른한 기분이 남아있긴 했지만 제대로 정신이 들면 산이라도 쪼갤 수 있을 것 같은 기분.

나쁘지 않은 기분이었다.

"그래? 다행이다. 그래도 몸 상태는 나쁘지 않은가봐."

레나의 목소리가 들려옴과 동시에 최수민의 눈앞에 메시지창이 생겼다.

[랭크셔 제국 최후의 힘을 얻었습니다.]

[버서커 : 마족을 얻었습니다.]

[랭크셔제국의 반지를 얻었습니다.]

[레벨이 올랐습니다.]

[레벨이 올랐습니다.]

[레벨이 올랐습니다.]

계속 오르는 레벨.

경험치의 양이 얼마나 컸는지 눈으로는 셀 수 없을만큼 많은 레벨이 올라가고 있었다.

'이게… 보상 인건가?'

한 번에 네가지를 얻었다.

좋아서 뛰어다녀도 모자랄 상황.

하지만 이 보상을 얻기 위해 너무나 고생을 했기에 오히려 감동이 적게 다가왔다.

고생 끝에 낙이 온다지만 이런 보상이라면 오히려 받지 않는 것만 못했다. 선택할 수만 있다면 다시는 델베르크에 들어오지 않을 것이다.

'그래도 일단 얻은거니 확인은 해봐야겠지?'

[랭크셔 제국 최후의 힘 : 마족에게 멸망당한 랭크셔 제국의 남은 사람들이 오랜 시간동안 노력하여 만들어낸 힘이다. 마족에 대한 깊은 원망과 분노로 랭크셔 제국에 남아 있는 힘을 모은 것으로 이 것을 가지게 될 사람은 평범한 사람과 비교할 수 없을 것이다.

모든 능력치 250% 상승, 마족을 상대할 때 추가로 모든 능력치, 공격력, 방어력 200% 상승. 마족을 해치울 시 마족의 능력치 중 5%를 가져오게 된다.]

[버서커 : 마족 : 마족에 대한 지독한 고통을 겪은 후 마족에 대한 증오가 극에 달했다. 마족을 상대하다가 이성을 잃게 될 시 공격력 + 300%, 마족에게 받는 데미지 + 300%.]

[랭크셔 제국의 반지]

재질 : 미상

등급 : 전설

능력 : 모든 능력치 + 500

마법 : 블링크 사용

황제의 수호기사 소환

데미지의 20%를 흡수 후 자신의 마나로 바꿈.

설명 : 랭크셔 제국 황제가 사용하던 반지. 황제의 위엄이 느껴지는 반지로 론디움 주민들에게 호감을 살 수 있다.

블링크는 1일 5회까지 사용 가능. 5미터 이내로 순간적인 이동을 할 수 있다.

황제의 수호 기사 : 황제를 수호하던 랭크셔 제국의 기사를 소환할 수 있다. 3일 1회 사용 가능. 황제를 수호하던 기사답게 실력은 의심할 여지가 없다.]

레나의 말을 증명이라도 하듯 최수민이 얻은 것 중에는 마족을 상대하기 위한 것들이 많았다. 마족을 상대하지 더라도 모든 능력치 상승은 매우 좋은 옵션이었다.

'황제의 수호 기사라… 소드 마스터 정도 되는 것인가?'

아직까지 사용은 해보지 않아서 모르지만 아마 데스 나이트정도는 될 것이라는 생각이 들었다.

[론디움에 있었던 최후의 제국 랭크셔에 대한 정보가 모든 사람들에게 공개되었습니다.]

[1분후에 잘부르크로 이동합니다.]

메시지 창이 사라지자 최수민과 레나는 빛에 둘러싸인채로 잘부르크로 이동하였다.

◇

"그러고보니 엘은 어디로 갔나요?"

"엘? 엘은 정령계로 가서 쉬고있는다고 했어."

두 사람은 폐허가 되어버린 잘부르크에 돌아와있었다. 아마 랭크셔 제국에 대해서 알려졌으니 앞으로 많은 사람들이 잘부르크에 오리라.

레나는 한참동안 말없이 최수민을 바라보기만 했다. 앞으로 어떻게 할 것인지는 최수민의 상태에 달려있었다.

최수민이 쉬자고 하면 쉴 것이고, 다시 바쁘게 몬스터 사냥을 가자고 하면 몬스터를 잡으러 갈 것이다.

"제가 그 곳에 오래있었나요?"

"아니. 그렇게 오래있지는 않았어."

오랜시간이 지난 것 같았지만 환상 마법진 안은 말 그대로 환상. 짧은 시간에 많은 것을 본 것이다.

"약속한 일주일까지는 이제 이틀정도 남았네요."

"그래? 그럼 그때까지 어떻게 하고 싶어?"

"잠시… 좀 쉬고 싶어요."

육체적으로는 오히려 예전보다 더 강해졌지만 아직 정신이 멀쩡해지지 않았다.

'이 상태론 다른 일을 해도 집중이 안 될 테니 남은 기간은 좀 쉬어야겠다.'

"그래. 그럼 가고싶은 곳으로 가자."

◇

"결국 어떻게 해야할지 정하지 못했군."

임동호의 입에서 긴 한숨이 흘러나왔다. 아직까지 악역을 맡아줄 사람을 정하지 못했기 때문이다.

드디어 최수민과 임동호가 약속했던 날. 임동호와 그의 파티원. 그리고 그들의 길드원들 중 중급마족과 싸울 수 있는 사람들이 모여있었다.

레벨만으로 판단하지 않고 파티사냥으로 손발이 잘 맞는 사람들만 모았는데도 지금 이 자리에는 150명이 넘는 사람들이 서있었다.

"그래도 랭크셔 제국의 최후가 알려졌으니 그 때보다는 상황이 좋은 것 같은데?"

이제는 임동호와 파티원들이 다른 사람들에게 긴 설명을 덧붙여 설득할 필요가 없었다. 마족에 의해 랭크셔 제국이 멸망했다는게 알려졌으니까.

NPC들이 그 사실에 대해서 떠들기 시작했고 모든 사람의 눈앞에 메시지창으로 나타나기도 했다.

"중요한 건 그 사실이 알려지고도 총군 연합을 지지하는 세력이 더 많다는 거지."

많은 세력들. 그들중 많은 사람들이 별로 강하지 않은 능력자들이었다. 마족과 상대할 능력이 없으니 어차피 그들과 마족은 별개였다.

6

누군가 마족을 잡아주겠지 하는 생각으로 단지 돈을 벌기에만 혈안인 그들.

단지 마족들이 모두 사라져서 돈을 벌 장소가 사라지기 전에 최대한 많은 돈을 긁어모으려는 듯 그 어느때보다 론디움에서 사냥열풍이 거세졌다.

"최수민빼고 다 모였다고하는데 한 마디하지?"

"그래."

많은 사람들이 모여있는 건물 안.

그 곳에서 임동호의 말이 시작되었다.

8장. 포니아

8장. 포니아

"다들 여기 모인 이유는 알고 있을겁니다. 이번 상대는 중급 마족들입니다."

중급마족.

그 단어가 어떤 의미인지, 어떤 무게를 가지고 있는지 모르는 사람은 이 자리에 한 명도 없었다.

그러나 중급 마족가 가지는 의미를 아는 사람들의 입에서 아무런 소란이 일어나지 않았다.

모두가 상대가 중급 마족이라는 것을 알고 각오를 하고 왔으니까.

어차피 마족과 싸워야 한다.

그것은 이미 잘 알려진 사실이었고 론디움내에서 애써

외면하는 사람들만 있을 뿐이다.

그렇다면 지금처럼 믿을만한 동료들과 함께 싸우는 것만큼 좋은 선택이 없었다.

"우리가 이번 싸움을 하는 이유는 하나. 론디움 운명의 날에 싸워야 할 마족을 지키고 있는 마족들을 처리해서 그 날 그 마족과 더 쉽게 싸우기 위함입니다."

아직까지 얼마나 강할지 모르는 아블.

오늘의 싸움은 그 정체불명의 마족과 싸울 때 있을지도 모르는 불확실성을 최대한 줄이기 위한 것이다.

"중급 마족은 모두 20마리. 쉽지 않은 상대이지만 우리 모두 힘을 합쳐싸운다면 중급 마족이 10마리든, 100마리든 이길 수 있을 것입니다."

그 말을 끝으로 임동호는 말을 줄였다.

어차피 많은 말은 필요없다. 왜 중급 마족들과 싸워야하는지만 상기시켜주면 이들이 전력을 다해 싸울 것이다.

짝짝짝.

임동호의 뒤에서 들려오는 박수 소리.

고개를 돌려 쳐다보자 그 곳에 최수민이 서있었다.

"좋은 각오네요. 마족들은 자비를 베풀지 말고 모두 죽여야합니다."

레나와 함께 휴식을 취하고 온 최수민이었지만 마족에 대한 증오는 씻어내지 못했다. 아마 론디움에 있는 모든 마족을 죽일 때까지는 멈추지 못할 것이다.

"왔군."

평소와 다르게 비장미까지 느껴지는 최수민의 얼굴.

지난 일주일간 무슨 일이 있었는지는 알 수 없지만 분위기가 많이 달라졌다.

임동호는 최수민의 얼굴을 한 번 쳐다보더니 지금까지 있었던 일에 대해 설명해주었다. 총군 연합원들이 던전을 통제하고 봉인된 지역을 들어가지 못하게 철저히 감시하고 있다는 것.

"간단하네요. 그 놈들을 무시하고 들어가면 됩니다."

지금은 자신이 넘쳤다. 혼자서 총군 연합원들을 상대할 수 있는 자신이.

게다가 최수민의 옆에는 레나가 있었다. 무엇보다 봉인된 지역안엔 죽여야할 마족이 존재하고 있다.

지금 다른 것은 몰라도 마족만은 죽여야했다. 그래야 지금 마음속에 쌓여있는 마족에 대한 증오를 조금이나마 삭힐 수 있을 것 같았다.

"아니. 일이 그렇게 간단하지 않아."

봉인된 지역에는 최수민만 들어갈 수 있다. 지금 론디움에 남아있는 봉인된 지역은 총 3개.

지금 중요한 것은 누가 봉인된 지역을 부수게 되었는지 알 수 없게 만드는 것이다.

봉인된 지역을 어떻게 부수는지 아는 사람은 최수민과 임동호의 파티를 비롯한 몇 사람밖에 없다.

만약 최수민이 봉인된 마법진을 부술 수 있다는 것이 알려지게 되면 모든 사람들의 시선을 받게 될 것이다.

물론 그로 인해 생길 수 있는 여러 가지 악영향도 있을 테고.

'악역은 필요하지만 최수민이 악역이 되면 안 된다.'

딜레마.

최수민의 실력이라면 아마 총군 연합원들의 방해를 뚫고 봉인된 마법진에 도착할 수 있을 것이다.

최수민이 그렇게 말했으니까.

그리고 봉인된 마법진을 파괴하는 것도 최수민만이 가능하다.

악역을 자처하기도 했고 그럴 능력이 있지만 최수민을 시킬 수가 없었다.

그것이 임동호의 머리를 더 아프게 만들었다.

'아무리 생각해도 내가 같이 가서 악역을 맡는 방법밖에 없겠군.'

그 생각을 하며 레나를 한 번 슬쩍쳐다보기도 했다.

하지만 레나는 자신의 일행이 아닌 최수민의 일행.

거기다가 마족과 싸울 것인지에 대한 것은 확실하지 않은 드래곤.

'중요한 일은 직접 해야겠지.'

임동호 본인이라면 던전 안에 상주하고 있는 총군 연합을 처리하고 충분히 최수민을 봉인된 마법진까지 데려다줄 수 있을 것이다.

그렇게 결정하자 아프던 머리가 다 나은 것 같았다. 임동호가 결정을 내린 후 파티원들에게 가서 이야기를 하자 모두의 표정이 심각하게 변했다.

그러나 그들의 생각도 임동호와 비슷했는지 더 이상 이야기를 길게 끌지 않았다. 더 이상 뾰족한 수가 없었으니까.

"출발하지."

최수민과 레나는 임동호를 따라 봉인된 마법진이 있는 던전 포니아로 이동했다.

◇

론디움에는 많은 던전들이 존재하고 있다.

최수민이 봉인된 마족을 죽인 던전에서는 마법진의 흔적을 찾을 수 없었다.

봉인된 마법진이 존재하는 던전은 총 3개.

그 중 하나가 포니아였다.

포니아를 가기 위해서는 엔젤레 지방을 지나야 했고, 그 엔젤레 지방부터 총군 연합 소속 사람들이 바글바글했다.

그 중심에 색볼펜 트리오가 나타났다.

이규혁이 아닌 임동호로 멤버가 바뀌었지만 레나와 최수민의 머리색깔 덕분에 사람들이 색볼펜 트리오를 떠올리는 것은 어렵지 않았다.

"포니아는 여기서 멀지 않아. 대신 포니아로 가는 길에 총군 연합 소속 능력자들이 아주 진을 치고 있다고 하더군."

포니아만 그런 것이 아니었다.

봉인된 마법진이 있는 곳으로 확인된 던전은 총 3개.

그 던전들은 24시간 감시체제하에 들어가서 총군 연합 소속 능력자들이 철저하게 지키고 있었다.

"아까도 말한 것처럼 마족을 상대하는 것을 막는 놈들에게 자비를 베풀 생각은 없습니다."

"아니. 그렇게 간단하게 생각할 문제가 아니야. 아직까지 봉인된 지역이 3개나 남아있잖아. 우리가 지금 해야할 것은 마치 첩보영화 주인공처럼 몰래 봉인된 마법진을 파괴하고 도망가는 거지."

최수민의 상태가 조금 위험해보였다.

목적을 달성하기 위해서라면 다른 능력자들을 모두 죽여서라도 마족을 상대할 기세.

그런 최수민을 아이 다루듯 영화까지 들먹이며 설명한 후 다시 한 번 설득해서야 겨우 최수민을 진정시킬 수 있었다.

"그래. 네가 상대해야 할 녀석은 마족이지 인간들이 아니야."

최수민의 상태에 대해 정확하게 알고있는 레나가 말을 꺼내었다.

랭크셔 제국 최후의 사람들은 마족을 상대하기 위한 기계가 되어도 상관없다고 했지만, 아무런 감정없이 마족을 상대하기 위해 수단과 방법을 가리지 않는 것을 원하진 않았다.

'여해를 대신해서 티어린에 가서 마왕과 싸워달라고 부탁하려고 했는데 이런 상태면 도움이 아니라 방해가 될지도 모르겠군.'

레나는 론디움에 온 목적을 잊지 않고 있었다.

두 사람이 최수민에게 다시 한 번 다른 사람들과 트러블을 일으키지 말 것을 강조한 후에야 포니아로 향한 발걸음을 뗄 수 있었다.

"근데 저 사람들은 어디로 가고 있는 걸까요?"

앤젤레에 있던 많은 사람들이 하나같이 같은 방향으로 뛰어가기 시작했다.

금광이라도 발견한 것처럼 바쁘게 뛰어가는 이들.

그런 사람들에게 말을 걸지 않고 조용하게 그들의 뒤를 따라 뛰어갔다.

"운이 좋군. 무슨 일인지는 몰라도 이렇게 소란스러운 상황이 만들어지다니. 덕분에 포니아까지는 편하게 갈 수 있겠어."

임동호의 생각보다 일이 편하게 풀려가고 있었다.

'안그래도 마을에서 포니아로 갈 때까지 어떻게 할지 고민이었는데 다행이다.'

◇

썩은 악취를 풍겨대는 좀비들이 득실득실거리고 있는 포니아.

이 곳에 존재하고 있는 좀비들은 인간같이 약한 존재의 몸을 사용하지 않고 있었다.

포니아에 있는 좀비형 몬스터들의 대부분이 3미터가 넘는 키를 가지고 있었고 거대한 놈들은 5미터를 넘는 녀석들도 있었다.

그런 녀석들이 머무는 포니아이기 때문에 던전의 규모는 다른 던전들과 비교할 수 없을 정도로 거대했다.

그 녀석들이 작아보일만큼 높은 천장.

녀석들이 무기를 휘둘러도 아무런 지장이 없을 만큼 거대한 너비를 가진 포니아.

몬스터들을 배려하기 위해 거대한 장소로 만들어졌지만 그것은 오히려 능력자들에게 이점으로 다가왔다.

넓은 공간인 만큼 능력자들은 자신들이 원하는 포지션을 만들어 좀비들을 상대할 수 있었다.

게다가 평범한 던전의 문제점은 좁다는 것.

그것 때문에 많은 사람들이 들어오지 못했고 그만큼 적은 숫자의 사람들이 몬스터들과 싸워야했다.

포니아는 그런 단점들이 없기 때문에 인기가 많은 사냥터였고 지금은 총군 연합의 통제하에 있었다.

"젠장. 사람들이 너무 많잖아. 여기가 던전인지 시장통인지 모르겠네."

"괜히 통제한다는 명목으로 사람들이 많이 모이니 어중이 떠중이들도 한 번 사냥이나 해보겠다는 생각으로 많이 와서 어쩔수 없지."

총군 연합 소속인 저스틴은 봉인된 마법진이 생기기전부터 포니아에서 사냥을 해왔었다.

적당히 느린 좀비류 몬스터들은 레벨에 비해 비교적 상대하기 쉬운편에 속했다.

"진짜 몬스터를 구경하기가 힘드네. 사냥터를 옮겨야 하나."

저스틴은 양손에 들고 있는 검을 붕붕 휘둘렀다. 몬스터들의 피를 묻히고 다녀야할 검에는 먼지만 앉아있었다.

주변에 몬스터가 나타나면 근처에서 자리를 잡고 사냥하고 있는 총군 연합 소속 파티원들이 몬스터를 잡아가니 저스틴 일행도 자리를 잡고 사냥하는 수 밖에 없었다.

"그러고 싶지만 지금 연합에서 포니아를 지키라고 배정해준 시간동안은 자리를 옮길 수 없다는 걸 잘 알고 있잖아. 어쩔 수 없지. 론디움이 사라지면 우리가 돈 벌 구석이 없어지는데."

"그래. 론디움은 우리 손으로 지켜야지. 마족이야 때가 되면 다른 사람들이 처리하겠지. 우리는 그 전에 돈이나 왕창 벌어놓으면 돼."

어차피 마족들을 상대할 자신이 없다.

그럴 땐 강건너 불구경이나 하는게 최고지. 하는 생각으로 저스틴과 그의 파티원들은 주변에 몬스터가 생기는 것을 기다리고 있었다.

"드디어 한 마리 나왔다!"

던전에서 사냥이 아니라 수다를 떨러온게 아닐까 하는 생각이 들때쯤 저스틴 파티의 주변에 몬스터 2마리가 생성되었다.

"체인 좀비랑 좀비 타이거라. 조금 바쁘겠는데?"

4미터가 넘는 거대한 체구.

썩어 문드러진 피부를 거대한 쇠사슬로 감싸고 있는 녀석이 저스틴을 향해 쇠사슬을 던졌다.

그리고 동시에 도약하는 좀비 타이거.

좀비들은 특성상 매우 느린 움직임을 보여주지만 쇠사슬을 무기로 쓰는 체인 좀비와 매우 빠른 움직임의 좀비 타이거는 포니아에서도 까다로운 상대였다.

저스틴이 날아오는 쇠사슬을 한쪽 검으로 쳐내며 체인 좀비를 향해 달려갔고.

크르릉!

거대한 포효와 함께 달려오는 좀비 타이거의 공격은 저스틴 옆에서 길다란 창을 들고 있던 여자가 막아냈다.

빠른 움직임을 보여주는 체인 좀비와 좀비 타이거였지만 포니아에서 사냥이 하루 이틀이 아니라는 것을 증명하듯 저스틴의 파티는 금방 싸움을 마무리 지을 수 있었다.

"옛날이 좋았어. 그 땐 진짜 쉬고 싶다고 생각했는데 이렇게 오래 쉬기만 할 줄이야."

오랜만에 검을 휘두르긴 했지만 다시 한번 몬스터들을 잡기 위해선 또 다시 오랜 시간을 기다려야만 했다.

"으아아악!"

"도와주세요!"

"살려주세요!"

양 손에 들고 있던 검을 검집에 넣으려고 하던 저스틴의 귀에 비명소리가 들려왔다.

한 사람이 지르는게 아니라 여러 명이 지르는 비명소리가 거대한 포니아안에 울려퍼졌다.

"들었어?"

"들었지. 무슨 일이 생긴 것 같은데 가볼까?"

살려달라는 소리를 들었으니 가보는 것이 인지상정. 하지만 지금 자리를 떠나면 다시 자리를 잡기 위해 얼마나 포니아를 또 돌아다녀야할지 모른다.

"그래. 가보자. 몬스터가 몰려서 소리를 지른 걸지도 몰라."

저스틴과 일행들은 사냥하던 자리를 포기하고 소리가 들린 곳으로 걸어가기 시작했다.

"저 놈들은 여기 진짜 사냥을 하러 온건지. 그런 소리가 들렸는데도 움직이질 않네."

그 와중에도 사냥에 집중하고 있는 사람들.

혀를 차며 걸어가는 동안 비명소리가 조금씩 작아지길 시작했다.

처음엔 포니아가 떠나가라 지르던 비명이 점점 작아지기 시작하더니 이제는 몬스터들과 싸우는 사람들의 소리밖에 들리지 않았다.

"에이. 우리도 저 사람들처럼 그냥 자리나 지키고 있을 걸. 괜히 오지랖을 부렸다가 자리만…."

푸욱!

아쉬움을 뒤로한채 돌아서던 여자는 말을 이어가지 못했다. 대신 목에서 피를 흘리며 입에서는 공기가 빠져나오는 소리만 흘러나왔다.

"레블린! 어떤 놈이냐!"

저스틴이 고개를 돌려서 뒤를 돌아보자 그 곳에는 수십명의 빨간 눈을 한 사람들이 보였다.

서걱!

대답 대신 날아온 한 줄기 빛.

그 빛이 저스틴이 살아서 본 마지막 빛이었다.

"빨리 움직여. 시간이 없다."

빨간 눈을 가진 사람들중 한 사람의 말을 시작으로 그들은 하나씩 흩어지기 시작했다.

"살려줘!"

"으아악!"

그리고 그들이 흩어진 이후 포니아에서는 비명소리가 끊이지 않았다.

◇

나무 하나 없는 넓은 평원.

수많은 사람들이 그 평원을 달리고 있었다.

각자의 무기를 들고 긴장된 표정으로 달려가는 이들.

그들의 눈에는 긴장감이 가득 고조되어 있었다.

"포니아까진 금방 갈 것 같은데. 이정도의 사람들이 갈 정도라면 작은 일이 아니라 아주 큰 일이 일어났겠군."

임동호와 최수민, 레나 앞으로 많은 사람들이 달려가고 있었다.

달려가면서 한 마디 말도 나누지 않을 정도로 긴박한 상황.

임동호와 최수민의 목소리만이 가끔씩 평원에서 흘러나왔고 세 사람은 곧 포니아에 도착할 수 있었다.

"저기가 입구다."

유난히 거대한 입구.

2명에서 3명정도가 들어갈 수 있을 법한 다른 던전의 입구와 달리 10명이 동시에 들어가도 괜찮을정도로 거대했다.

그 입구에 총군 연합 사람들이 물밀 듯이 밀려들어가기 시작했다.

마치 통근시간 지하철을 타려고 하는 사람들의 모습.

그 모습을 최수민과 일행들은 지켜만 보고 있었다.

"던전 입구를 지키는 사람도 남기지 않고 다 들어가는군."

임동호가 보고받은바로는 총군 연합원들이 던전 입구도 철저하게 지키고 있다고 했다.

"그럼 우린 언제 들어가죠?"

몸이 근질근질했다.

눈앞에 마족이 있는 곳이 있는데 마냥 기다리고 있을수가 없었다.

덥석.

참지 못하고 튀어나가려는 최수민.

레나가 최수민의 팔을 움켜쥐었다.

"기다려. 다 너를 위한 거라고 하잖아."

임동호의 말을 말없이 듣기만 했지만 그것이 최수민을 위한 것이라는 것을 레나도 잘 알고 있었다.

"아. 죄송합니다."

레나가 눈을 맞추며 고개를 양 옆으로 돌리자 최수민은 다시 이성을 찾았다.

'왜 그러지? 나도 모르게 갑자기 몸이 튀어나가려고 했다.'

분명 의식의 끈이 아주 잠깐 끊어진 듯한 느낌.

그 짧은 시간에 최수민의 오른쪽 다리가 앞으로 나가있었다.

"괜찮아? 무슨 일 있는 건 아니지?"

최수민의 상태가 걱정된 임동호가 물어왔다.

지금 가장 중요한 역할을 해야할 최수민.

그런 최수민을 통제하는 것도 임동호의 역할이었다.

"네. 괜찮아요. 저희는 언제까지 여기서 지켜만 보고 있는거죠?"

"저기 있는 녀석들이 모두 들어갈 때까지. 그리고 모두가 다 들어간 이후에 시간을 두고 기다리다가 내가 먼저 들어가서 상황을 살피고 온 다음에 들어오면 돼."

최수민과 일행들은 포니아 안으로 사람들이 모두 들어갈 때까지 멀리서 그 모습을 지켜보기만 했다.

족히 200명은 되어보이던 사람들이 모두가 들어간 후 5분의 시간이 흘렀다.

"이제 가봐도 될 것 같은데요?"

"그래. 일단 여기에 있어봐. 내가 먼저 들어가보고 올테니까."

임동호는 포니아의 입구를 향해 걸음을 옮겼다. 혹시 주위에 누가 보고 있지는 않을까 철저히 경계를 하면서.

임동호가 포니아에 들어갈 때까지 다른 사람들은 나타나지 않았고 최수민과 레나만 포니아 입구 근처에 남겨졌다.

"진짜 괜찮은거 맞아? 힘들면 말해. 어차피 너희가 하려고 하는 건 봉인된 마법진을 파괴하는 거잖아. 나 혼자 가도 되니까."

이제 레나도 론디움에서 꽤 오랜시간을 보내어 드래곤 하트에 마나가 어느정도 차오른 상태였다.

지금 상태라면 중급 마족도 혼자서 충분히 상대할 수 있을 것이다.

"아니에요. 마족은 제 손으로 잡을 겁니다. 제 손으로 마족을 죽이지 않고는 이 상태가 해결되지 않을 거에요."

최수민도 자신의 상태에 대해 어렴풋이 알고 있었다. 환상마법진에서 나온 이후로 마족에 대한 분노가 극에 달했다.

심지어 오늘까지 매일 밤 꿈속에서도 마족과 싸울 정도였으니 지금 최수민에게 마족은 떼어낼 수 없는 상대였다.

"최수민!"

레나와 짧은 대화를 나누는 사이 임동호가 던전 입구에 나타났다.

"이제 들어가도 되나요?"

지금까지중에 가장 밝은 모습을 보이는 최수민.

마족과 싸울 생각에 손이 근질근질했다.

'그 고통을 겪고 나서 얻은 힘이 어느정도인지 한 번 시험해볼 좋은 기회다.'

물론 봉인되어 있는 중급 마족을 상대로 황제의 수호기사까지 소환해볼 생각은 없지만.

'1회용일지도 모르니까.'

236

1회용이라면 괜히 한 번 사용했다가 소중한 기회를 날릴지 모른다.

힘은 아껴둘수록 좋은 법.

"들어와도 되긴하는데. 안에 상황이 좀 그래. 총군 연합 놈들의 시체와 몬스터들말고는 보이는게 없거든."

알 수 없는 현상이 일어나고 있는 포니아였지만 마족들과 싸우기 위해 기다리고 있는 사람들이 있으니 더 시간을 주체할 수 없었다.

'봉인된 지역을 부수는데 시간이 얼마나 걸릴지도 모르니까.'

임동호는 최수민과 레나를 데리고 포니아의 입구를 통과했다.

"무슨 일이 있었긴 있었나보네요."

포니아에 들어간 최수민과 일행들을 반겨주는 것은 사람들이 아니라 거대한 좀비류 몬스터들이었다.

좀비 오우거, 좀비 타이거, 좀비 울프 등.

거대한 던전이 좁아 보일만큼 많은 녀석들이 악취를 풍기며 최수민과 일행들을 향해 달려왔다.

"더러운 놈들이 사는 곳이네."

레나는 풍겨오는 악취에 양쪽 코를 한손으로 막아버렸다.

좀비 몬스터들의 몸에서도 악취가 흘러나왔지만 총군 연합원들의 시체를 뜯어 먹고 있었기에 그 시체에서도 이상한 냄새가 풍겨졌다.

"덩치에 비해 그렇게 강하지 않은 녀석들이니까. 빨리 돌파하자."

700레벨 후반대에 다다른 임동호에게는 지금 달려오고 있는 녀석들은 동네에 돌아다니는 강아지같은 존재였다.

임동호는 거대한 검을 뽑아들어 제일 앞에서 달려오는 좀비 타이거의 몸을 그대로 양단해버렸다.

최수민도 자신에게 달려오는 좀비 오우거의 두 다리를

서걱!

잘라냈다.

일반적인 몬스터보다 조금 더 피부가 단단한 느낌.

그렇지만 마나가 서려있는 최수민의 검이 베어내지 못할 정도는 아니었다.

'저 녀석들의 피같은 걸 빨아먹으면 무슨 능력을 또 얻을 수 있는 건가?'

악취라던가. 단단한 피부라던가. 그런걸 얻을 수 있을지도 모르지만 좀비에게서 풍겨오는 악취 때문에 전혀 도전해볼 생각이 들지 않았다.

"빨리와."

임동호는 레벨에 맞게 엄청난 사냥속도를 보여주었다.

절제된 움직임.

그 움직임에서 나오는 엄청난 파괴력.

거대한 검이 마치 짧은 막대기라도 되는양 휘두르는 임동호의 모습은 광전사가 따로 없었다.

'말하는 모습만 보면 신산데, 임동호의 진짜 모습은 저 건가?'

거침 없는 임동호와 최수민의 속도.

그 속도를 앞세운채 세 사람은 마법진을 향해 달려갔다.

"봉인된 마법진을 쉽게 찾는 방법은 있나?"

"있긴 있는데….."

문제는 던전이 너무 크다는 것.

마나탐지를 집중해서 하다보면 마법진이 있는 곳이 어딘 지 알 수 있다.

하지만 던전이 커도 너무 컸다. 지금 믿을 수 있는건 느 낌뿐.

적당히 가까이 가면 그 곳에 끌리게 될 것이고 그 느낌을 따라가면 봉인된 마법진에 금방 도달할 수 있다.

"생각보다 던전이 너무 커서 오래 걸리겠는데요?"

"그런 상황까지는 예상하지 못했군."

단지 임동호의 머릿속에는 총군 연합에 대한 걱정밖에 없었다.

'그래도 총군 연합 놈들을 상대해야 하는 것 보다는 상 황이 좋군.'

능력자들이 죽어도 다시 살아날 수 있다는 것을 알고 있 는 임동호지만 사람을 죽인다는 것은 쉬운 일이 아니다.

'차라리 몬스터를 천마리, 만마리 잡는게 더 마음 편하지.'

"여기도 사람들의 시체가 있네. 몬스터한테 당한 것 같 지는 않은데."

레나가 사람들의 몸에 있는 상처들을 보며 말했다.

날카롭게 베인듯한 흔적들.

"맞아요. 여기 좀비류 몬스터에 당해서 죽은거라면 그렇 게 깔끔한 상처가 아니라 상처주변이 부패했을거에요."

임동호는 오래전 기억이지만 포니아에서 몬스터에게 당 했던 사람들을 떠올렸다.

상처가 생김과 동시에 피부가 썩어가는 공격.

그런 공격을 해오는 녀석들이기 때문에 포니아에서 사냥 을 하기 위해서는 회복 능력이 뛰어난 마법사나 사제가 필 수였다.

"두 가지 경우가 있겠군. 하나는 총군 연합 사이에서 내 부 분열이 일어났거나, 또 다른 하나는 우리말고 다른 세력 이 봉인된 마법진을 해결해낼 방법을 찾아서 총군 연합 녀 석들을 죽이면서 해결하려고 했거나."

"다른 세력이 봉인된 마법진을 해결한다구요?"

임동호의 말에 대답하는 순간 최수민의 머릿속을 스쳐가 는 생각.

자유 길드.

분명 자유 길드녀석들이 넬의 봉인을 풀었던 일이 있었 다. 어떻게 된 일인지 넬이 던전을 빠져나오진 못하고 던전 안에 계속 머무르고 있었지만.

만약 자유 길드라면 지금도 충분히 가능하다.

그 생각을 하고 있자 최수민의 얼굴 표정이 조금씩 굳어가기 시작했다.

"왜 그래? 혹시 뭔가 아는게 더 있어?"

"예전에 이런 일이 한 번 있었어요. 자유 길드 녀석들이 봉인된 마법진의 봉인을 풀었던 적이."

"자유 길드가? 자유 길드가 그런 일을 할 수 있을 줄이야. 그럼 이 상황도 이해가 되네. 자유 길드랑 총군 연합의 사이가 안 좋은건 잘 알려져 있으니까."

자유 길드의 생각은 알 수 없다.

왜 마족의 봉인을 풀려고 하는 것인지.

그게 아니라 단지 총군 연합의 힘을 줄여놓기 위함일지도 모른다.

'그래도 이번엔 자유 길드 놈들이 봉인을 풀지 못했다.'

넬의 봉인이 풀렸을 때에는 던전에 들어가자마자 봉인이 풀려있다는 메시지창이 생겼었다.

하지만 아직까지는 그 메시지창이 생기지 않았다.

'그렇다면 봉인된 마법진으로 가면 자유 길드 놈들도 잡을 수 있고 마족도 잡을 수 있겠군.'

한 번에 두 마리 토끼잡기.

힘든 일이라는 것을 알고는 있지만 지금은 왠지 해낼 수 있을 것 같았다.

"지금은 조금 신난 것 같다?"

두 마리 토끼에 대한 생각때문인지 미소가 번져갔고 레나는 그런 최수민의 미소를 놓치지 않았다.

"적어도 마족이나 자유 길드중 하나는 오늘 잡을 수 있으니까요."

가벼워진 발걸음.

걸어가는 동안 만나는 좀비류 몬스터는 단지 몸풀기에 불과했다.

"오른쪽이요."

"이제 그 느낌이라는 게 온 거야?"

"네. 가깝진 않은 것 같은데 방향 정도는 알 것 같아요."

랭크셔 제국의 최후의 힘을 받아서인지, 여해의 기운이 몸 속에 더 많이 쌓였기 때문인지 아주 멀리서 느껴지는 봉인된 마법진의 위치도 알 수 있었다.

"확실히 이 길이 맞는 것 같네."

지금 가고 있는 길에 유난히 사람들의 시체가 많이 쌓여있었다.

봉인된 마법진을 지키기 위해 근처에는 더 많은 사람들을 배치해두었던 모양.

그러나 지금은 싸늘한 시체로 변해있을 뿐이다.

"이렇게 많은 사람들이 지키고 있었는데 혼자서 처리할 수 있었을 것 같아요?"

어림잡아도 수백 명.

아무리 임동호가 강하다고 해도 혼자서 상대할 수 있을

정도가 아니었다.

"놈들의 숫자를 내가 너무 과소평가했군. 이 정도면 나라고 했어도 아마 힘들었을거야."

한 번에 수백명과 싸우는 것이 아니기 때문에 승산은 있지만 만약이라는 것이 있으니까.

"몰랐는데 허세가 좀 있으시네요."

"허세라니? 난 철저한 계산 끝에 움직이는 사람이라고."

레나는 두 사람의 대화를 들으며 웃기만 했다.

"이제 거의 다 온 것 같아요."

멀지 않은 곳에서 느껴지는 기운.

그리고 정말 몇 걸음 더 걸어가자 봉인된 마법진이 보였다.

"너희들의 예상이랑 다르게 아무도 없네."

레나의 말대로 그곳엔 아무도 없었다.

자유길드원은 보이지 않았고

총군 연합원들은 시체만 남겨놓은 상태였다.

'자유 길드원들은 마법진 안으로 들어간 건가?

그 가능성도 배제할 수 없었다.

처음있는 일이 아니니까.

"그럼 저와 레나가 들어가볼테니 길드장님은 돌아가보세요."

"이런. 나는 거기 들어가볼 수 없는 건가?"

"아마 그럴거에요. 한 번 시도해보셔도 괜찮아요."

임동호는 최수민이 시키는대로 마법진 위에 발을 올려보았다. 그래도 아무런 일이 일어나지 않자 손으로 만져보기도 했고 마법진 위를 걸어다니기도 했다.

"제길. 정말 안되는군."

"그러니까 돌아가서 중급 마족들이랑 싸울 준비를 하고 있으세요. 여긴 저와 레나가 해결할 테니까요."

한 마디 말을 하고는 레나와 최수민은 봉인된 마법진 안으로 들어가버렸다.

"젠장. 난 헛걸음했구만."

돌아가기위해 발걸음을 돌리는 순간.

"임동호?"

익숙한 목소리가 귀에 들려왔다.

"김진수?"

그 곳엔 김진수를 비롯한 자유길드원 수십 명이 서있었다.

◇

여느때와 똑같은 메시지창.

봉인된 지역에 들어오자마자 눈앞을 가리는 메시지창들을 빠르게 정리했다.

티어린 황제의 기운 덕분에 강해지고 마족이 약해진다는 내용들.

'아무도 없네?'

레나와 둘이서 마법진에 들어올 때, 자유 길드원들이 마법진안에 들어오지 않았을까 하는 생각을 했었다.

그러나 최수민의 예상과 달리 최수민의 옆에는 레나 혼자 서있었다.

"왜 그래?"

"아니에요. 혹시 자유 길드원들이 들어오지 않았을까 생각을 했는데 아무도 없어서요."

"그래? 오늘만 날이 아니니까. 그 녀석들에게도 복수할 수 있는 시간이 오겠지."

레나의 말이 맞다.

지금은 눈앞에 봉인이 풀려날 마족에게 집중을 해야할 때.

포니아의 거대한 크기답게 봉인된 지역도 어마어마하게 거대했다.

평범한 봉인된 마법진보다 몇 배는 거대한 크기.

그 곳에는 거대한 마족이 봉인되어 있었다.

"이 놈은 마족보다는 마수같은데 중급 마족인가보네요."

거대했던 넬보다 더 거대한 녀석.

얼굴은 소처럼 생겼고, 몸은 트롤이나 오우거만큼 거대했다.

평범한 소와는 다르게 두 발로 몸을 지탱시키며 땅 위에 서있었으며 양 손에는 엄청나게 거대한 도끼를 쥐고있었다.

"마수중에도 마나를 사용할 수 있고 엄청나게 강한 놈이 가끔씩 튀어나와. 이런놈처럼. 아마 이 놈도 마수였을텐데 점점 강해져서 하급 마족부터 시작해서 중급 마족까지 올라온 놈일 거야."

한 마디로 개천에서 용이 나온 것.

그 만큼 엄청나게 강하다는 말을 덧붙이는 것도 잊지 않았다.

마족들과 다르게 기본적인 육체능력이 좋은데다가 암흑 마나까지 사용할 수 있으니 당연한 이야기였다.

[봉인된 중급 마족 캐런의 봉인이 풀리고 있습니다.]

[넬의 의지가 발동합니다.]

점점 부숴지기 시작하는 캐런의 몸을 둘러싸고 있는 단단한 돌.

최수민은 그 돌이 완전히 부숴질때까지 기다려주지 않았다.

서있던 자리를 박차고 뛰어나간 최수민은 캐런의 다리를 타고 캐런의 몸을 올라가기 시작했다.

캐런의 다리를 따라 허리까지 올라간 최수민은 부숴지고 있는 봉인된 돌의 틈새를 잡고 캐런의 어깨까지 올라갔다.

휘이익.

크게 휘두른 검이 캐런의 목을 내려쳤지만 봉인이 덜 풀린 목 부분에 큰 상처를 주지 못했다.

"거기 계속 매달려 있을 거야?"

레나가 마법을 사용할 준비를 마친채 최수민을 쳐다보았다. 레나가 사용하는 마법은 기본적으로 불 계열 마법.

최수민이 계속 매달려 있으면 최수민에게 피해를 줄 수도 있었다.

"일단 저 혼자 상대해볼 테니 옆에서 구경하고 있으세요."

랭크서 제국 최후의 힘을 얻은 지금은 얼마나 강해졌는지 한 번 시험해볼 필요가 있었다.

푸욱!

다시 한번 검을 박아 넣는 최수민.

그제서야 캐런의 봉인이 완전히 풀렸다.

"인간. 그 더러운 발을 어디에 올리고 있는 거냐?"

몸 속에 거대한 동굴을 지니고 있는 듯한 저음.

캐런은 그 목소리와 함께 뒤로 손을 뻗어 최수민을 잡으려고 했다.

서걱.

캐런의 손가락이 자신을 향해 다가오자 최수민은 바로 검을 휘둘러서 캐런의 손가락을 뿌리쳤고.

푸욱!

다시 한번 캐런의 목덜미에 검을 박아넣었다.

"크르르르."

캐런이 괴성을 지르기 시작하더니.

빠직빠직!

바실리스크처럼 몸에서 전기를 뿜어내기 시작했다.

작은 먹구름이 최수민을 따라다니며 전기를 뿜어내는 것처럼 내리치는 작은 번개들.

퍼엉!

그것을 하나 맞는 순간 몸이 감전된듯한 느낌이 들며 몸을 움직일 수가 없었다.

'젠장. 까다로운 놈이군.'

잠시 몸이 굳어있는 동안 캐런은 최수민을 오른손으로 낚아채어 벽으로 던져버렸다.

"최수민!"

그 모습을 본 레나가 마법을 사용하려고 했다. 레나의 양손에 거대한 불꽃이 맺힐때쯤.

"제가 혼자서 상대할 테니 걱정하지 마세요."

최수민이 자리에서 일어나자마자 캐런을 향해 쏜살같이 튀어나갔다.

쿠웅!

캐런은 달려오는 최수민을 보더니 들고 있던 거대한 도끼의 자루로 땅을 크게 내리쳤다.

지진이 일어난 듯 땅바닥에 균열이 생기기 시작하더니 거대한 파편들이 하늘로 솟구쳤다.

'시야를 가리려고 하는 건가?'

거대한 돌덩어리가 최수민의 시야를 가렸다.

'이런 것 쯤이야.'

나뭇가지에도 마나만 주입하면 날카로운 검처럼 쓸 수 있는 단계에 있는 최수민이다.

거대한 돌덩어리도 마나를 주입한 검을 휘두르면 두부조각처럼 잘린다.

서걱.

거대한 돌 덩어리를 반으로 가르자 캐런의 도끼가 최수민의 몸통을 노리고 날아왔다.

까앙!

충분히 피할 수 만한 속도였다.

하지만 이번에 얻은 힘이 어느정도인지 시험해보고 싶었다.

그래서 검을 휘둘러 캐런의 도끼를 그대로 막아냈다.

'저 정도 덩치에서 나오는 힘도 막아낼만 하군.'

도끼의 자루부분으로 땅을 찍어서 박살내어 버리는 녀석이다.

그런 녀석의 공격을 막아냈으니 힘이 얼마나 늘어났는지 충분히 알 수 있었다.

'물론 봉인된 지역이라 녀석이 약해지고 내가 티어린 황제의 기운 때문에 강해진 것도 있지만.'

쿠웅!

캐런과 비슷한 힘을 가지고 있다는 것은 최수민의 착각이었다.

캐런이 양 팔에 힘을 주기 시작하자 최수민의 다리가

바닥에 박히기 시작했다. 그 장소는 바로 캐런이 도끼자루로 바닥을 부숴놓은 곳.

균일하지 못한 땅바닥이었기에 최수민의 몸이 균형을 잃고 잠시 휘청거렸다.

'이 자식 처음부터 이걸 노린 거였나?'

캐런은 그 휘청거림을 놓치지 않고 오른쪽 발로 최수민을 강하게 걷어찼다.

레나는 그 모습을 보고도 최수민의 말대로 가만히 서있기만 했다.

아직까지 많은 공격을 나누진 않았지만 캐런은 최수민이 충분히 이길 수 있는 상대였다.

실력은 최수민이 우위.

단지 캐런이 조금 더 싸우는 방법을 잘 알고 있을뿐이었다. 바닥을 부숴서 시야를 가린 후 자신이 만들어놓은 전장에 초대를 하는 것같은 행동들.

'마수출신이 어떻게 중급 마족이 되었나 했더니 엄청나게 많은 전투 경험이 있나보군.'

말하자면 전투의 베테랑.

베테랑이라고 해도 잔재주들이 많기 때문에 까다로운 상대일뿐 실력차이가 워낙 커서 크게 위험하지는 않을 것이다.

'애초에 처음 도끼 공격도 충분히 피할 수 있었는데 피하지 않은 거니까.'

평소에 알고 있던 최수민이었다면 캐런의 느려터진 도끼 공격에 맞을 리가 없었다.

레나의 생각을 증명이라도 하듯 최수민은 아무런 타격도 입지 않은 것처럼 다시 일어났다.

"마족 주제에 꽤 치사하게 싸우는구나."

캐런은 분명 넬과 같은 무투파.

매너가 좋았던 넬과 다르게 캐런은 정말 승리하기 위한 싸움을 하고 있었다.

"이기는 자가 강한 법이다. 인간치곤 맷집이 좋군."

분명 꽤 강한 타격감이 있었다. 그러나 눈앞에 있는 인간은 아무렇지도 않다는 듯이 일어났다.

더 이상의 대화는 이어지지 않았다. 캐런의 말이 끝나자마자 최수민이 캐런을 향해 달려갔다.

그러자 캐런도 달려오고 있는 최수민을 향해 도끼를 크게 휘둘렀다.

휘이익.

하지만 이번엔 최수민이 도끼를 여유롭게 피해냈고

'빠르진 않군.'

캐런의 다리를 향해 검을 휘두르려는 순간 다시 한번 캐런의 몸 주변에 번개가 내리치기 시작했다.

그리고 이어지는 스턴 효과.

그 짧은 시간에 캐런이 최수민을 향해 거대한 도끼를 휘둘렀다.

서걱.

그러나 공격을 당한 것은 최수민이 아니라 캐런.

캐런의 오른쪽 다리에 길다란 자상이 생겼다.

"아니. 어떻게 움직일 수 있는 거지?"

캐런은 공격을 당한 다리의 아픔보다 자신의 번개에 맞고도 움직일 수 있는 최수민에 대한 놀라움이 더 컸다.

"똑같은 공격에 당할 것 같아? 아까 전 그 공격처럼 신선한 공격은 또 없나?"

바실리스크한테 좀 당해서 해결방법을 잘 알거든. 아주 독한 놈이었지.

"물론 있지."

씨익 웃으면서 대답하는 캐런. 어차피 다른 기술이 없어도 있다고 말하는 순간 그 기술에 대해 생각하느라 싸움에 집중할 수가 없다.

웃음을 지우지 못하며 도끼를 다시 한 번 휘두르는 캐런.

그 순간 최수민이 눈앞에서 사라졌다.

서걱!

"그럼 얼른 써봐. 남은 한쪽 팔마저 사라지기 전에."

최수민이 눈앞에 나타남과 동시에 캐런의 오른쪽 손목에서 붉은 피가 분수처럼 솟구쳐 올랐다.

도끼를 지탱하고 있던 오른쪽 손이 날아가자 무게를 지탱하지 못한 왼쪽 팔도 덜렁덜렁 거리고 있었다.

"그 너덜너덜한 팔로는 쓰지도 못할 것 같지만."

처음 사용해본 블링크의 효과는 상상이상이었다.

서로의 무기가 닿으려는 그 순간 바로 발동시킬 수 있는 마법.

최수민의 몸이 사라짐과 동시에 원하는 곳에 나타난다.

그리고 그 순간 바로 검을 휘두른 결과가 바로 캐런의 오른쪽 손을 잘라낸 것이다.

'하루에 5번이라는 제한사항이 아쉽긴 하지만. 그래도 쓸만하다.'

너덜거리는 팔을 가지고 발악하려는 캐런.

하지만 캐런은 더 이상 최수민의 상대가 될 수 없었다.

아니 애초에 상대가 되지 못했지만 잔재주로 시간을 벌었을 뿐.

서걱!

이미 만신창이가 되어버린 캐런.

녀석의 목을 한 번에 잘라주는 것으로 마무리를 지었다.

[티어린 황제의 기운이 몸 속에 스며듭니다. 드래곤 하트가 91%까지 완성되었습니다.]

[티어린 황제의 기운을 찾아라 퀘스트의 완료까지 2번 남았습니다.]

[랭크셔 제국 최후의 힘의 효과로 캐런의 능력치 중 일부를 가지고 옵니다. 힘 120, 민첩 20이 상승합니다.]

[봉인된 지역이 2개가 남았습니다. 중급 마족을 막고 있던 결계가 깨집니다.]

[레벨이 올랐습니다.]

[레벨이 올랐습니다.]

"저희도 그럼 서벨리로 이동합시다."

"지금 바로?"

"바로 가야 마족을 한 마리라도 더 해치우죠. 얼른 갑시다."

최수민은 전혀 쉴 생각이 없었다. 마족은 날마다 찾아오는 것이 아니다.

'한 놈이라도 더 죽이고 말겠다.'

끝없는 증오심.

방금 캐런을 죽였기 때문인지 마족에 대한 증오가 조금더 불타오르기 시작했다.

'젠장. 서벨리 빙하로 가는 길이 왜 이렇게 먼 거야.'

서벨리에서부터 아블이 있는 곳까지 급하게 뛰어가고 있는 한 사람.

서걱.

눈앞을 막아서는 몬스터를 베어내며 빠르게 전진하고 있었다.

파티를 이루어서 사냥을 해야하는 곳임에도 불구하고 혼자서 빠르게 몬스터를 잡아나가는 한 사람의 정체는 임동호.

'최수민의 말대로라면 벌써 중급 마족을 거의 다 잡았을 텐데.'

눈 밭을 뛰어가는 임동호의 마음은 매우 심란했다.

바쁜 마음만큼 빠르게 달려가고 싶었지만 몬스터들이 임동호의 마음을 아는 듯이 임동호의 길을 계속 막았다.

"너희 같은 조무래기들이랑 낭비할 시간이 없다!"

몬스터들이 길을 막는 동안 임동호의 머릿속에는 김진수가 남긴 말만 돌아다니고 있었다.

◇

"김진수? 여긴 무슨 일이지? 총군 연합놈들은 너희가 처리한 건가?"

예전엔 항상 같이 파티사냥을 했었던 믿음직한 동료.

그 김진수가 눈이 빨개진 상태로 임동호의 눈앞에 서있었다.

"이야기는 들었다. 지금 여기 있을 때가 아니다. 빨리 서벨리 빙하에 있는 사람들을 데리고 지구로 가라."

김진수는 임동호의 질문엔 대답하지 않고 말을 꺼내었다. 한시가 시급한 모양.

"무슨 소리지? 그걸 어떻게 알고 있는 거냐?"

분명 그 사실을 알고 있는 것은 무력 길드를 비롯한 몇 개의 길드들. 자유 길드에 소식이 전해졌을 리가 없다.

하지만 김진수는 모든 것을 알고 있다는 듯이 말을 하고 있었다.

"긴말할 시간이 없다. 한 사람이라도 더 살리고 싶다면 빨리 떠나는게 좋을거다."

"어차피 우리는 중급 마족과 싸울 각오를 한 사람들만 모인거다. 내가 없다고 해서 중급 마족들에게 쉽게 당할 사람들도 아니고."

자신이 직접 뽑았으니까.

믿을만한 사람들. 그리고 실력까지 갖춘 사람들로.

"말을 잘못 이해한 것 같은데. 내가 말한 것은 거기 있는 사람들이 아니다. 지구에 있는 사람들이 위험하다는 거지."

심각한 표정의 김진수.

하지만 임동호는 의문을 해결해야만 했다.

"그게 대체 무슨 소리냐?"

"거기 있는 마족들. 결계가 깨지자 마자 론디움을 습격하는 게 아니라 지구로 날아갈 거다. 그럼 알려줄 것은 알려줬으니 다음에 보자."

김진수는 그 말을 남긴채 길드원들과 포니아에서 나가기 위해 이동하기 시작했다.

"김진수!"

임동호의 외침은 거대한 포니아를 울렸을 뿐. 김진수는 뒤돌아보지 않았다.

"젠장!"

김진수를 믿어야하나?

과연 지금 자유 길드를 믿어도 될까?

자유 길드에 대한 의문은 들었지만 지금 들은 정보는 너무나 충격적인 것이었다.

만약 김진수의 정보가 사실이라면 서벨리 빙하에서 대기하고 있을 사람들을 빨리 마을로 이동시켜 지구로 돌아가야했다.

'거짓이라면.'

론디움에서 죽은 능력자들은 다시 살아날 수 있다. 그 생각까지 마치자 일단은 김진수의 말을 들어야겠다는 생각이 들었다.

'최대한 빨리 서벨리 빙하로 이동해야겠군.'

9장. 중급 마족

9장. 중급 마족

"아직까지 멀었나?"

서벨리 빙하 아블이 봉인되어 있는 장소 앞.

그 곳에 레이첼을 비롯한 사람들이 자리를 잡고 있었다.

당장 자신들을 바라보며 웃고 있는 중급 마족들이 눈앞에 있었지만 그놈들에게 신경쓰지 않은채 싸울 준비를 하고 있었다.

끊임없이 몰려드는 몬스터들.

지금 이 자리에 있는 사람들중 일부는 서벨리 빙하에서 마족이 아니라 빙하지역에서 등장하는 잔챙이들을 상대하기 위해서 온 것이었다.

"그 쪽도 포니아까지 가는 시간도 있고 총군 연합원들을 제거해야하니까 꽤 시간이 걸릴 테지. 저 몬스터들은 신경 쓰지 말고 우리는 좀 쉬고 있자고."

계속 들려오는 몬스터와 싸우는 소리.

그 소리를 들으며 마음편하게 쉬고 있을수만은 없었다.

"그래도 몸은 풀어둬야지. 갑자기 싸우려고 하면 실력 발휘가 안될거야."

각자 맡은 역할이 있다는 것을 알고 있지만 몬스터와 사람들이 싸우는 것을 바라만 보기가 힘들었던 레이첼이 몬스터들과의 싸움에 뛰어들었다.

"저놈 참. 뭐시 중헌지도 모르고."

배재준이 레이첼을 따라 몬스터를 사냥하러 가려고 할 때 모두의 눈앞에 하나의 메시지창이 생겼다.

[중급 마족들을 막고 있던 결계가 깨집니다. 서벨리 빙하 속에 있던 중급 마족 20마리가 활동하게 됩니다.]

"모두 자리 잡고 전투 준비해!"

갑작스런 알림.

그럼에도 불구하고 여기 있던 사람들은 순식간에 싸울 준비를 마쳤다.

평소에 사냥하던 파티원들끼리 자리를 잡자마자 버퍼들이 파티원들에게 버프를 돌리기 시작했다.

꿀꺽.

비록 마음의 준비는 했다고 하지만 지금 상대할 녀석들은 중급 마족.

사람들이 긴장을 완전히 풀고 있는 상태는 아니었다. 적절한 긴장은 싸움에 도움이 되는 법.

"처음 공격에 죽지만 마라!"

중급 마족들은 아마 결계가 부숴지길 기다리며 강력한 마법을 캐스팅해놓았을 것이다.

그 때가 아마 중급 마족과의 싸움중에서 가장 힘들 때.

'그 한번만 버티면 우리의 승리다.'

모두가 긴장하고 있는 가운데 중급 마족들이 움직이기 시작했다.

"온다!"

무모하게 달려가지 않고 처음은 방어를 선택한 이들.

그러나 예상과는 달리 중급 마족들이 마법을 날리는 일은 없었다.

자신들을 향해 다가오는 녀석조차 하나도 없었다.

"뭐야? 저놈들 뭐하는 거지?"

레이첼과 배재준이 이상한 것을 느꼈을 때는 이미 늦었다.

중급 마족들의 몸이 빛에 둘러싸이기 시작하더니 하나 둘씩 어디론가 이동하기 시작했다.

"저놈들 어디로 가는 거야?"

"공격해!"

뒤늦은 선택.

배재준의 말과 동시에 달려간 그들이 잡을 수 있었던 것은 중급 마족 단 하나.

"젠장! 이게 어떻게 된 거야?"

"이 놈들 어디로 간 거지?"

당연히 중급 마족들을 막고 있는 결계가 깨지면 자신들과 싸우기 위해 달려올줄 알았다.

하지만 녀석들은 하나같이 어디론가 공간이동을 한 상황.

목적지를 알 수 없으나 하나는 확실했다.

"일단 마을로 돌아간다."

중급 마족들이 모두 사라진 지금 서벨리 빙하에 더 이상 죽치고 있을 시간이 없었다.

"그럼 작전은?"

"모두 실패다. 일단 임동호를 만나서 이야기하기로 하고 마을로 돌아가자!"

배재준이 사람들을 이끌고 돌아가려고 뒤로 돌아서는 순간

"젠장! 늦었군."

"임동호? 어떻게 된건지 알고 있는 거야?"

"빨리 마을로 돌아가서 지구로 돌아가야 해!"

자세한 설명은 하지 않았지만 모두가 알 수 있었다.

여기서 지체할 시간이 없다는 것을.

'제길. 진짜 김진수의 말이 맞다니. 김진수 녀석 무슨 생각을 하고 있는 거지?'

김진수의 말을 의심했었지만 김진수의 말이 사실로 드러났다. 그러자 오히려 혼란은 더 심해졌다.

'분명 적인줄 알았는데? 아니었나?'

"아참! 여기 몇 명은 남아서 최수민이 오면 상황을 전해줘. 당장 지구로 이동해야 한다고. 마족이 모두 지구로 갔다고 말이야!"

임동호는 소식을 전해줄 몇 명의 사람만 남겨놓고 지구로 돌아가기 위해 빠르게 마을로 이동했다.

◇

"엄마 오늘 저녁은 뭐에요?"

"제이미 니가 좋아하는 까르보나라~"

평화로운 주말 저녁.

프랑스 스트라스부르 근처에 있는 소도시 콜마르에 있는 제이미와 그의 가족은 저녁을 먹을 준비를 하고 있었다.

하울의 움직이는 성의 모티브가 된 작은 도시.

어느새 해가 뉘엿뉘엿 넘어가며 거리를 다니고 있던 사람들은 하나 둘씩 자신들의 집에 들어가기 시작했다.

"이제 우리도 돌아가볼까?"

콜마르에 있는 유명 관광지 쁘띠 베니스를 돌아다니던

관광객들.

스트라스부르로 가는 기차가 끊기지 전에 돌아가려는 관광객들의 눈앞에 사람 형상을 한 어두운 형체가 생겨나기 시작했다.

"뭐야? 저거 봤어?"

"응? 어떤거?"

"저기. 분명 아무도 없었던 것 같은데?"

"시간이 좀 늦었네. 빨리 지나가자. 위험한 사람일지도 몰라."

쁘띠 베니스를 구경하고 있던 젊은 커플은 시간이 늦었다고만 생각하고 바쁘게 발걸음을 옮겼다.

그러면서도 정체를 알 수 없는 그 검은 형체에 시선이 계속 가는 것은 어쩔 수 없었다.

"어… 근데 머리에 뿔이 있는데? 혹시 코스프레 같은 거 하는 사람인가?"

그 검은 형상에게서 거대한 뿔이 두 개가 나타났다. 족히 50cm는 넘어보이는 거대한 두 개의 뿔.

그 뿔이 코스프레용이 아니라 완전 피부에 부착되어있다는 것을 알아보는 것은 어렵지 않은 일이었다.

"으악! 괴물이다!"

"도망쳐!"

최근에 서울에서 벌어진 사건 때문에 사람들의 머릿속에 다시 몬스터에 대한 두려움이 커져있는 상태였다.

그런 사람들 앞에 나타난 몬스터는 사람들에게 충격과 공포를 주기에 충분했다.

"이곳이 지구라는 곳인가."

두 개의 뿔이 달린 몬스터의 입에서 나온 첫 한 마디.

그의 목소리를 들은 사람들은 다리가 풀리며 더 이상 도망가지 못하고 쓰러져 버렸다.

심지어 목소리를 들은 후 공포에 사로잡혀 미쳐버리는 사람들도 있었다.

"인간들이 사는 곳은 다 비슷하군."

지구에 처음 와본 중급 마족의 감상.

그 감성이 끝나자 마자 마족의 양손에 암흑 마나가 잔뜩 맺히기 시작했다.

"다크 라이트닝 토네이도."

그 중급 마족의 입에서 나온 한 마디와 함께 콜마르에 거대한 소용돌이들이 생기기 시작했다.

공기를 찢어놓는듯한 소리와 함께 마른 하늘에 날벼락이 치듯 번개들이 내려치기 시작했다.

소용돌이들은 사람, 건물들을 가리지 않고 모조리 하늘로 날려버렸으며 소용돌이가 피해간 자리에는 번개가 내리쳤다.

번개가 내리친 곳에는 검은 마나가 모여있다가 콜마르를 지구상에서 지워버릴 기세로 한 번에 폭발했다.

요란한 소리가 콜마르에 울려퍼졌고 소리가 그칠때쯤 폐허가 되어버린 그곳엔 중급 마족 홀로 서있었다.

"지금 상황은 어떻게 되어가고 있습니까?"

뉴욕 지하에 있는 거대한 벙커.

미국 대통령이 가운데 앉아있었고 그 주변을 미국의 주요 인물들이 채우고 있었다.

그리고 그가 바라보고 있는 곳에선 각 나라들의 수장들, 그 나라들의 중요한 인물들이 대책을 마련하기 위해 앉아 있었다.

능력자가 아닌 평범한 사람들의 대표들.

그 사람들이 작금의 사태에 대한 이야기를 나누기 위해 늦은 저녁에 시간을 내어 화면을 두고 마주 앉았다.

"저희 프랑스에서 지금 확인된 바로는 콜마르가 제일 먼저 당했고 콜마르 주변 도시들이 차례로 파괴되고 있습니다."

"일본은 시모노세키가 파괴되었고 그 이후 주변 도시가 파괴되고 있습니다."

그 외에도 많은 나라들의 정보가 들어왔다.

주로 하나의 도시가 파괴된 이후 주변 도시가 파괴되고 있다는 정보.

특정 나라로 정해진 것도 없었다.

아프리카에도, 남미, 북미, 동남아시아, 유럽 지역을 가리지 않고 도시들이 파괴되어 가고 있었다.

"대체 어떤 몬스터가 나왔길래 이렇게 빠르게 도시가 파괴되고 있는 것인지…."

"세계 능력자 협회에 도움은 요청했습니까?"

"네. 일단 도움을 요청을 했습니다만… 어떤 몬스터인지 모르기 때문에 파견에 어려움을 겪고 있습니다."

무턱대고 능력자들을 파견했다간 능력자들만 죽는 일이 생긴다.

그 때문에 정확히 어느 정도의 몬스터인지 판단을 해야만 했다.

"아니. 그게 말이 됩니까? 저희가 세계 능력자 협회에 주는 돈이 얼마인데 상황을 보고만 있다니요."

"일단 각 나라에 있는 능력자들을 모아서 먼저 대처를 하는수 밖에 없겠군요."

"안그래도 그러고 있습니다만. 그들의 말로는 이 정도 속도로 도시를 파괴하는 걸로 보아서 쉽지 않을 것 이라고 합니다."

아직까지 아무도 알지 못하는 미지의 몬스터.

"위성사진같은 것으로도 알아낼 수 없는건가?"

"그 녀석들이 있는 곳에서 무언가가 방해를 하고 있어서 아예 사진같은 것도 전혀 찍히지 않는다고 합니다."

이런 저런 이야기를 하다가 결국 능력자들을 믿을 수 밖에 없다는 이야기로 결론이 났다.

군대를 보내는건 무의미한 일.

도시들이 파괴되는 속도로 봐서는 군대를 보내는 것은 그들을 사지로 그냥 던져버리는 것이나 다름없었다.

　"젠장! 군대가 할 수 있는거라곤 사람들을 대피시키는 일 밖에 없겠군. 피해가 발생한 도시 반경 100km에 있는 사람들을 모두 대피시키라고 하게."

　유래없는 파괴 속도.

　각 국의 수장들의 눈앞에 지구의 멸망이 눈에 보이는 듯 했다.

◇

　빵빵.

　크락션 소리가 고속도로에 울려퍼졌다.

　한시라도 빨리 두 개의 뿔이 달린 몬스터로부터 벗어나기 위한 행렬.

　이 곳은 고속도로가 아니라 차량 전시장같았다.

　"젠장! 왜 몬스터가 하필 청주에 나타난 거야!"

　한국에 중급 마족이 나타난 곳은 청주시.

　청주시가 초토화 된 후 주변에 있는 세종시까지 박살이 났다.

　청주시와 세종시 근처에 있던 사람은 지금 모두 피난길에 올라가 있었다.

　마치 6.25전쟁때 피난길이 생각나게 하는 듯한 행렬.

차량 전시장이 되어버린 고속도로에 차를 두고 달려서 도망가는 이들도 있었다.

　"저런 놈들 때문에 차가 안 가는 거잖아. 빌어먹을 놈들!"

　신동환은 차 안에서 크게 소리를 질러보았지만 아무런 소용이 없었다.

　사람들이 버리고 간 차들이 저절로 움직일 리가 없었으니까.

　"여보. 우리도 그냥 걸어서 가요."

　신동환의 옆에는 부인이 앉아있었고 뒷좌석에는 아직까지 오래 걸을 수 있을지조차 불분명한 어린애들이 앉아있었다.

　"아니야. 어떻게든 여기서 빠져나가야 돼. 걸어서 가봤자 얼마나 간다고."

　'젠장. 능력자놈들 잘 먹고 잘 사는 모습 자랑질만 하고 정작 필요할 때는 어디있는거야!'

　지금 믿을 건 능력자들밖에 없다는 걸 알고 있지만 불만이 터져나오는 건 어쩔 수 없었다.

　퍼엉!

　"꺄아악!"

　뒤에서 들려오는 굉음.

　그 놈이 다가오고 있는게 틀림없었다.

　"안되겠다. 우리도 그냥 차를 버리고 가자."

신동환만 그런 생각을 한 것이 아니었다. 모두 공포에 사로잡혀 차에서 빠져나와 하나같이 서울 방향으로 뛰어가고 있었다.

서울에는 능력자 협회가 있으니까.

비록 서울의 일부가 몬스터에 의해 공격당하긴 했지만 그나마 믿을 곳이 서울밖에 없었다.

'신이 있다면 제발. 저희 가족을 살려주시길.'

평소엔 믿지 않는 신이었지만 죽음이 눈앞에 다가오자 신을 찾을 수 밖에 없었다.

콰아아앙!

다시 한번 엄청난 굉음.

이번엔 사람들의 비명소리도 들려왔다. 하지만 그 짧은 비명소리들은 금세 사그라 들었다.

다음은 신동환의 차례이리라.

뛰어봤자 거기서 거기다. 그 생각이 들자 신동환의 다리는 그 자리에 멈춰버렸다.

"여보. 빨리 와. 빨리!"

그런 신동환을 재촉하는 아내. 그러나 굳어버린 다리는 움직이지 않았다.

"내가 조금이라도 시간을 끌어볼테니 어서 가."

그 말을 끝으로 마족이 있는 곳으로 걸어가려고 했다. 그 때 신동환의 눈앞에 서울 방향이 아닌 자신들이 있는 방향으로 달려오고 있는 두 사람이 보였다.

파란 머리의 미남, 그리고 빨간 머리의 미녀.

"도망가세요. 여기 있으면 저희도 책임 못집니다."

이상하게도 파란 머리 남자의 말을 듣자마자 움직이지 않던 다리가 움직이기 시작했다.

"헤이스트."

그리고 여자의 말이 끝나자 갑자기 몸이 가벼워지며 더 빠르게 움직일 수 있었다.

"이제 진짜 중급 마족과의 싸움인가?"

도망가지 못하고 있던 마지막 사람까지 멀리 보낸 최수민은 검을 뽑아들고 중급 마족을 향해 달려갔다.

중급 마족도 최수민의 기운을 느꼈는지 무의미한 파괴를 그만두고 최수민을 향해 달려왔다.

◇

콰아앙!

최수민의 검과 중급 마족의 암흑 마나를 둘러싼 주먹이 부딪혀서 생긴 거대한 마나폭풍이 고속도로에 있던 차들을 날려버렸다.

거대한 차들이 마치 종이조각처럼 날아가는 동안 다시 한 번 최수민과 중급 마족의 공격이 부딪혔다.

사람들이 부랴부랴 싸놓은 짐이 흩어지자 시야를 가리기 전에 다시 한번 두 사람은 공격을 시도했다.

다시 한번 울리는 굉음.

그리고 뿌연 먼지들이 두 사람의 시야를 가렸다.

먼지속에서 아주 짧은 휴식.

'역시 봉인된 지역에 있던 중급 마족과는 비교할 수 없을 정도로 강하다.'

포니아에 봉인되어 있던 캐런은 비교적 쉽게 처리했다.

아니 비교적 쉽게가 아니라 실력을 잠시 확인한 후 블링크를 이용해 아주 쉽게 처리해버렸다.

'하지만 오늘 블링크를 한 번 썼으니 최대한 아껴둬야겠지.'

지금 상대하는 중급 마족이 오늘의 마지막 싸움이 아닐 수도 있다.

뭐 나머지는 알아서 하겠지.

'이번에도 최수민이 도와달라는 말을 하지 않으면 도와주면 안되겠지?'

레나는 최수민과 중급 마족의 싸움을 멀리서 지켜보며 도망가고 있는 사람들을 지키기 위해 배리어를 사용하고 있었다.

당분간 최수민이 안정될 때까지 최수민이 하자고 하는데로 할 생각.

위로도 하지 않고 도움을 주지도 않았다. 단지 최수민이 해쳐나가는 동안 힘들 때 도와달라고 하면 도와줄 생각이었다.

'옛날에 와보았던 곳 근처라서 다행이야.'

여해의 흔적을 찾기 위해 들렸던 아산.

한 번 가봤던 기억이 있기 때문에 텔레포트를 사용해서 임동호와 다른 사람들보다 훨씬 빠르게 중급 마족이 있는 곳을 찾아올 수 있었다.

'그것보다 중요한 건 이 놈들이 어떻게 여기를 알고 찾아왔는가인데.'

지구로 오기 위해서는 지구의 위치를 알고 있어야 한다.

단지 차원이동을 할 수 있다고 올 수 있는 것이 아니다.

'저 녀석들이 지구를 어떻게 알고 있는 걸까?'

두 가지 경우가 있다.

중급 마족들이 지구에 와봤던가.

누군가 알려주었던가.

'혹시 그 때 몬스터들이 등장했던 것과 관련이 있는 건가?'

서울에 열렸던 차원 균열.

마계와 직접적으로 지구를 연결하기까지 했던 곳.

차원 균열을 깨는 것으로 마계와의 연결이 끝난 것이라고 생각했는데 그것은 끝이 아니라 시작일 뿐이었다.

레나가 여러 가지 생각을 하는 동안 최수민은 중급 마족과 검을 부딪히고 있었다.

까앙!

정확히 말하자면 최수민은 검을 휘두르고 중급 마족은 무기도 쥐지 않은 손으로 싸우고 있었다.

날카로운 검에 푸른 마나를 잔뜩 둘러씌우고 있는 최수민과 달리 중급 마족은 맨 손에 암흑마나를 둘러싸고 있는 것이 전부였다.

마나의 양이 압도적으로 많다면 맨손으로 검을 이기는 것이 어려운 일은 아니다. 예전에 최수민이 이규혁을 상대로 보여준 것처럼.

휘이익!

최수민이 빠르게 휘두르는 검.

워낙 빠른 공격이라 중급 마족은 피하지 못하고 최수민의 공격을 막아내기만 했다.

'역시 봉인된 지역에서 약해진 놈과는 완전 다르군. 하지만 내 상대는 아니야.'

여기서 만난 것이 지금 눈앞에 있는 중급 마족이 아니라 캐런이었다면 더 힘들었을 것이다.

캐런과 비교하자면 지금 눈앞에 있는 중급 마족은 싸움의 기술 같은 것이 전혀 없는 것 같았다.

그런 중급 마족을 상대하고 있는 것은 드래곤 하트가 거의 완성되어 가고 있는 최수민.

게다가 랭크셔 제국 최후의 힘. 티어린 제국 황제의 기운 등으로 무장된 마족의 천적이었다.

'그래도 맨손인 녀석을 상대로 겨우 이 정도라니.'

비록 지금 최수민이 조금씩 중급 마족을 몰아붙이고 있었으나 만족스럽지 않았다.

만약 중급 마족이 무기라도 들고 있었다면?

벌써 공격 가능 범위부터 다른 두 명의 싸움이었다.

그런데도 아직까지 마족을 해치우지 못했다는 것은 자신의 실력이 부족하기 때문.

"네놈. 인간이 아니구나?"

최수민의 공격을 계속 받아내던 마족의 입에서 처음 나온 한 마디.

"인간이 아니면 어떻게 하려고?"

최수민이 다시 한 번 검을 휘둘렀다.

콰앙하는 소리와 함께 마나들이 폭발하며 주위는 다시 한 번 난장판이 되었다.

"인간이 아니라면 힘을 아끼지 않고 제대로 싸워야지."

그 말과 동시에 중급 마족의 온 몸이 암흑마나로 둘러싸이기 시작했다.

검은 마나로 인해 생김새가 보이지 않을 정도.

그리고 그 마족은 자신의 머리위에 솟아있는 두 개의 뿔을 손으로 뽑아냈다.

'뭐야? 자살하려는 건가?'

도마뱀도 아니고 자신의 신체의 일부를 뽑아내다니.

'그건 그렇고 가만히 지켜보고만 있을순 없지.'

변신을 하고 있는 것을 지켜만 보며 기다려주는 것은 만화주인공들이나 하는 것.

꼭 그러다가 위기를 자초하는 만화주인공을 떠올리며

최수민은 중급 마족을 향해 검을 휘둘렀다.

쐐애애액.

공기를 가르는 엄청난 속도의 검.

그 검이 중급 마족의 몸에 닿으려고 할 때 중급 마족은 자신의 머리에서 뽑아낸 뿔로 최수민의 검을 막아냈다.

콰아앙!

엄청난 폭발음.

그 폭발음과 함께 중급 마족의 양손에 쥐어져있던 뿔의 형태가 바뀌기 시작했다.

뿔의 윗부분이 반으로 갈라지더니 그 속에서 날카로운 검신이 튀어나왔고 아랫부분은 손잡이가 되었다.

양 손에 검을 든 중급 마족.

그 녀석이 최수민을 향해 쌍검을 휘두르기 시작했다.

최수민의 오른쪽으로 파고 드는 중급 마족의 검.

까앙.

녀석의 검을 자신의 검을 세워서 막아낸 후 그대로 중급 마족의 몸을 향해 검을 휘둘렀다.

푸욱.

다른 한 쪽에서 날아오는 검을 무시한채 휘두른 검. 최수민의 검과 중급 마족의 검이 서로의 몸에 상처를 하나씩 남겼다.

'공격이 그렇게 강하진 않군.'

자신의 몸에는 트롤의 재생력이 발동하고 있으니 같은

타격을 입는다면 본인이 더 유리하다.

게다가 최수민의 검에는 상처 재생을 둔화시키는 옵션이 달려있다.

한 마디로 자신은 물약을 먹으면서 싸우는것과 같았고 중급 마족은 저주에 걸린 상태로 싸워야하는 셈.

'이대로 검만 주고 받아도 이길 수 있기는 한데….'

그러나 그렇게 쉬운 방식으로 이기고 싶지는 않았다.

당장 눈앞에 있는 중급 마족을 이기더라도 앞으로는 상급 마족과 싸워야 했다.

그리고 상급 마족중에서 강한 아블과도 싸워야할테고.

최수민은 다시 한 번 검을 휘둘렀다.

이번엔 단지 중급 마족을 공격하겠다는 생각이 아니라 녀석의 움직임을 읽으려는 생각과 함께.

지금 눈앞에 있는 중급 마족은 위험요소가 아니다. 단지 좋은 연습용 교보재일뿐.

최수민의 검이 녀석의 목을 향하자 중급 마족은 최수민의 검을 막기위해 오른손에 들고 있던 검을 들었다.

'이렇게 공격을 하면 녀석의 오른쪽이 무방비 상태가 되는군.'

그러나 무방비 상태가 된 중급 마족의 오른쪽을 어떻게 공격해야할지 방법을 찾을수가 없었다.

그동안 이어지는 중급 마족의 왼손에 쥐어져있는 검이 최수민을 향해 날아왔다.

'복부를 노리는 건가?'

어깨의 움직임으로 봐서는 최수민의 복부를 노리고 오는 것 같았다.

서걱

하지만 중급 마족의 검은 복부가 아닌 최수민의 오른쪽 허벅지를 베고 지나갔다.

'생각처럼 쉽지가 않네.'

움직임을 보고 피하거나 막는 것은 쉽지만 미리 공격을 예상한 후에 피한 후 반격을 하는 것은 쉽지 않은 일이었다.

'이걸 해냈었던 이규혁이 대단한 거였구나.'

직접 해보고서야 이규혁이 얼마나 대단한 일을 하고 있었는지 알 수 있었다.

"도와줘?"

중급 마족을 몰아붙이는 것 같더니 중급 마족에게 거침없이 공격을 허용하는 최수민.

최수민의 사정을 모르는 레나는 최수민이 중급 마족에게 당하고 있는 것이라고 생각했다.

"아뇨. 저 혼자 싸워도 괜찮을 것 같아요."

"이 자식이? 건방이 지나치구나."

자신을 무시했다고 생각한 중급 마족의 검이 조금 더 거칠어졌다.

까앙.

하지만 흥분은 오히려 실력을 줄어들게 만드는 법.

최수민이 단순해진 움직임을 놓칠 리가 없었다.

크게 휘두른 검을 가볍게 피하며 중급 마족의 팔을 베어 내고

고통에 신음하는 중급 마족의 심장부에 검을 박아넣는 것으로 마무리.

중급 마족의 죽음이라고 하기엔 너무나 처량한 죽음.

[랭크셔 제국 최후의 힘의 효과로 케빈의 능력치 중 일부를 가지고 옵니다. 힘 20, 민첩 40, 지능 40이 상승합니다.]

'중급 마족정도면 더 이상 내 상대가 되지 않는건가.'

랭크셔 제국 최후의 힘을 받고 드래곤 하트가 거의 완성되어 가는 지금, 중급 마족은 더 이상 최수민의 상대가 될 수 없었다.

봉인된 지역에 있는 약해진 중급 마족이든, 평범한 중급 마족이든.

아마 랭크셔 제국 최후의 인물들이 지금 최수민의 모습을 보았다면 기쁨의 눈물을 흘릴지도 몰랐다.

'정말 강해졌구나.'

최수민이 강해진 모습을 보면서 감탄을 한 것은 랭크셔 제국 최후의 인물들이 아니라 레나였다.

처음 만났었던 화산지역에서만 해도 이렇게 강하지 않았는데 어느새 엄청나게 강해진 최수민.

"잘했어. 정말 강해졌네."

중급 마족이 죽은 후 남겨진 두 개의 검을 회수하고 있던 최수민에게 레나가 다가왔다.

자세한 능력치는 론디움에 가서 확인할 수 있겠지만 아마도 치유 효과가 반감되는 지금 무기보다는 좋지 않을 것 같았다.

"레나. 미안해요. 뒤에서 구경만 하느라 심심했을 텐데."

"아니야. 이제 어디로 갈까? 처음 왔던 곳으로 돌아갈까?"

"네. 그래요. 이게 어떻게 된 일인지 임동호에게 좀 물어봐야겠어요."

어떻게 중급 마족이 지구에 나타나게 되었는지.

그것이 궁금해졌다. 자신이 모르는 사이에 무슨 일이 더 생긴걸까?

"그래. 그럼 여기와서 손을 잡아."

텔레포트를 하기 위해 레나의 손을 잡자 평소보다 더 따뜻한 기운이 느껴졌다.

"텔레포트."

치열한 전투의 현장만 남긴채 레나와 최수민은 다시 서울로 돌아갔다.

◇

서울에서 멀지 않은 곳.

그 곳에서도 한 차례 전투의 흔적이 있었다.

거대한 크레이터들이 몇 개씩 생성되어 있었고, 주변에 있는 건물들은 아예 흔적도 남기지 못했다.

가끔씩 보이는 것이라고는 전투 현장에서 멀리 떨어져 있어서 반쪽이 되어버린 차들, 그리고 나무가 있었던 흔적들.

그 전투의 흔적이 남아있는 곳 주변에 임동호와 배재준을 포함한 여러명의 사람들이 줄을 지어 서있었다.

"이 인원을 데리고 중급 마족 한 마리를 상대하는건 정말 큰 낭빈데 말이야."

"어쩔 수 없지. 그나마 중급 마족을 빨리 잡아서 피해를 최소화 했으니까."

원래 중급 마족 20마리를 잡기 위해 준비했던 인원이 중급 마족 하나를 상대했으니 소잡는 칼을 닭잡는데 쓴 것이 아니라 겨우 병아리를 잡는데 쓴것이나 마찬가지였다.

실제로 지금 주변에 있는 흔적들은 전투의 흔적이 아니라 임동호와 일행들이 오기전에 중급 마족이 혼자서 만들어둔 파괴의 흔적.

중급 마족은 30초도 채 버티지 못하고 이 자리에서 생을 마감했다.

"그럼 이제 어떻게 된 일인지 설명을 좀 해줘. 급하다고 해서 아무런 설명도 듣지 않고 왔는데 어떻게 지구에 마족들이 가게 된 걸 알게 된거야? 그리고 포니아에서의 일은 잘 해결되었고?"

중급 마족을 죽인 후에 배재준은 임동호에게 의문이 있었던 것들에 대해 물어보았다.

"안 그래도 말하려고 했는데. 일단 사람들이 이동하면 그 때 이야기하지."

무력 길드와 지혜 길드원들은 임동호와 배재준의 다음 명령을 기다리고 있었다.

중급 마족 20마리를 상대하려고 기다렸는데 한 마리만 상대하고 돌아가려고 하니 좀이 쑤셨다.

"일단 모두 길드 건물로 가서 기다려라. 언제 다시 몬스터들이 서울에 등장할지 모르니까."

"네. 알겠습니다."

저번에 있었던 서울 몬스터 침공때처럼 한 번의 공격으로 끝이나지 않을 수도 있다는 생각이 들었다.

무력 길드원들과 지혜 길드원들이 모두 서울로 돌아갈 준비를 하자 그제서야 임동호는 배재준에게 말을 꺼내었다.

"우리중에 스파이가 있는 것 같아."

"스파이? 그게 무슨 소리야?"

이번에는 그 스파이 덕분에 큰 피해를 줄일 수 있었다.

하지만 스파이의 의도도 알 수 없고 누구인지도 알 수 없는 상황을 가만히 보고 있을수만은 없었다.

"자유 길드가 모든 걸 다 알고 있었어. 총군 연합을 해치운 것도 내가 한 것이 아니라 자유 길드가 한 거고. 지구에 마족들이 나타날 것이라는 것도 김진수가 알려준 거야."

"김진수가? 대체 어떻게 된거지?"

"그걸 지금부터 알아봐야지. 일단 레이첼과 존 데커를 만나서 이야기를 해봐야겠어. 아마 자유 길드와 정보를 교류하고 있는거라면 우리길드나 지혜 길드일 가능성이 더 높긴하지만. 직접적으로 자유 길드에 정보가 흘러들어간 게 아닐 가능성도 배제할 수 없지."

두 사람도 길드 건물이 있는 서울로 향하기 시작했다.

◇

론디움 서벨리에 있는 마을.

조용한 건물에 네 명의 사람이 마주보고 앉아 있었다.

존 데커, 레이첼, 배재준 그리고 임동호.

중급 마족이 나타났다는 소식을 듣고 서로 각자의 나라로 돌아갔다가 해결할 수 있는 범위내에서 중급 마족을 해결한 후에 모두가 론디움에 돌아왔다.

"그럼 포니아에서 있었던 일을 들어볼까? 그리고 중급 마족이 어떻게 지구에 가게 되었는지도 말이야."

존 데커가 먼저 말문을 열었다.

중급 마족들의 지구 침략.

마족이 지구를 침략한 적이 없었던 것은 아니지만 중급 마족이 지구를 침략한 것은 이번이 처음이었다.

하나하나가 핵무기만큼 강한 녀석들.

그런 녀석들이 지구에 나타났으니 피해가 막심했다.

공식적인 통계는 아직까지 알려지지 않았으나 대충 둘러봐도 어마어마한 피해.

그나마 임동호가 가져온 소식덕분에 조금이라도 빨리 움직였고 피해를 줄일 수 있었다.

물론 임동호와 배재준이 있는 한국. 그리고 레이첼과 존 데커가 있는 미국이외의 지역에는 아직까지 중급 마족을 잡지 못한 곳도 있었지만.

"일단 먼저 확인해보고 싶은 게 있는데. 혹시 우리의 계획을 다른 길드에 알린 사람이 있나?"

임동호는 대답대신 다른 질문으로 존 데커의 질문에 대답을 하였다.

결과적으로는 다른 길드, 그러니까 자유 길드덕분에 일이 더 쉽게 풀리긴했다.

"아니. 우리가 직접 알린 적은 없어. 길드원들 중에서도 이것에 대해 아는 사람도 거의 없고."

"우리 길드도 마찬가지."

모든 사람들의 대답은 한결같았다.

'공식적으로 알린 것은 아닌데 정보가 어떻게 새어나갔다.'

존 데커와 레이첼보다는 배재준이나 무력 길드에서 새어나갔을 확률이 훨씬 높아졌다.

"그건 왜 물어보는 거지? 이제 이야기를 해줘야 할 것같은데?"

궁금함을 참지못하겠다는 듯 레이첼은 자신의 머리카락을 손가락으로 빙빙 돌리며 물어보았다.

"그래. 자유 길드에 대해서는 알고 있겠지? 요즘 색볼펜 트리오, 총군 연합과 함께 유명했던 그 빨간눈을 가진 사람들이 있는 길드말이야."

세 사람은 대답대신 고개를 간단하게 끄덕였다.

최근 들어 귀에 딱지가 생기도록 들었던 말이기에 모를 수가 없었다.

"그 자유 길드가 포니아에 나타났어. 그냥 나타나기만 한 것도 아니지. 내가, 아니 누군가가 포니아에 나타나서 총군 연합과 싸울 것이라는 걸 미리 알고 있었다는 것처럼 먼저 나타나서 총군 연합놈들을 모조리 죽여놓았더군."

"확실한 거야? 그 놈들이 총군 연합놈들을 죽이는 걸 본 건가? 몬스터에게 당했을 확률도 있지 않나?"

임동호는 포니아안에 있었던 총군 연합원들의 시체를 떠올리며 고개를 저었다.

분명히 사람에 의해 죽은 시체들.

목격한 것은 아니지만 정황상 자유 길드원들에게 죽은 것이라는 것이 확실했다.

"그 놈들이 우리를 왜 도와준 거지?"

"그럼 마족들이 지구를 향한다는 것은 어떻게 알게 된 거지? 최수민이 알려준 것은 아닌 것 같고."

최수민이 알려준 것이었다면 최수민도 서벨리 빙하로 같이 왔을 것이다. 그러나 서벨리 빙하에 온 것은 임동호 혼자.

"그것도 자유길드에서 알려줬어. 김진수가 직접 말이야."

"김진수가? 자유 길드놈들 론디움에 있는 사람들을 무차별적으로 학살하는 놈들인줄 알았는데 왜 그러는거지?"

포니아에서 있었던 일을 들었지만 그들의 머릿속에는 어느 하나 해결된 것이 없었다.

오히려 더 큰 의문만 생겼을 뿐.

"그럼 그 정보를 누가 자유 길드에 넘겨주었는지가 중요하겠군."

지금이야 자유 길드가 도와주었지만 언제 뒷통수를 칠지 모른다.

한 번 도와줬다고 해서 방심할 수 없었다.

"그러기 위해서 정확히 이번 계획을 누구에게 말을 했었는지 알려줘. 아, 그리고 최수민에게는 이번 일은 절대 말하지말고. 그 녀석 자유 길드원이라면 아마 물불가리지 않고 뛰어들거야."

"그래. 당분간은 봉인된 지역에는 못 가겠군. 이번 사건으로 총군 연합의 방어가 더 견고해질 테니까."

"그래. 당분간 레벨들이나 올려둬. 상급 마족은 중급 마족과 차원이 다르니까. 우리가 죽지 않으려면 더 강해져야겠지."

"무슨 말을 그렇게 해. 어차피 내일이면 또 같이 사냥할 꺼면서."

네 사람은 웃으면서 자리에서 일어났지만 임동호와 배재준의 마음은 편하지 않았다.

'자유 길드와 연락을 한 사람은 우리 길드내에 있다.'

당장 사냥보다 자유 길드에게 연락한 사람이 누군지를 먼저 알아내야했다.

◇

"그러니까 당분간 상급 마족은 잡을 계획이 없다 이건가요?"

최수민과 레나는 서울로 돌아온 후 무력 길드 건물로 들어가 길드장실에서 임동호와 이야기를 나누고 있었다.

혹시나 정보가 새어나갈지도 모를거라는 생각에 임동호는 최수민과 레나외에 다른 사람들은 모두 바깥으로 내보낸 상태였다.

"그래. 당분간 론디움과 지구 양쪽으로 모두 시끄러울거야. 소나기는 피해가라고 했으니 그 동안은 우리도 조용히 지내야지. 어차피 상급 마족은 엄청나게 강하지 너도 조금 더 강해져야 할 거야."

자유 길드와 연락하는 사람을 찾을 시간이 필요했다.

물론 상급 마족은 중급 마족과 궤를 달리한다.

중급 마족에서 상급 마족이 되면 뿔이 없어지고 중급 마족들과는 비교도 할 수 없을정도로 강해진다.

과연 그 놈들을 상대할 수 있을까?

최수민도 혼자서 중급 마족을 잡았다고 하니 최수민에게 거는 기대도 컸다.

'서벨리 빙하 앞에 상급 마족이 5마리 였던가. 이번처럼 상급마족들이 지구로 가게되면 그 땐 도시들이 아니라 나라가 통째로 날아갈지도 몰라.'

아직까지 정확한 피해 통계는 없었지만 지구에 있는 수십 개의 도시들이 날아갔다는 것정도는 알 수 있었다.

"상급 마족이 그렇게 강한가요?"

"내가 그 때도 말한 것처럼 상급 마족은 중급 마족이랑 비교가 안 될 정도로 강해. 중급 마족을 쉽게 이기긴 했지만 상급 마족은 그렇게 만만하게 생각하지마."

이야기를 듣고 있던 레나가 끼어들었다.

최수민은 충분히 강하다.

하지만 상급 마족은 훨씬 더 강하다. 최소한 지금의 최수민보다는.

"지금도 힘들다… 이건가요?"

"미안하지만 지금 내 생각은 그래. 내가 알고 있는 상급
마족이 맞다면 말이야. 물론 일방적으로 당하진 않을 것 같
지만 이왕이면 확실히 이길 수 있을 때 싸우면 좋잖아?"

일리가 있는 말이었다. 마족에 대한 복수도 살아있어야
할 수 있으니까.

철로 고개가 끄덕여졌다.

"그럼 일단 레벨부터 좀 올려야겠네요. 아무래도 레벨을
올리는 것 만큼 빨리 강해질 수 있는 방법이 없으니."

레벨로 인한 스텟 변화.

무엇보다 넬의 의지가 발동하게 되면 능력치가 많이 올
라가게 되니 최대한 레벨을 많이 올려두어야했다.

그 과정에서 마족을 잡는다면 또 능력치가 상승하니 더
좋고.

"그래. 그런데 어떤 사냥터가 좋을까. 지금 안그래도 몸
을 사려야할 시기라서. 사람이 없고 몬스터가 많은 곳이면
좋을텐데. 지금 레벨이 몇이야?"

"지금 511이에요."

511이라는 최수민의 말에 임동호는 최수민의 몸을 살펴
보기 시작했다.

"그런데 바뀐 게 없네? 500레벨은 언제 넘었지?"

"몇일 전에 넘었죠."

"몇일 전에 500레벨을 넘었는데 벌써 511레벨이야? 대체 어디서 사냥을 하길래. 내가 사냥터를 알려주지 않아도 거기서 사냥하면 되겠네."

임동호의 말을 듣자 최수민의 눈이 반짝였다.

'그 곳에도 마족이 있었구나! 뱀파이어!'

얼마나 강할지는 몰라도 마족이 있다. 그것만으로도 그 곳에 가야할 이유는 충분했다.

몰려드는 해골들로 인해 레벨업도 충분히 기대할 수 있는 곳.

'데스 나이트는 좀 힘들지도 모르겠다.'

마족을 상대로는 이런 저런 능력치 상승이 있기 때문에 중급 마족을 쉽게 잡을 수 있었지만 데스 나이트는 그런 옵션이 전혀 적용되지 않는다.

그래서 최수민이 가지고 있는 모든 능력을 제대로 발휘할 수 없는 상대.

"그런데 제 몸은 왜 그렇게 열심히 살펴보신 거에요?"

"500레벨이 넘으면 육체적으로 변화가 오거든. 그런데 넌 아무런 변화가 없는 것 같아서 말이야. 말하자면 2차 전직같은 거라고 해야하나? 평소에 사용하던 마나가 더 강해지고, 육체적인 능력이 스텟이 나타내는 것보다 더 좋아지지. 한 마디로 육체가 재구성된다고나 할까?"

임동호의 말을 듣는 순간 최수민은 김진수에게 죽었었던 때가 떠올랐다.

몸이 모두 재구성되었던 그 때.

잡종능력자에서 잡종 드래곤으로 바뀌며 완전히 새로운 몸으로 태어났던 날.

'나는 500레벨이 넘어서 할 수 있는 걸 미리 한 건가?'

어차피 신체의 재구성은 한 번 이루어지게 되어있다. 그 것을 미리 당겨서 한 것뿐.

"그렇군요. 뭐 사람마다 때가 다른거 아니겠어요?"

"원래 500레벨이 넘으면 다 겪게 되는데… 음… 너는 특별한 경험을 하기도 했으니. 내가 아는 일반적인 경우와 다른가보다."

특별한 경험을 한만큼 남들과는 다르게 강해지는 거겠지.

"그럼 저는 이만 저만의 장소로 사냥하러 가보겠습니다."

"그래. 그럼 연락은 어떻게 하면되는거지? 가끔 길드 건물에서 만날까?"

"태수씨 있죠? 저랑 연락할 때 태수씨를 찾으시면 될겁니다."

"그래. 그러도록 하지."

최수민과 레나는 그 말만 남겨두고 론디움을 향해 떠나갔다. 아마 다음에 만날 때 최수민은 더 강해져있을 것이다.

자신의 상상을 훨씬 뛰어넘는 성장속도.

얼마전까지만 해도 레벨 300도 안되던 애송이였는데 어느새 중급 마족을 혼자 잡을 정도로 강해졌다.

'예전엔 유망주였는데 어느새 벌써… 조만간 나도 따라 잡히겠군.'

임동호도 자신의 강함에 대한 자부심이 있었다. 그러나 최수민이라는 괴물은 자신이 강해진 것보다 훨씬 빠른 속도로 자신을 따라오고 있었다.

'어차피 론디움이 사라지면 없어질 힘. 나는 내 할 일을 해야지.'

자유 길드에 정보를 주는 사람을 알아내는 것.

그것이 상급 마족을 잡기 위해 가장 우선되야 할 일이었다.

◇

"어때요? 괜찮을 것 같아요?"

잘부르크 지하로 들어가기 전, 레나에게 의견을 물어보았다.

뱀파이어도 뱀파이어지만 네 명이 넘는 소드 마스터급 데스나이트가 있는 곳.

레나도 그 무서움을 잘 알고 있다. 녀석들에게 당했었으니까.

"여기까지 와놓고 왜 그래? 지금 나 걱정하는 거야?"

레나가 최수민의 얼굴에 얼굴을 가까이 맞대며 물어보았다. 그러자 최수민은 얼굴을 뒤로 빼며 대답했다.

"에이. 걱정할 사람이 따로 있죠. 드래곤을 걱정하다니."

손을 절레절레 흔드는 최수민.

그 모습을 본 레나의 눈빛이 조금 날카로워졌다.

"뭐야. 난 너를 얼마나 걱정하는데."

정확히 말하자면 환상 마법진에서 고통받는 최수민의 모습을 본 이후부터.

"그래요? 걱정해준다니 갑자기 새삼 감사하네요. 그건 그렇고 이제 들어갑니다?"

동의를 구하는 듯이 물어보았지만 최수민의 발은 이미 지하로 가는 계단을 향하고 있었다.

"알면 됐어. 같이 가자."

레나는 주저 없이 최수민의 뒤를 따라가기 시작했다.

"일단 들어가면 멀리가지 말고 주변에서 해골들을 잡아. 그래야 위험한 상황에 계단으로라도 도망치지."

당시엔 마법진이 있어서 그쪽으로 도망을 갔지만 이제는 아마 마법진이 사라졌을 것이다.

봉인된 마법진에 한 번 들어갔다가 나오면 사라지는 것처럼.

"저도 목숨 아까운 줄은 알아요. 갚아줘야 할 빚이 하나 둘이 아니라서."

마족들. 그리고 김진수.

둘 다 빨간 눈이라는 공통점이 있었다.

'하여튼 빨간 눈을 가진 놈들은 모두 죽어야 해.'

레나는 빼고.

덜그덕.

"이 놈들 우리를 기다리고 있었나봐요."

처음 들어갔을 때와 다르게 해골들은 이미 최수민과 레
나를 맞이하여 싸울 준비를 마친 상태였다.

다행인 것은 데스 나이트가 보이지 않는 다는 점.

"파이어 필드."

해골들이 서있는 곳에 뼈마저 녹여버릴 정도의 불꽃들이
피어오르기 시작했다.

그것을 시작으로 해골들이 최수민에게 달려왔다.

'그럼 어디까지 레벨을 올릴 수 있는지 한 번 해볼까?'

최수민도 그런 해골들을 향해 몸을 날렸다.

10장. 다시 잘부르크

10장. 다시 잘부르크

[레벨이 올랐습니다.]

언제봐도 가장 기분이 좋은 메시지중 하나가 최수민의 눈앞에 떠올랐다.

메시지창 뒤로는 부숴져있는 해골들. 그리고 그 해골들에는 불에 그을린 자국들이 남아있기도 했고, 녹아버린 것들도 있었다.

"정말 끝이 없네요. 뱀파이어가 대체 얼마나 많은 놈들을 죽인 거지?"

벌써 지하에 들어와서 해골을 부순지가 5시간이 넘었다. 그런데도 해골들은 끊임없이 튀어나왔다.

체력이 약한 사람이었다면 해골에게 밀려서 이미 해골의

친구가 되었을지도 모르는 상황.

"그것도 그런데 이렇게 해골들이 많은데 어떻게 여기만 해골이 존재하는걸까? 단 한 마리도 바깥으로 나오는 녀석들이 없잖아."

레나의 의문.

네크로맨서나 리치가 조종하는 해골들이었다면 지하에서 지상으로 향하는 계단을 타고 올라와 론디움을 활보하고 있어도 이상하지 않았다.

그러나 여기있는 녀석들은 그러지 않았다. 여기가 마치 자신들의 집인 것처럼 이 공간을 벗어나려고 하지않았다.

'아무래도 이상한데… 네크로맨서나 리치는 전혀 보이지도 않고.'

최수민이 해골들을 신나게 잡으면서 레벨을 올리고 있는 동안 레나는 네크로맨서나 리치를 찾고있었다.

하지만 5시간이 넘는 시간동안 찾았음에도 전혀 흔적이 보이지 않았다.

'이렇게 잘 숨을 수도 있는 건가?'

대규모의 해골 군단을, 그것도 보이지 않는 곳에서 움직이고 있는 녀석.

데스 나이트보다 더 위험한 것은 아마 그 녀석일지도 모른다. 평범한 네크로맨서나 리치의 범위를 완전 벗어나버렸으니까.

레나가 걱정하고 있는 사실을 전혀 모르는 최수민은 레벨이 올랐다는 메시지창을 본 후 더 신이나서 해골들을 부수고 있었다.

빠악.

서걱.

휘이익.

해골들의 움직임도 무시할 수 없을 정도로 빠르고 정확했지만 그것보다 최수민의 움직임이 더 빨랐다.

마나를 머금은 해골의 검이 푸른 마나를 잔뜩 머금고 있는 최수민의 검과 부딪히자 계란과 바위가 부딪힌 것처럼 산산조각이 났다.

검이 산산조각남과 동시에 그 검을 들고있던 해골의 팔과 가슴은 순식간에 분리되어 땅에 떨어졌다.

"레나. 이 정도면 이제 데스나이트랑 싸워도 되지 않을까요?"

평범한 해골들을 베어넘기는 것은 너무 쉽다.

그 때문에 최수민은 지금 자신감이 가득 차오른상태였다.

데스 나이트가 아니라 뱀파이어가 나타나도 베어낼 수 있다는 자신감!

"데스 나이트도 데스 나이트지만 여기 있는 해골들을 미리 처리해두지 않으면 데스 나이트와 일대일로 싸우는 건 힘들 걸?"

실제로도 최수민이 그렇게 고생을 하기도 했었고.

네크로맨서와 리치를 찾는 것에 대한 진전이 없자 레나도 최수민의 싸움에 끼어들었다.

"데스 나이트와 빨리 싸우고 싶어하는 것 같으니까 도와줄게. 괜찮지?"

"네. 좋아요."

레나가 잡으면 경험치가 오르지 않는다는 것은 빼고.

레나가 합세하여 마법을 사용하기 시작하자 해골들이 쓰러지는 속도는 훨씬 빨라졌다.

최수민만 강해진 것이 아니었다. 드래곤 하트에 마나가 충만하게 차오르기 시작한 레나는 예전의 힘을 되찾아가고 있었다.

레나의 불이 스친 해골들은 그을리는 것이 아니라 순식간에 뼈가 녹아버렸다.

"역시 대단하네요. 화염 계열 마법은 따라가지 못하겠어요."

최수민이 쓴 화염 계열 마법은 해골들의 뼈를 그을리게 하는 것이 전부였다. 가끔 오래 노출된 해골들의 뼈가 녹아내리는 정도.

"뭐 대신 나는 물 속성 마법은 이렇게 강하지 않아서. 너도 물 속성 마법을 쓰면 훨씬 강할걸?"

말을 이어가려던 레나는 주위에서 들려오는 꺼림직한 소리에 고개를 돌렸다.

"들려? 지금 주변에서 무언가가 또 움직이는 소리가

들리는데?"

"네. 들리네요. 덜그럭덜그럭 걸리는 소리가. 이거 그냥 해골들이 움직이는 소리 아닌가요?"

5시간이 넘도록 들어온 해골들의 덜그럭 거리는 소리.

그러나 레나의 말을 듣고난 후 집중해서 들어보니 평범한 해골들의 소리가 아닌 것 같았다.

무언가 부서지고 다시 맞추어 지는 소리.

우드득 하며 부서지는 소리가 나오면 철컥하는 소리와 함께 무언가가 맞추어는 소리가 반복되었다.

"저길 봐."

레나가 손가락으로 가리킨 곳에서 거대한 해골이 걸어나오고 있었다.

족히 3미터는 넘을 것 같은 덩치의 해골.

그 해골을 이루고 있는 것은 여러 해골들의 뼈였다.

'아까 그 소리가 저게 만들어지는 소리였던가?'

[거대 해골 기사가 출현하였습니다.]

자세히 보니 조잡하게 이루어진 해골이 아니라 정확히 사람의 형상을 하고 있는 해골이었다.

다리는 여러 해골들의 다리뼈들로 이루어져 엄청 단단해 보였고 팔도 다른 해골들의 팔뼈들을 모아서 뭉쳐놓아 근육이 없음에도 엄청나게 굵었다.

그리고 거대 해골 기사의 손에는 어디서 구했는지 알 수 없는 거대한 검이 손에 쥐어져있었다.

건장한 성인의 키보다 더 커다란 검.

그 것을 든 거대 해골 기사가 검을 휘둘렀다.

공기가 아니라 공간자체가 갈라지는 듯한 풍압.

최수민은 힘으로 막아낼 생각을 하지 않고 몸을 앞으로 한바퀴 구르며 검을 피해냈다.

'덩치에 안 맞게 너무 빠른거 아냐?'

빠르기만 한 것이 아니다.

방금 검이 스치고 지나간 곳에는 땅이 움푹 패어져있었다.

근육이라고는 하나도 찾아볼 수 없는 뼈다귀에서 나오는 엄청난 힘.

콰직.

거대 해골 기사의 공격을 피한 최수민은 그대로 검을 휘둘러 거대 해골 기사의 다리를 내리쳤다.

그러나 여러개의 뼈로 이루어진 거대 해골 기사의 다리뼈를 한 번에 베어내기는 무리였다.

최수민의 검은 거대 해골 기사의 다리를 반 정도 갈라놓았지만 더 이상 나아가지 못했다.

거대 해골 기사의 다리에 박혀버린 검을 뽑아내는 동안 거대 해골 기사는 자신의 검을 크게 휘둘렀다.

다시 한 번 거대 해골 기사쪽으로 움직이며 검을 뽑아낸 최수민은 나무꾼이 나무를 베는 것처럼 거대 해골 기사의 다리를 베어내기 위해 같은 부위를 내리쳤다.

[약점 노출 스킬이 발동합니다. 데미지가 2배로 들어갑
니다.]

오랜 만에 보는 약점 노출 스킬 발동.

최근 들어 약한 녀석들은 한 방에 죽었고, 강한 녀석들은
같은 부위를 공격할 수 있는 기회를 주지 않아서 있는지 조
차 까먹고 있었던 스킬이었다.

'이걸 활용하면 금방 잡을 수 있겠네.'

퍼억.

통나무를 내리친 듯한 소리가 여러 번 울려퍼지고서야
거대 해골 기사를 쓰러뜨릴 수 있었다.

"후. 해골보다 잡기는 힘든데 경험치는 그렇게 많이주지
도 않네."

해골을 잡는 것보다 훨씬 많은 노력이 필요한 놈이었지
만 경험치는 만족스럽지 못했다.

계속 거대 해골 기사가 나타나면 앞으로 경험치는 얻기
힘들겠구나. 하고 생각은 하는 최수민의 눈앞에 그것이 실
제로 일어났다.

"수민아. 어때? 상대할만 했어?"

"네. 별로 힘들진 않았어요."

"그래? 다행이다. 저기 더 몰려오고 있거든."

레나가 웃으면서 바라보고 있는 방향에서 거대 해골 기
사가 걸어오는 것이 보였다.

거대 해골 기사 한 마리가 다시 나타나더니 그 뒤에 몇

마리가 줄을 지어서 최수민을 향해 걸어오고 있었다.

"젠장. 레벨업 좀 쉽게하나 했더니 그런 꼴을 못 보는구나."

◇

"공식적인 통계가 나왔다고 합니다. 어제 나온 몬스터의
정체는 중급 마족 19마리. 피해 규모는 세계 각지의 도시 102
개 파괴. 인구 피해는 1,200만명으로 추정되고 있습니다."

뉴욕에 위치하고 있는 한 벙커.

그 장소에 세계를 쥐락펴락하는 수장들이 앉아있었다.

지구 전체적으로 매우 긴급한 사태.

때문에 중급 마족이 모두 해결되자 뉴욕에서 회의를 가
지기로 하였다.

극비로 진행될 회의.

여기서 나올 한 마디 한 마디가 전 세계 사람들의 거취를
결정할만큼 중요했기에 아무에게도 알리지 않은채 진행이
될 예정이었다.

"생각보다 피해가 어마어마하군요. 저희 이탈리아 같은
경우 소도시에 등장해서 사람들의 피해는 그렇게 크지 않
았습니다."

"사람들이 많이 뭉쳐서 살고 있는 중국쪽이나 일본쪽의
피해가 컸습니다. 한국에는 2마리가 나타났는데 빠른 대처
로 생각보다 피해가 적었지요."

임동호와 배재준, 그리고 최수민과 레나가 활약한 덕분에 다른 나라보다 2배나 많은 2마리의 중급 마족이 나타난한국은 피해가 크지않았다.

"그것보다 문제는 이제 어떻게 이 사태를 해결해나갈 것인가입니다. 이미 사람들은 패닉상태에 빠졌고 대책 없이는 사회가 제대로 돌아가지 않을 것입니다."

5년전 처음 몬스터가 나타났을 때와 똑같은 상황.

능력자들이 나서서 몬스터들을 처리해왔고 일반인들은몬스터를 볼 일이 없었다.

비록 서울 사태로 인해 사람들의 머릿속에 몬스터라는존재들이 다시 한번 각인되었지만 그것도 잠시.

결국 자신들이 사는 곳에 나타나지 않았기 때문에 몬스터들은 머릿속에서 지워져가고 있었다.

그 때 중급 마족이 나타난 것이다.

무시무시한 파괴력. 그리고 속도.

자비를 베풀지 않는 그들.

무엇보다 무서운 것은 한 번에 어마어마한 범위를 파괴한다는 것이다.

걸어다니는 핵폭탄.

현대인들에게 마족을 정의할 방법은 그것밖에 없었다.

"뭐 저희가 할 수 있는게 뭐가 있겠습니까? 마족이라고하면 미사일도, 현대화기도 통하지 않는 놈들 아닙니까?저희같은 일반인들은 할 수 있는 게 아무것도 없어요."

그래서 능력자를 고용하고 있다. 나라의 안보를 위해서.

대다수의 나라가 그렇게 하고 있었다.

하지만 이번에 그 능력자들이 무능력하다는 것이 드러났다.

국가 소속으로 편하게 지내며 적당히 사냥을 하던 능력자들은 중급 마족을 잡아낼 힘이 없었던 것이다.

"능력자들이라고 별거 없지 않았습니까? 특히 나라에서 돈 주고 열심히 키워놓은 능력자들은 오히려 실망감만 안겨줬구요. 그놈들한테 세금을 줬다는 것만 생각하면 국민들에게 죄송스러워서 잠이 안옵니다. 잠이."

어느새 벙커안은 국가 소속 능력자들에 대한 탄식의 장으로 바뀌었다.

여러 나라의 수장들의 탄식하는 소리가 점점 높아져 갈 때쯤 이탈리아의 대통령이 입을 열었다.

"그래서 말인데 제가 소개시켜드리고 싶은 사람이 있습니다."

철저한 비밀에 붙여진 회의.

그 자리에 누군가를 데려왔다는 말이기에 각국 수장들의 얼굴에 불쾌감이 가득했다.

분명 미리 약속된 자리였고 초대받지 못한 사람은 오지 못하는 장소.

그러나 각국 수장들의 불쾌한 시선을 받으면서도 이탈리아 대통령은 아무렇지도 않다는 듯이 말을 계속 이어갔다.

"이때까지 이야기를 들어보니 저희끼리는 절대 해결이 되지 않을 일 같습니다. 그래서 제가 이 사태를 해결해줄 수 있는 한 분을 모셔왔습니다. 피차 시간 낭비하지 마시고 이 분의 이야기를 한 번 들어보시죠."

너무나도 자신만만한 이탈리아 대통령.

모두가 대안이 없었기에 자신만만한 이탈리아 대통령의 말을 들어볼 수 밖에 없었다.

"그 사람도 이 일의 비밀은 지켜줄 수 있는 사람이겠죠? 무엇보다 지금은 보안이 생명이니까요."

"물론입니다. 보안은 물론이고 이 일에 대한 해결책도 내줄 수 있을겁니다."

모두의 시선이 집중된 가운데 벙커의 문이 열렸다.

문을 따라 들어오는 것은 건장한 남자 한명.

짧은 금발의 곱슬머리를 하고 있는 남자는 몸에 딱맞는 정장을 입은채 여유롭게 사람들 사이로 걸어들어왔다.

"안녕하세요. 제가 와도 되는 자리인지 잘 모르겠네요."

한 마디 말을 남긴채 주변을 두리번두리번 거린다. 자신이 와서는 안될 것 같은 자리.

연륜이 느껴지는 얼굴들 사이에 자신은 너무나 어렸다.

곱슬 머리남자의 말에 아무도 대답해주지 않자 무안해진 이탈리아 대통령이 모든 사람들을 대표해서 대답을 했다.

"아닙니다. 중급 마족도 해치우신 분이 이런 자리에 안오시면 어떻게 이야기를 진행해나가겠어요? 여러분 제대로

소개를 해드리겠습니다. 이 분은 론디움 내에 능력자들의
길드의 연합 총군 연합중에서도 연합장을 맡고 있는 오베르
토씨입니다."

◇

　이탈리아를 구해낸 영웅 오베르토.
　또 다른 이름은 총군 연합의 연합장.
　그가 각국 수장들이 있는 곳에 모습을 드러냈다.
　'이렇게까지 나에게 유리한 상황이 만들어질 줄이야.'
　포니아를 지키고 있는 연합원들이 모두 죽었다는 소식을
들었을 때만해도 분노를 참지 못했다.
　총군 연합원들중에서도 정예들만 포니아를 비롯한 던전
에 파견한 터였다.
　그런 연합원들을 죽이고 포니아의 마법진의 봉인을 해제
하다니. 게다가 정체도 알아내지 못했다.
　포니아에 남은 것이라곤 총군 연합원들의 싸늘한 시체
들. 그나마도 상태가 좋지 않은 시체들이 대부분이었다.
　'그런데 지구에 마족이 나타나줄 줄이야. 그것도 이탈리
아에도 한 마리가 딱.'
　포니아를 빼앗기고 연합원들을 잃고 이탈리아로 다시 돌
아가서 잠시 휴식을 취하려고 했는데 중급 마족이 나타났
다는 소식을 들었다.

전 지구적으로는 재앙이었지만 오베르토에게는 그만한 기회가 따로 없었다.

총군 연합의 입지를 높이고 이탈리아에서 자신의 위상을 높일수 있는 절호의 기회.

오베르토는 그 기회를 놓치지 않았다. 이탈리아로 돌아오자마자 중급 마족이 설치고 있는 곳을 찾아가서 중급 마족을 제압해냈다.

제압해내는 것으로 그치는 것이 아니라 자신이 중급 마족을 잡았음을 이탈리아에 알렸다.

인터넷, TV, SNS 어디 하나 빠지지 않고 이탈리아의 영웅 오베르토에 대한 이야기가 끊이지 않았다.

그 결과 대통령을 만나서 이야기를 할 수 있는 기회를 얻었고 지금 이 자리에 오게 된 것이다.

'지금 이 기회를 놓칠 수 없지.'

뚱하게 앉아 있던 많은 사람들중 중국 대표가 먼저 말을 꺼내었다.

"저희 중국에도 중급 마족을 물리칠 만한 능력자는 있습니다. 실제로도 중급 마족을 중국 능력자의 힘으로 물리쳤구요. 그런데 왜 하필 다른 능력자들을 놔두고 저 자만 여기 데리고 왔는지 이유를 모르겠네요."

다른 사람들도 동의한다는 듯이 고개를 끄덕끄덕거렸다. 각 국 소속 능력자는 아니지만 중급 마족을 물리칠만한 능력자는 있었다.

그런 능력자들은 두고 지금 이탈리아의 능력자를 데리고 오다니. 이탈리아 대통령을 제외한 다른 사람들은 무력시위를 하는 것이 아닌가 하는 생각이 생길 정도로 불쾌감이 들었다.

"제가 말씀드리지 않았습니까? 연합의 연합장이라구요."

"그게 뭐하는 겁니까?"

일부는 총군 연합장이라는 소리를 듣고 오베르토를 쳐다보는 눈이 바뀌었고, 일부는 총군 연합장이라는 소리를 듣고도 오베르토에게 관심이 없다는 듯한 시선을 보였주었다.

"그건 제가 설명드리죠. 저희 총군 연합은 론디움 내에 있는 길드들의 연합입니다. 아직까지 모든 길드가 저희 총군 연합에 속해있는 것은 아니지만 최근 들어서 저희 총군 연합에 가입하고 있는 길드들이 많죠."

론디움 최후의 날 소식이후로 총군 연합에 가입하고 있는 길드들이 상당히 많아지고 있었다.

그들의 생계를 유지하기 위해서는 던전에 있는 봉인된 마법진을 지켜야했고, 그러기 위해서는 총군 연합과 손을 잡는 것이 좋았으니까.

"그래서? 우리에게 원하는게 무엇이지?"

총군 연합에 대한 설명을 들은 사람들은 오베르토가 말하고자 하는 것을 바로 이해했다.

총군 연합안에 세계 각국의 길드원들이 속해 있으니 이번처럼 각 나라에 몬스터가 나타나거나 마족들이 나타나면 총군 연합이 해결을 해주겠다.

물론 이번 제안을 받아들이지 않으면 그런 일은 없을 것이다. 심지어 오베르토의 마음에 들지 않는다면 아예 총군 연합 소속 길드원들을 움직이지 않게 할 수도 있다.

그 사실을 잘 알고 있기에 단도직입적으로 오베르토에게 무엇을 원하는지 물어보았다.

그리고 그것은 바로 자신들이 을, 오베르토가 갑이 된다는 것을 의미했다.

무엇을 원하던지 들어줄 수 밖에 없다. 오베르토와 총군 연합은 몬스터로부터 자신들을 지켜줄 수 있는 힘을 가지고 있으니까.

게다가 오베르토의 말대로라면 대부분의 능력자들은 오베르토의 편에 서있다.

"음… 잠시 생각을 할 시간이 필요하겠네요. 너무 갑작스러운 일이라."

오베르토는 생각해온 것이 있지만 미리 말을 하지않았다.

'어차피 여기 있는 사람들은 내 말을 들을 수 밖에 없어. 단지 할 수 있는거라곤 얼마나 줄지 협상하는 것 밖에 없지.'

미리 예상된 상황.

능력자에는 대체재가 없다.

물론 아직까지 총군 연합에 속하지 않은 다른 길드들도 있긴 하지만 지금 여기 있는 사람들은 한시가 급하다.

각자의 나라에 돌아가서 어떻게 되었는지 빨리 알려야 하니까.

모든 나라가 하나같이 총군 연합과 손을 잡지않기로 결정한다면 이야기가 달라지겠지만 지금처럼 급한 상황에서라면 적어도 몇 개의 나라에서는 손을 잡으려고 할 것이다.

그렇게되면 발표를 늦출 수 없는 다른 나라의 수장들도 총군 연합과 손을 잡으려고 할 것이고.

적당히 뜸을 들이다보면 급한쪽에서 먼저 제시해 올 것이다. 그것은 오베르토가 생각했던 것 그 이상이 될 수도 있다.

오베르토의 말이 끝나자 각국의 수장들이 바쁘게 움직이기 시작했다.

"어떻게 하실겁니까? 지금 저희가 활용할 수 있는 능력자들로는 부족한것도 사실이긴 한데요."

"오베르토가 무엇을 원하는지 모르니까 그게 또 문제 아니겠습니까?"

"뭐 돈으로 주면 되지 않을까요? 사실 능력자가 저희보다 못한 것도 없는데. 저희가 해줄 수 있는거라고 해봤자 돈 정도 밖에 없지 않아요?"

결국 모든 문제는 돈으로 귀결된다.

능력자도 지구에서 살아가기 위해서는 돈이 필요하고, 능력자들이 론디움에서 사냥을 열심히 하는 것도 지구를 지키기 위해서가 아니라 돈을 벌기 위해서니까.

"그럼 얼마나 줘야하는지가 중요하겠네요."

사람들은 오베르토가 듣지 못하게 하려고 다른 방에서 이야기를 하고 있었지만 청각이 일반 사람과는 비교할 수 없을 정도로 능력자답게 이야기를 다 들을 수 있었다.

'역시 돈으로 주려고 하는군. 그렇다면 이야기가 더 쉬워지겠다.'

오베르트의 목적도 결국 돈.

생각한 것이 똑같으니 중요한 것은 금액.

오베르토는 자리에 앉아서 사람들이 올때까지 여유롭게 기다리고 있었다.

20여분이 지나자 사람들이 하나 둘씩 오베르토가 있는 곳으로 돌아왔다.

"어떻게… 결정은 하셨습니까? 저는 솔직하게 이야기해서 저희 이탈리아만 지켜도 제가 할 일은 다 하는것이라고 생각합니다."

은근한 협박으로 시작하는 오베르토.

자신과 손을 잡을 거라는걸 확인한 오베르토였지만 조금이라도 더 유리하게 끌고 가기 위해서 꺼낸 말은 즉시 효과를 보였다.

"저희 모두는 총군 연합과 함께 하기로 했습니다. 저희가 해드릴 수 있는 것은 돈 밖에 없다고 생각해서 돈으로 드리려고 하는데 괜찮으시겠습니까?"

괜찮고 말고.

정확히 오베르토가 바라던 바였다.

"돈이라… 얼마 정도를 저희에게 줄 수 있나요?"

"생각해보신 금액이 있으신지요."

미국 대통령이 대표로 말을 꺼내었다.

"제가 각 나라들이 얼마나 잘사는지도 모르고 얼마나 돈을 줄 수 있는지도 모르는데 뭐 생각해본 것이 있겠어요? 적당히 생각해보신 금액을 말씀해보시죠. 한시가 급한일일 텐데 빨리 해결하셔야죠."

"좋습니다. 저희가 제시할 수 있는 금액은 유엔의 1년 예산 금액, 50조원까지 제시하려고 합니다."

50조원.

세계적인 기업의 1년 영업이익과 비슷하거나 더 많은 금액.

능력자들이 아무리 돈을 많이 벌고 있다고해도 조단위의 돈은 아예 생각해본적도 없었다.

개인이 상상할 수 있는 금액이 아니었으니까.

그 금액에 오베르토가 살짝 놀라는 표정을 하자 미국 대통령은 다른 말을 덧붙였다.

"물론 일처리는 확실히 해주셔야 합니다. 총군 연합이 어떤 곳인지 그걸 전 세계 사람이 확실히 알 수 있게 해서 사람들이 안심할 수 있게 해주셔야겠죠. 그리고 몬스터들이 등장하면 무조건 지체없이 가장 먼저 나서서 몬스터들과 싸우셔야 하구요."

오베르토의 놀란 표정을 본 미국 대통령은 바로 요구사항을 말하기 시작했다.

50조원이 어디 동네 개이름도 아니고 아마 50조원이라는 말을 듣고 상당히 놀랐을 것이다.

그저 하나의 집단을 세계적인 기업의 반열에 올려놓는 것이나 마찬가지니까.

"네. 그건 물론이죠. 하지만 금액이 너무 적은 것 같네요."

"네? 50조원이나 드리는데도 부족하단 말입니까?"

오베르토의 말에 모든 사람들이 다 놀랄 수 밖에 없었다. 자그마치 50조원이다. 50억원도 아니고.

그런데도 금액이 적다고 말하는 눈앞의 남자.

"미국의 1년 국방비가 얼마였죠? 제가 알기로는 660조원정도 쓴다고 알고 있는데요. 중국은 240조원정도. 저희 능력자들이 있는데 군인이 필요가 있나요? 지금 여기 있는 나라들의 국방비만 합쳐도 족히 1,000조는 될 것 같은데 저희가 그냥 무료봉사 급식소라고 생각하는 거에요?"

어차피 론디움은 사라질 것이고 능력자들의 힘도 모두 사라질 것이다.

눈앞에 있는 사람들은 그 사실을 모르지만 오베르토는 그것을 잘 알고 있었다.

'그렇다면 사라지기 전에 제대로 한탕해야지.'

총군 연합의 힘으로는 막을 수 없는 일.

지금 총군 연합이 할 수 있는거라곤 봉인된 마법진을 철저하게 감시해서 그나마 론디움이 없어지는 속도를 늦추는 일 밖에 없다.

론디움이 사라질 것이라는 것은 각국의 수장들도 다 알고 있었다.

하지만 그렇다고 해서 지금 이 협상을 멈출순 없었다.

론디움이 언제 없어질지 정확히 모르고, 만약, 아주 만약이라도 론디움이 없어지기 전에 자기들의 나라가 지구상에서 사라질지도 모르니까.

"좋습니다. 그 문제에 대해서는 다시 이야기를 해보도록 하죠."

그러나 다시 이야기를 해도 달라질 것은 없었다.

오베르토가 원하는 대로 금액은 천문학적인 금액을 지불하게 되었고 이 회의가 끝날 때 웃으면서 나갈 수 있었던 사람은 오베르토와 이탈리아 대통령밖에 없었다.

"레나. 저 이제 여기 있는 해골들을 주워다가 뼈를 맞춰도 사람모습을 만들 수 있을 것 같아요. 그 거대한 해골 기사도 만들 수 있을 것 같은데요?"

벌써 일주일이 넘는 시간이 흘렀다.

일주일이 넘도록 임동호에게는 특별한 연락이 없었고, 이곳 잘부르크 지하에서 해골들과 거대 해골 기사를 때려 잡는 것이 힘들지도 않았으며, 레벨도 잘 올랐기 때문에 이 곳을 벗어나지 않고 있었다.

레벨도 그 만큼 많이 오른 상태였다. 토벌자의 목걸이 효 과가 있었기 때문에 이미 531레벨이 되어있었다.

남들이 보았다면 경악할만큼 엄청난 레벨업 속도.

쉬지않고 몬스터들을 때려잡기도 했지만 기본적으로 이 곳에서 나오는 해골들은 엄청난 경험치를 선물해주고 있었 다.

"그래? 나중에 뼈가 부러져도 혼자서 잘 해결할 수 있겠 네?"

물론 최수민은 뼈가 부러질일도 없지만 뼈가 부러져도 트롤의 재생력덕분에 금방 붙을 것이다.

툭.

최수민의 발 앞에 부서진 해골이 걸렸다. 그 앞으로 펼쳐 진 해골들의 향연.

일주일간 최수민과 레나가 무슨 일을 했는지 알려주는 듯 산산조각난 해골들이 발에 걸렸다.

"이제는 데스나이트 말고는 잡을 녀석이 없을 것 같은 데. 괜찮겠어요?"

계속 살아나는 해골들.

팔이나 다리가 부서져서 움직이지 못하는 해골들은 거대 해골 기사로 만들어져서 최수민과 레나를 공격해왔었다.

그러나 이제는 그것마저 하지 못하게 해골들을 완전 가루가 되도록 박살내어버렸기에 더 이상 해골들이 최수민과 레나를 공격해오는 일은 없었다.

"그래. 이제는 어쩔 수 없지. 데스 나이트를 상대하러 가 볼까?"

일주일동안 네크로맨서와 리치에 대한 흔적을 찾기 위해 노력했지만 아무런 성과가 없었다.

레나가 바라는 것이 있다면 데스 나이트를 상대하는 동 안 네크로맨서, 리치, 그리고 뱀파이어같은 예상하지 못했던 적이 나타나지 않는 것.

'내 힘도 이제 상당히 회복되었으니 데스나이트도 상대 할만 하다.'

랭크셔 제국 최후의 힘 이후로 어마어마하게 강해진 최수민. 그리고 힘이 상당히 회복된 레나.

두 남녀는 일주일간 의도적으로 가까이 가지않았던 데스 나이트가 있는 곳으로 향해 걸어가기 시작했다.

〈7권에 계속〉